Läuferopfer

D1705081

coortext
VERLAG

Über die Autorin

Heike Wempen-Dany (*1976) wohnt mit Mann und vier Katzen in einem kleinen Dorf nahe Limburg. Als studierte Geisteswissenschaftlerin ließ sie Geschichte und Politik nie ganz los, auch wenn sie beruflich andere Pfade ein schlug. Geschichte und Geschichten habe es verdient entdeckt und erzählt zu werden.

Läuferopfer

Ein Dauborn-Krimi

Heike Wempen-Dany

Bibliografische Information der Deutschen Bibliothek

Die Deutsche Bibliothek verzeichnet diese Publikation in der Deutschen Nationalbibliografie; detaillierte bibliografische Daten sind im Internet über http://dnb.ddb.de abrufbar.

Buchcover: Germencreative
Druck: epubli – ein Service der neopubli GmbH, Berlin

*»Ich bin zu dem persönlichen Schluss gekommen,
dass zwar alle Künstler keine Schachspieler sind, aber
alle Schachspieler Künstler.«*

Marcel Duchamp

*Für meinen Schatz! Danke, dass ich meinen Traum
leben kann.*

Prolog
(März 1990)

Die März-Temperaturen in Boston wurden in den Abendstunden unangenehm kühl. Zusammen mit dem Wind, der von der Massachusetts Bay hereinkam, machten sie einen Aufenthalt im Freien ungemütlich.
Walter Wollhausen sollte ihren Auftraggeber in einem privaten Flugzeughangar der Logan international Airports treffen.

»Wenn wir hier fertig sind, freue ich mich auf eine heiße Badewanne im Hotel«, flüsterte Bernd die Handflächen aneinanderreibend seinem Freund zu.
»Seit wann stehst du auf Baden?«
»Seit dem wir im Cour Season residieren. Du musst schon zugeben, dass die Suite der Hammer ist.«
»Übertreibe es nicht«, warnte Walter Wollhausen seinen Freund. »Wir können es uns nicht leisten, dass wir auffliegen. Ein Gelage im Hotel können wir uns demnach auch nicht leisten. Walter Wollhausen ist für die Welt da draußen ein hochbegabter, seriöser Schachgroßmeister.«

»Walter, ganz ruhig, es ist nur die Badewanne mit ein bisschen Badeschaum, kein Champagnerbad. Schau du lieber, dass du deine morgige Partie nicht verlierst, sonst können wir den Auftrag hier vergessen. Meine Geldbörse gibt einen Aufenthalt hier nicht her.«

»Kein Problem, den Schweden schaffe ich morgen locker. Jetzt lass uns erst einmal hören, was unser chinesischer Auftraggeber von uns will.«

Walter klappte den Kragen seiner Jacke hoch und zog den Kopf etwas ein, um sich vor dem kalten Wind zu schützen.

Ein schwarzer Chevrolet bog in diesem Moment um die Ecke und näherte sich dem Hangar.

Es ging los.

Aus dem Wagen stieg ein kleiner Chinese. Walter wusste, dass der zurückhaltend wirkende Mann millionenschwer war. In seiner abgetragenen Anzugshose mit dem zu weiten Wollpullover war er leicht zu übersehen.

»Mister Wollhausen«, sprach ihn eine leise Stimme an.

»Mister Chang«, erwiderte Walter.

»Schön, dass Sie es einrichten konnten. Ich habe einen Auftrag für Sie. Ihr Ruf eilt Ihnen nicht nur in der Schachwelt voraus.«

»Sie haben sich über mich erkundigt«, stellte Walter anerkennend fest.

»Natürlich habe ich das. Für so einen Auftrag möchte ich nur den Besten verpflichten. Aber lassen wir die Höflichkeiten und sprechen direkt über das Geschäft. Ich habe gehört, dass Sie bestimmte Kunstwerke beschaffen können. Ich bin an einem Gemälde von Jan Vermeer interessiert.«

»Soweit ich informiert bin, befindet sich das Werk im Isabella Stewart Gardner Museum.«

»Genau und deshalb komme ich zu Ihnen.«

Walter Wollhausens Herz hüpfte vor Aufregung. Das würde nicht leicht werden, aber er liebte die Herausforderung.

Der Abschied fiel kurz aus. Chang und Wollhausen vereinbarten, dass Walter sich nach der erfolgreichen Beschaffung des Gemäldes bei seinem Auftraggeber melden solle.

**

»Du glaubst, dass das mit der Verkleidung funktionieren wird?«

»Mach dir keine Sorgen. Die Leihuniformen des Boston Police Departments sehen täuschend echt aus. Das Überraschungsmoment wird auf unserer Seite sein.«

»Aber wenn wir sprechen, wird das Wachpersonal merken, dass wir keine Amerikaner sind.«

»Das können sie ruhig. Wichtig ist, dass wir ein paar Worte Italienisch fallen lassen. Glaube mir, die Amerikaner werden das nicht unterscheiden können und im besten Fall denken, dass die Mafia hinter dem Raub steckt.«

»Ach dafür musste ich die paar Brocken Italienisch lernen.«

»Wir werden auch eine zweite Täuschung einbauen.«

»Da bin ich mal gespannt, was du dir noch ausgedacht hast.«

»Wir werden nicht nur ein Gemälde mitnehmen.«

»Werden wir nicht? Hat der Chinese noch eins geordert?«

»Nicht wirklich, aber er hat auch nichts dagegen, wenn es mehr werden.«

»Wie mehr werden? Wie viele willst du denn mitnehmen?«

Walter Wollhausen und sein Freund Bernd entwendeten in der Nacht vom 18. März 1990 insgesamt 13 Kunstwerke aus dem Isabella Stewart-Gardner-Museum.

***

Der Trick mit der Verkleidung als Polizisten ging auf.

Ihnen war es gelungen, das Wachpersonal an der Nase herumzuführen.

Sie näherten sich zu Fuß dem Hinterausgang des Museums. Ihren Van hatten sie in einer Seitenstraße weiter geparkt.

Zwei Männer des Wachpersonals hatten sich für eine heimliche Zigarettenpause am Hintereingang getroffen. Die Tür war nur angelehnt.

»Du bist dir sicher, dass die auch heute Nacht rauchen gehen?«, fragte Bernd unruhig.

»Ich bin mir todsicher. Die gehen seit Tagen immer um diese Uhrzeit rauchen. Das ist die Gelegenheit für uns.«

Walter Wollhausen sollte Recht behalten. Pünktlich um 0:20 Uhr öffnete sich die Stahltür. Einer der Wachleute schob einen Backstein zwischen Tür und Türrahmen, um zu verhindern, dass diese wieder zufiel.

Die beiden Wachmänner zündeten sich jeweils eine Zigarette an und zogen genüsslich daran.

Das war der richtige Zeitpunkt für die beiden Ganoven Walter und Bernd.

Sie schlenderten auf die rauchenden Männer zu.

»He, Guys«, begrüßten sie die beiden.

10

»Alles okay, Office?«, fragte einer der beiden verdutzt.

»Routinepatrouille«, entgegnete Bernd.

»Uns wurden ein paar zwielichtige Gestalten in der Gegend hier gemeldet und da wollten wir sicherheitshalber nachschauen«, ergänzte Walter.

»Hier ist alles ruhig. Wir haben niemanden gesehen.«

»Das sind gute Nachrichten«, bestätigte Bernd. Mit zwei schnellen Schritten stand er plötzlich hinter einem der beiden Wachmänner und bohrte ihm eine Pistole in den Rücken.

»Und damit das so bleibt, gehen wir alle ruhig und entspannt nach drinnen.«

Das Überraschungsmoment lag auf der Seite der beiden Räuber. Vor lauter Schreck fiel den beiden Wachmännern die Zigarette aus dem Mund. Im selben Moment hoben sie die Hände.

Kaum im Gebäude angekommen, lief alles wie am Schnürchen.

Die Jungs vom Wachpersonal verschnürten sie wie große Geschenkpakete und ließen sie im Keller liegen.

Bernd behauptete immer, dass er damals den Clinchknoten als Festmacherknoten zum ersten Mal gebunden hatte.

Walter war das damals egal und heute immer noch. Doch es freute ihn, dass Bernd augenscheinlich Freude an solchen Dingen hatte.

***

Jan Vermeers »Das Konzert« verschwand in irgendeinem chinesischen Bunker.
Bei der Übergabe der Gemälde konnte Walter kaum eine Gefühlsregung in Mister Changs Gesicht erkennen, bis zur Geldübergabe.
Die beiden Männer standen sich erneut in dem privaten Flugzeugshangar gegenüber. Sie reichten sich die Hände. Ein Funkeln in Mister Changs Augen war dann doch für einen kurzen Moment zu erkennen.
Dieser Mann hatte von Anfang an keinen Zweifel daran gelassen, dass er unbedingt dieses Gemälde besitzen wollte. Die anderen waren für ihn nur Beiwerk, die über weitere Mittelsmänner in anderen geheimen Privatsammlungen verschwinden würden.
Die Medien hatten später darüber spekuliert, ob die italienische Mafia hinter diesem spektakulären Coup gesteckt hatte.
Wer hätte schon damit gerechnet, dass zwei Krauts alle so an der Nase herumgeführt hatten.

Eins
(Februar 2014)

Achim Baumeister stand am Fenster und starrte in die Nacht. Der blonde kleine Mann sah zerbrechlich aus in seinem dunkelblauen Trainingsanzug. In der Ferne konnte er die Schatten der sich angrenzenden Felder erkennen, die sein aktuelles Dach über dem Kopf umgaben. Dahinter war es stockfinster. Vereinzelt erkannte er kleine tanzende Schneeflocken. Die ersten in diesem Jahr. Achim rollte mit den Augen. »Musste es unbedingt jetzt anfangen zu schneien?«

Er mochte Schnee nicht. Diesen Riesenrummel um die weiße Pampe gar verstand Achim Baumeister nicht.

Rutschte man aus, verletzte man sich. Es gab Statistiken belegten, dass in den Wintermonaten die Einlieferungen wegen Knochenbrüchen in den Notaufnahmen höher waren als in den Sommermonaten. Außerdem legten diese wild tanzenden Flocken den Verkehr lahm. Er würde in den nächsten Stunden ein Auto benötigen.

Warum fiel ihm in dem Moment der Bericht ein, den er vor ein paar Tagen im Fernsehen gesehen hatte? Da wollten doch Wissenschaftler am Fraunhofer -Institut für Molekularbiologie und angewandte Ökologie in Münster in Zusammenarbeit mit dem Reifenhersteller Continental an einem Produkt arbeiten zur Gewinnung von Kautschuk aus Löwenzahn. Unbegreiflich, auf welche Ideen die Menschheit immer wieder kam.

Fernsehen, die einzige Freiheit, die ihm geblieben war.

Mit dem eingesperrt sein, kannte er sich aus. Das hatte seinem Leben trotz aller Widrigkeiten immer wieder eine gewisse Struktur gegeben. Doch jetzt hieß es, sich wieder der Welt da draußen zu stellen. Raus aus den Vorgaben, die andere für ihn getroffen hatten. Da draußen war er wieder für sich allein verantwortlich. Kein doppeltes Netz mehr.

Die Welt wurde immer verrückter. Bei dem Gedanken grinste Achim unvermittelt. War er nicht gerade eingesperrt und galt als verrückt?

Die Vitos Klinik für Psychiatrie und Psychotherapie im hessischen Hadamar bot ihm zurzeit ein Dach über dem Kopf. Anders konnte er diesen Ort nicht benennen, der ihm ein Bett und warme Mahlzeiten und auch Fernsehen sicherte.

Historisch bot dieser Ort eine traurige Geschichte. In den Nebengebäuden der Klinik befand sich die

Gedenkstätte Hadamar. Hier gedachten man den
während der NS-Zeit ermordeten Menschen mit Be-
hinderungen und psychischen Erkrankungen.
Seine persönliche Geschichte war mindestens genauso unfassbar und nervenaufreibend.
Die schlurfenden Schritte auf dem Gang wurden
immer leiser und holten Achim aus seinen Gedanken heraus. In etwa zwei Minuten und 32 Sekunden
würde Frank, der Betreuer für den heutigen Nacht-
dienst, seine letzte Runde vor dem Schichtwechsel
absolviert haben. Achim Baumeister hatte sich tage
– und nächtelang die Arbeitsabläufe der Pfleger und
Schwestern der Klinik genau eingeprägt, er kannte
jede Gewohnheit und jedes Schlupfloch im Gebäude.
Die schmalen vierstöckigen Gebäude der Klinik war
Ortsausgang gelegen. Weitläufigen Felder und ein
kleines Wäldchen schmiegten sich an landwirt-
schaftlichen Nutzflächen. Die Aussicht lange Spa-
ziergänge in der Natur zu unternehmen, gehörte für
einen Teil der Patienten zum Therapieplan.
Achim Baumeister gab die schöne landschaftliche
Umgebung, die Möglichkeit ungestört seinem aktu-
ellen Zuhause auf Nimmerwiedersehen zu sagen.
Er verließ diese Einrichtung mit einem lachenden
und weinenden Auge. Die Ärzte und Pfleger hatten

ihn stabilisiert und ihm geholfen, seine innere Mitte wieder zu finden.

»Hallo Achim, hast du die letzte Olympiaübertragung aus London gesehen«, wollte Frank der Pfleger wissen.

»Ich wusste gar nicht, dass Kanufahren so spannend sein kann.«

»Mich reizen ja mehr die Leichtathletik-Wettbewerbe.«

»Die stehen bei mir als nächstes auf dem Plan. Ich hätte nie gedacht, dass ich einmal so entspannt Sportveranstaltungen im Fernsehen anschauen kann.«

»Ich kann mich noch an deinen ersten Tag hier erinnern. Wie ein gefangenes Tier bist du immerzu auf und ab gelaufen. Ich hatte erwartet, dass du irgendwann umfallen würdest.«

»Ihr habt ein wahres Wunder vollbracht. Das ist für mich auch immer noch unfassbar.«

Achim war in den letzten Jahren durch die Hölle gegangen. Nach seiner Rückkehr aus Afrika litt er unter Albträumen und Schlafstörungen. Tote Gesichter suchten ihn immer wieder heim, wenn er die Augen schloss.

Tagsüber sah es nicht besser aus. Pausenlos hatte er das Gefühl beobachtet zu werden. Einmal war er durch die schmalen Straßen von Limburgs Altstadt geirrt. Jeden Hauseingang hatte er als Schutz genutzt und sich immer wieder umgesehen. Er konnte keinen Verfolger ausmachen.

Das Gefühl hatte den ganzen Tag angehalten. Am Abend meinte Achim seinen Verfolger unter den anderen Obdachlosen ausmachen zu können.

»Was starrst du mich die ganze Zeit so an? Willst du mir an den Kragen? Ich werde es dir nicht leicht machen«, brüllte Achim Baumeister dem zahnlosen Obdachlosen am anderen Ende ihres Nachtlagers entgegen.

»He, sag was. Sprich mit mir. Wer schickt dich?«, versuchte er die Aufmerksamkeit des verdutzt dreinblickenden Mannes zu bekommen.

»Wir können es auch sofort hier austragen, Mann gegen Mann. Schnell und sauber. Komm schon.« Mit diesen Worten schälte er sich aus seinem Schlafsack. Er wollte gerade auf seinen vermeintlichen Gegner zustürmen, als Olaf, ein bulliger Mittsechziger, sich ihm in den Weg stellte.

»Kleiner, du legst dich entweder wieder zurück in deinen Schlafsack und hältst die Klappe oder du fängst dir von mir eine. Von Mann zu Mann, wenn du verstehst, was ich meine.«

Erschrocken starrte er Olaf an. Was passierte da mit ihm? Ohne einen weiteren Mucks von sich zu geben, schlüpfte er zurück in seinen Schlafsack. Er zog die Beine an seinen Körper und versuchte, sich so klein wie möglich zu machen.

Binnen kürzester Zeit konnte er die Situation nicht mehr ohne Alkohol ertragen. Dieser gab ihm das Gefühl, für einen Moment seinem Leben entfliehen zu können. Er fühlte sich dann so leicht an. So unbeschwert. Fast fröhlich. Einfach gut. Doch je betrunkener er wurde, desto panischer wurde er, wenn der Rausch verflogen war.

Es kam, wie es kommen musste. Er verlor seine kleine Wohnung und landete auf der Straße.

Den Platz unter der Brücke hatte er sich erkämpfen müssen. Erinnern konnte er sich nicht mehr an diese Zeit. Da war irgendetwas mit einer Bierflasche mit abgebrochenem Hals, ausgerissenen Haarbüscheln, jede Menge blauer Flecken und Blut.

Das Leben auf der Platte war im Grunde genommen ähnlich hart. Dies hatte er an anderen Orten bereits gelernt. Und so erarbeitete er sich den Respekt dort, wie er es in den letzten Jahren selbst mit vielen Schmerzen erfahren hatte.

Der windgeschützte Platz unter der Brücke war für den Moment sein Zuhause. Sein Inneres war nach wie vor so zerrissen, dass er fast die Hoffnung aufgegeben hatte, je wieder eins mit sich sein zu können.

Doch in all seiner Hoffnungslosigkeit begegnet ihm ein Mensch. Ein Engel.

Ein Sozialarbeiter nahm sich seiner an. Gewiss Achim brauchte seine Zeit sich diesem Fremden zu öffnen. Doch nach vielen gemeinsamen Stunden mit literweise heißem Kaffee und unzähligen leergerauchten Zigarettenschachteln, erzählte er ihm von den Geistern, die ihn jede Nacht heimsuchten.

»Zigarette?«, fragte Patrick Esser Achim.

»Hm.«

»Kommst du klar hier?«, wollte der Sozialarbeiter von ihm wissen.

»Geht so.«

»Olaf hat dir letzte Nacht den Marsch geblasen, haben mir die anderen erzählt. Was war denn da los?«

»War doch klar, dass da jemand petzt. Ich hatte zu viel getrunken, nicht der Rede wert.«

»Das war aber nicht das erste Mal, oder?«

»Nein.«

»Versteh mich nicht falsch, aber auf der Platte ist es wichtig, dass ihr euch einigermaßen versteht.«

»Ich will doch auch nur meine Ruhe.«

Für Patrick war schnell klar, dass Achim dringend ärztliche Hilfe benötigte, und es gelang ihm einen Therapieplatz in der Klinik zu vermitteln.

Achims Ankunft in Hadamar sollte der Beginn eines neuen Lebensabschnitts für ihn sein. Ungewohnt die weiß getünchten, hellen Räume.

Das Bett mit der weichen Matratze und dem sauberen Bettzeug. Drei Mahlzeiten am Tag. Schwierig hingegen war der Alkoholentzug.

Die Nächte durchzogen sich mit Albträumen, aus denen er jedes Mal Schweiß gebadet aufwachte. Die Geister hatten sich daran gewöhnt, ihn heimzusuchen, und wollten nicht von ihm ablassen. Das Zittern seiner Hände ließ nur langsam nach und dann diese permanenten Kopfschmerzen. Doch hier heilte sein Körper schneller als seine Seele.

Nachdem er körperlich den Entzug hinter sich hatte, begannen sich Ärzte und Pfleger um seine Seele zu kümmern. Zuerst konnte er mit den Therapiestunden nichts anfangen. Alle schienen es gut mit ihm zu meinen, doch diese Freundlichkeit drang nur langsam zu ihm durch.

Professor Dr. Geiger, der ihn mit seinem langen weißen Bart an einen Weihnachtsmann erinnerte, hatte ihn nicht aufgegeben. Sein zweiter Engel.

Die gemeinsamen Therapiesitzungen öffneten ihm die Augen. Hart war es seine Erlebnisse in Afrika aufzuarbeiten. Oft hatte er sich in dieser Zeit den Alkohol als Trost zurückholen wollen. Professor Dr. Geiger konnte ihm diesen Zwiespalt ansehen.

»Herr Baumeister, erzählen Sie mir von Ihrem aktuell stärksten Dämon.«

»Die vielen Gesichter?«

»Nein, den anderen Dämon.«

»Der Alkohol?«

Sie hatten viele Gespräche über den Alkohol geführt und der Professor hatte ausdauernd zugehört, Fragen gestellt und Tipps gegeben.

Achim sollte Geduld mit sich selbst haben, kleine Schritte gehen und das Erreichen dieser als Erfolge feiern. Sein Heilungsprozess sei lang.

Achim Baumeister verspürte ein warmes Gefühl von Dankbarkeit. Sollte sich sein Leben tatsächlich zum Besseren wenden?

Je mehr sie sprachen und je besser sie die einzelnen Begebenheiten in seinem Leben begannen aufzuarbeiten, desto mehr Sicherheit über sein eigenes Leben gewann er zurück. Und mit dem wachsenden Selbstbewusstsein wuchs sein Selbstvertrauen.

Achim wurde klar, was er zu tun hatte.

Doch das konnte er nur außerhalb dieser Mauern tun.

Seine Einweisung damals war trotz des netten Sozialarbeiters nicht freiwillig erfolgt. Ein Gericht ordnete diese an. Am Ende konnte sich jemand etwas mehr an seine Revierkämpfe unter der Brücke erinnern. Achims Vergehen umfasste eine mittelschwere Körperverletzung. Der Richter folgte der Ausführung seines Pflichtverteidigers, dass es sich bei ihm um einen alkoholkranken und psychisch kranken Menschen handelte, der nicht ins Gefängnis gehöre, sondern in therapeutische Obhut. Und so konnte nur ein gerichtlicher Beschluss ihn in die Welt außerhalb dieser Mauern entlassen.

Und wieder war Achims Freiheit gebunden an die Entscheidungsfreudigkeit von anderen Menschen.

***

Das Schlurfen war kaum mehr zu hören. Achim zählte langsam die zwei Minuten und 32 Sekunden herunter.

Mit Hilfe der Wanduhr in seinem Zimmer hatte er seine innere Uhr so trainiert, dass es auf den Punkt passte.

Er drückte langsam die Klinge seiner Zimmertür herunter. In den letzten Tagen hatte er morgendliche Kreislaufprobleme vorgetäuscht, um er auf seinem Zimmer frühstücken zu können.

Mit der Frühstücksbutter hatte er fleißig Türscharniere und Türklinke geschmiert. Er wollte an seinem großen Tag jedes unnötige Geräusch vermeiden.

Die Zimmertüren der Klienten, so der offizielle therapeutische Fachjargon, wurden schon lange nicht mehr abgeschlossen. Die wenigsten der hier lebenden Patienten waren für andere Menschen gefährlich. Die meisten Erkrankungen waren als autoaggressiv diagnostiziert worden.

Vorsichtig trat Achim auf den Flur und schaute nach links und rechts. Die Turnschuhe hatte er in der Hand. Das Laufen auf Strümpfen würde auf dem hellgrauen Linoleumboden keine quietschenden Geräusche von sich geben.

Die Nachtbeleuchtung war angeschaltet und badete den Flur in ein sanftes Dämmerlicht. Achim wandte sich nach rechts und folgte diesem langsam.

Plötzlich Schritte.

Mit aller Macht presste sich Achim an die weiß getünchte Wand und versuchte, sich so schmal wie möglich zu machen.

Was würde er antworten, wenn ihn ein Pfleger erwischen würde? Darüber hatte er nie nachgedacht. Ihm fiel nicht viel Nützliches ein.

Schlafwandeln mit Turnschuhen in der Hand. Wenig glaubwürdig.

Nächtliche Lust auf Süßes? Quatsch.

Achim lauschte ein weiteres Mal. Die Schritte entfernten sich. Da musste jemand in einem der Querflure unterwegs gewesen sein. Gut für ihn.

Langsam setzte er seinen Weg fort, bis er rechts auf einen der Speisesäle traf, die es auf jedem der vier Stockwerke gab.

Behutsam drückte er die Türklinke nach unten und hoffte, dass diese beim Öffnen kein Geräusch von sich geben würde. Millimeter für Millimeter schob der die Tür auf, bis er durchschlüpfen konnte.

Der erste Teil seines Planes war geschafft.

Die Nachtbeleuchtung des Flures verlor sich immer mehr, je weiter er in den Speisesaal hineintrat. Leise schloss er die Tür. Vorsicht war geboten. Achim musste unbedingt vermeiden, gegen Tische und Stühle zu laufen.

Im Slalomstil erreichte er den hinteren Bereich des Speisesaals und die dort gelegene Behelfsküche.

Teil zwei seines Planes war geschafft. Jetzt begann der schwierigste Part.

Per Zufall hatte Achim davon erfahren, dass sich in der Behelfsküche ein kleiner Lastenaufzug in die Hauptküche befand. Beim Bau des Gebäudes irgendwann in den 60ern hatten die Stiftungseigener diesen einbauen lassen. Damit sollten die kleinen Behelfsküchen in den einzelnen Stockwerken entlastet werden. Heute hatte jeder dieser Küchen einen eigenen Konvektomaten, in dem die vorportionierten Speisen nur noch erwärmt und dann verteilt wurden. Selbst gekocht wurde schon lange nicht mehr. Der kleine Lastenaufzug war kaum noch in Betrieb. Kostenreduzierung und Sparmaßnahmen im Gesundheitssektor waren seiner Meinung der Grund, dass das Essen immer schlechter wurde. Heute würde der kleine Aufzug einen wichtigen Teil zum Gelingen von Achims Flucht beitragen.

Aus Sicherheitsgründen konnte Achim kein Licht anmachen, also tastete er sich Zentimeter für Zentimeter an der Wand entlang und gelangte nach einigen Minuten an einen metallenen Rahmen und eine Tür. Das musste der Lastenaufzug sein.

Zu allem Überfluss hatten die Pflegekräfte vor dem Aufzug allerlei an Küchenutensilien platziert.

Achim musste sie erst einmal bei Seite räumen.

»Das konnte doch nicht wahr sein.

Unter Hochdruck räumte er Pfannen, Töpfe, Tellerhauben auf die kleine Arbeitsfläche, die er bei Herantasten ausgemacht hatte«, fluchte er innerlich.

Kalter Schweiß lief ihm vor lauter Anspannung den Rücken herunter.

»Jetzt bloß keine falsche Bewegung«, betete er.

Nach einer gefühlten Ewigkeit hatte er den Aufzug endlich freigeräumt.

Seine Finger ertasteten drei Knöpfe, einen runden und zwei eckige. Mit dem Runden konnte er den Aufzug in seine Etage rufen, mit dem eckigen gab er dann die Richtung an.

Wieder hielt Achim die Luft an und betete, dass der Aufzug beim Hochfahren möglichst leise sein würde.

Er drückte den Knopf.

Im Inneren des Schachtes begannen die Zugbänder mit ihrer Arbeit. Das Hochfahren machte Geräusche.

Achims Puls trommelte im Stakkato.

Zu allem Überfluss kündigte der Aufzug seine finale Ankunft mit einem hellen »Ping« an.

»Nicht doch«, fluchte Achim leise in sich hinein.

Er drückte sich auf die freigeräumte Arbeitsfläche und öffnete die kleine schmale Tür zum Aufzug.

Jetzt kam ihm seine schmächtige Körpergestalt zugute. In der Hocke müsste er dort locker hineinpassen.

Auf allen vieren krabbelte er in die Öffnung hinein, um gleich darauf wieder rückwärts hinauszukrabbeln. So kam er niemals an den Knopf, um den Aufzug auf abwärts schalten zu können.

Einmal um die eigene Achse drehend, startete er einen neuen Versuch und parkte nun rückwärts in den kleinen Aufzug ein.

Geschafft! Er drückte den Abwärtspfeil und die Tür schloss sich. Im selben Moment startete die Mechanik und er fuhr nach unten.

Wenige Momente später öffnete er vorsichtig die Tür und verließ auf allen vieren den engen Aufzug. Morgen würde er definitiv Rückenschmerzen haben.

Jetzt war es nur noch ein Katzensprung. Wenn denn der letzte Teil seines Planes aufgehen würde. Hierfür war er auf die Hilfe des Aushilfsspülers Mike angewiesen. Der Mann gehörte nicht zu den hellsten Kerzen auf der Torte, doch Achims einzige Möglichkeit Zugang zur Lieferantentür zu bekommen.

Zufällig hatten sie sich kennengelernt. Der junge Mann mit der dicken Hornbrille fuhr jeden Morgen mit dem Fahrrad zum Dienst. Und so an dem Tag, an dem die beiden sich zum ersten Mal begegneten. Achim war ein bisschen auf dem Klinikgelände herumgestreift. Eine alte Angewohnheit aus seiner Vergangenheit.

Verbotenerweise kam er zum Nebeneingang. Hier kettete Mike immer sein Fahrrad an.

An diesem Tag musste sich der junge Aushilfsspüler auf seinem Weg in die Klinik einen Nagel oder spitzen Stein in den Vorderreifen hineingefahren haben. Verzweifelt kniete er vor dem platten Reifen. War es strategisches Kalkül oder doch eher Mitleid? Achim war sich nicht sicher.

Aber er half dem jungen Mann und so freundeten sich die beiden ein wenig an.

Es war ein Leichtes für Achim Baumeister den naiven Mike mit einem Versprechen auf 50 Euro um die Ausführung eines Gefallens zu bitten.

Die beiden Männer hatten abgesprochen, dass Mike bei Schichtende den schließ Schnapper nach unten drücken sollte.

Achim näherte sich der Tür. Er war im Begriff nach der Türklinke zu greifen, als er eine Hand auf seiner linken Schulter spürte. Ihm stockte der Atem. Langsam drehte er sich um. Im Halbdunkel konnte er zwei hellgrüne Augenpaare erkennen, die ihn freundlich anlächelten.

»Hallo Achim.«

»Mike, was machst du hier? Hat dich jemand gesehen?«

»Keine Panik, ich kann lautlos schleichen, wie eine Katze. Niemand ist hier, außer uns beiden.«

»Was machst du hier?«, wiederholte er seine Frage.

»Ich habe noch mal mit meiner Mutter gesprochen. Sie meinte für 50 Euro, ist das mit der Tür zu riskant.«

»Zu riskant? Willst du mich verarschen?«

»Keineswegs. Schon Konfuzius sagte, dass man sich nicht unter Wert verkaufen soll.«

»Wo hast du denn den Scheiß her? Konfuzius? Brennt es bei dir?«

Achim konnte seinen Zorn und seine Verzweiflung nicht unterdrücken.

Für einen Moment hatte Achims Wutanfall Mike verunsichert. Er war nicht so weit gekommen, um diese philosophische Gülle mit einem Deppen zu diskutieren.

»Ist die Tür denn auf?«

»Na Logo, sonst wäre ich doch nicht hier drin.«

Achim schüttelte den Kopf und ersparte sich diese Aussage zu hinterfragen. Er griff sich kurzerhand eine der gusseisernen Pfannen und schlug sie Mike auf den Kopf.

Mit einem dumpfen Stöhnen glitt dieser zu Boden.

Achim ließ die Pfanne auf den Boden fallen und griff erneut nach der Türklinke. Ihm war jetzt völlig egal, ob das Aufschlagen auf den Betonboden außerhalb der Küche zu hören war.

Mike hatte nicht gelogen.

Die Tür ließ sich ohne Probleme öffnen. Achim trat in die kühle Nacht hinaus.

Hinter ihm schnappte die Tür mit einem Klick zurück ins Schloss. Endlich frei!

Ohne sich einmal umzudrehen, rannte er auf die nahe gelegenen Felder zu.

Die Zeit seiner Rache war gekommen.

Zwei
(Frühsommer 2014)

Auf das neue Logo war Hannes Limfaller, der Vorsitzende des Schachklubs Dauborn 2005 e.V., besonders stolz. Im Vorstand hatten sie lange diskutiert, ob die Fahne eine Überarbeitung des Logos beinhalten sollte. Die Mehrheit hatte sich dafür ausgesprochen, dass aus dem braunen, schlichten Stil eher etwas Modernes Farbenfrohes entstehen sollte. Hannes Limfallers unermüdlichem Einsatz war es zu verdanken, dass sich die Anzahl von sieben Mitgliedern im Laufe der letzten fünf Jahre auf 25 erhöht hatte.

Der gewiefte Architekt, der seine Wirkungsstätte ebenfalls in Dauborn hatte, hatte sich den Umstand zunutze gemacht, dass der nächste seriöse Schachverein in Limburg ansässig war und der Ausbau des öffentlichen Nahverkehrs mitunter immer zu wünschen übrigließ.

Nach Dauborn könne die interessierte »Schachjugend« aber mit dem Rad oder dem Moped fahren. Ein weiterer, glücklicher Umstand hatte Hannes zudem in die Karten gespielt.

Eines Tages hielt er den Mitgliedsantrag eines gewissen Herrn Walter Wollhausen in den Händen. Zunächst glaubte Hannes Limfaller, dass die Ähnlichkeit ein Zufall sei. Wie oft kam es vor, dass Menschen ähnlich oder auch gleich hießen, aber dann nichts miteinander zu tun hatten.

Mit einem Blick auf das Geburtsdatum, den 22.05.1967 begann das Grübeln wieder von Neuem. Konnte es wahr sein? Hatte ein Großmeister und international äußerst erfolgreicher Schachspieler um Aufnahme in einem kleinen hessischen Dorfschachverein gebeten?

Normalerweise winkte er die Anträge durch, indem er seiner Frau auftrug, den Blankobrief »Anmeldebestätigung« auszufüllen, auszudrucken und zusammen mit den Bankdaten für den Jahresbeitrag und den Vereinsregeln zuzuschicken.

In diesem Fall lud Hannes in die ortsansässige Gaststätte »Zur Post« zu einem Kennenlerngespräch ein. Zehn Jahre war es mittlerweile her. Ein schwülheisser Nachmittag im Juli im vergangenen Jahr. Beide Männer saßen sich schwitzend gegenüber.

Hannes hatte eine dunkelblaue Anzugshose mit einem hellblauen Anzugshemd an. Mit nach oben gerollten Ärmeln wollte er lässig wirken.

So ganz gelang ihm das nicht, da die Ärmelwulste so ungeschickt gerollt waren, dass sie drohten, den unteren Teil beider Oberarme abzubinden.

Hannes ertrug diese Schmerzen, nach unten rollen war keine Option. Für einen weiteren Aufrollversuch war keine Zeit. Schließlich wollte er von Anfang an einen guten Eindruck machen.

Lässig gekleidet erschien dagegen Walter Wollhausen zu ihrer Verabredung. Ein locker fallendes weißes Leinenhemd. Eine hellgrüne kurze Hose.

Der schachspielenden Architekten konnte es nicht fassen, ihm saß ein erfolgreicher Schachgroßmeister gegenüber.

»Herr Wollhausen, ich kann Ihnen gar nicht sagen, welche Ehre es für mich ist, Sie hier in unserem beschaulichen Dorf begrüßen zu können. Wissen Sie, normalerweise treffe ich mich nicht mit unseren Anwärtern, aber bei Ihnen…«, lächelte er schüchtern.

»Herr Limfaller, ich war ehrlich gesagt etwas erstaunt über die Einladung«, unterbrach der Schachgroßmeister sein Gegenüber.

»Bitte verzeihen Sie meine Aufdringlichkeit, aber ich musste einfach sichergehen. Hannelore, das ist meine Frau, Hannelore, habe ich gesagt, ich muss dem nachgehen.«

»Herr Limfaller, bitte machen Sie keine große Sache aus meinem Antrag.«

Walter Wollhausen machte kein Geheimnis daraus, warum er sich Dauerns Schachklub als neue sportliche Heimat ausgesucht hatte. Nach seiner Scheidung wollte er aufs Land nach Dauborn ziehen und da bot sich der Eintritt in den AK Dauborn 2005 e.V. an.

»Dauborn, Herr Wollhausen. Ich mag meine Heimat, bitte verstehen Sie mich nicht falsch. Die großartige Einbettung im Limburger Becken. Den Feldberg haben Sie beinahe vor der Tür. Wald und Wiesen, die uns umgeben. Das ist landschaftlich nicht zu verachten. Aber Sie als Weltstar? Sie sind doch nicht wegen unseres berühmten Schnaps hier? Die edleren Weine sind bestimmt eher ihre Welt?«

»Ich mache mir ehrlich gesagt nicht viel aus Alkohol. Ich möchte nur ab und zu mal ein paar Figuren über das Brett schieben«, beruhigte Walter Wollhausen Hannes.

Mit einem Vereinsturnier sollte das neue Vereinslogo der Öffentlichkeit vorgestellt werden. Nichts Großes. Ein paar Partien unter den Mitgliedern. Abends gemütliches Beisammensein sollte und Grillen. Hannes Frau wollte ihren berühmt berüchtigten Kartoffelsalat beisteuern.

An einem Spätnachmittag vor ein paar Wochen war es dann so weit.

Der Wettergott sollte ein Einsehen mit den Vereinsmitgliedern haben. Leichte Bewölkung, aber keinen Regen.

Gespielt werden sollte in der Dauborner Mehrzweckhalle. Leider hatte es der Verein immer noch nicht geschafft, einen dauerhaften Klubraum zu mieten. Eine Weile hatten sie in der Germania Unterschlupf gefunden, doch hier konkurrierten sie immer wieder mit dem Oldtimerklub.

Laute Motoren und Schachpartien waren nicht zu vereinbaren.

Die Dauborner Mehrzweckhalle hatte den Charme einer Schulturnhalle. Aber was brauchte man denn schon für eine gute Partie Schach?

Tische, Stühle, genug Abstand zwischen den Tischen, um sich nicht gegenseitig in der Konzentration zu stören.

Die Schachspiele und Schachuhren brachten die Spieler selbst mit.

Und so gestaltete sich das freudige Ereignis der Einweihung der neuen Klubfahne eher funktionell und rationell.

Die einfachen weißen Konferenztische waren zu kleinen Inseln gruppiert. An jeder Tischgruppe sollte später eine Schachpartie stattfinden.

34

Zur Feier des Tages konnten sie die beiden Säle zu einem großen Saal zusammenfügen, da der zweite Mieter für diesen Tag verhindert war.

Eine Erkältungswelle hatte den ortsansässigen Dorfverschönerungsverein beinahe komplett ans Bett gefesselt.

***

Fünf Tischinseln wurden von den Schachfreunden aufgebaut.

Allerdings waren sie heute auch zu viert und benötigten nur zwei Inseln. Der kleine neunjährige Tobias versuchte verzweifelt gegen seine siebenjährige Schwester Annalena zu bestehen, während Walter einem jungen Mann gegenübersaß, dem man nicht auf dem ersten Blick zutraute, überhaupt unterscheiden zu können, welche Züge die einzelnen Figuren tätigen konnten, ganz zu schweigen von den unzähligen Möglichkeiten eine Schachpartie zu eröffnen.

Gegen seine Gewohnheit wählte Tim heute die italienische Eröffnung: weißer Bauer von F2 auf U4. Er wollte nach dem Springer die Läufer schnell ins Zentrum bringen.

Walter grinste leicht. Tim hatte sich heute wohl vorgenommen, es seinem Lehrer zu zeigen. So offensiv
hatte er bislang noch nie eröffnet.

Gut, Walter würde sich darauf einlassen und entschloss sich, mit der der sizilianischen Verteidigung
zu antworten. So konnte er sicherstellen, dass er mit
Schwarz aktiv in der Partie bleiben und auf Sieg
spielen konnte. Mit seinem ersten Zug setzte er einen seiner schwarzen Bauern von U5 auf G7.

In gebührendem Abstand standen sich nun die ersten Figuren im Mittelfeld gegenüber.

Der nächste Zug lag nun wieder bei Tim. Ohne viel
zu überlegen, schnappte dieser sich seinen Springer
und setzte ihn von Sg auf F1, diagonal zu seinem
weißen Bauern. Selbstbewusst konterte Walter mit
seinem Springer und zog ihn von Sg auf U6. Beide
Spieler hatten nur je einen Bauern und einen Springer im Mittelfeld positioniert. Das war wichtig für
den Beginn des Spiels, in dem es galt, das Mittelfeld
schnell besetzen und dem Gegner möglichst viele
Figuren nehmen zu können. Schließlich ging es darum, den gegnerischen König zu schlagen.

Zwischen den beiden Kontrahenten war es mucks-
mäuschenstill. Walter nahm seinen jugendlichen
Gegner ernst und verzichtete deshalb auf Zwischen-
kommentare, um ihn nicht aus der Konzentration
zu bringen. Gespannt beobachte er ihn.

Tims Stirn lag in Falten. Seine Finger wanderten unsicher zwischen seinem Springer auf der rechten Seite und dem auf der linken Seite hin und her. Unentschlossen zog er seine Hand vom Schachbrett zurück. Er stützte stattdessen sein Kinn auf seine Faust. Tim kniff seine Augen fest zusammen. Seine Augenbrauen berührten sich beinahe über seiner Nasenwurzel.

Walter beobachten ihn weiter. Gespannt auf den nächsten Zug seines Schützlings.

Tim atmete tief durch. Er bewegte seine Hand in Richtung seines Läufers und zog diesen von AfD auf U4.

Anerkennend nickte Walter leicht mit seinem Kopf. Er hatte sich seinen nächsten Zug schon zurechtgelegt, freute sich aber dennoch über Tims Spielwitz.

Der schwarze Läufer folgte seinem weißen Pendant von G8 auf U5.

Plötzlich verlor der junge Schachspieler an Mut und Schwung.

Walter nahm ihm seinen Bauern und seinen Läufer.

Unruhig rutschte Tim auf seinem Stuhl hin und her. Das Spiel plätscherte so vor sich hin.

Walter beschloss, Tim ein bisschen zappeln zu lassen, bevor er zu den finalen Zügen ansetzen wollte. Vielleicht fiel ihm noch ein rettender Zug ein.

Mittlerweile war Tims Nervosität so groß, dass er begann an seinen Nägeln zu knabbern.

»Schachmatt«. Walter brachte seinen Läufer auf das Feld von Tims König.

Am anderen Tisch konnte der kleine Tobias seinen Frust über den drohenden Verlust des Spiels nicht mehr im Zaum halten und fegte mit der Hand alle Figuren vom Brett, die nacheinander auf den Boden segeln.

Doch dieser kleine Zwischenfall konnte weder Walter noch seinen jugendlichen Schachpartner aus der Ruhe bringen. In drei Zügen habe ich ihn schachmatt gesetzt, überlegte Walter und beschloss, dem Ganzen nun doch ein schnelles Ende setzen zu wollen.

Tim hatte in den letzten Zügen zu viele seiner eigenen Figuren opfern müssen.

Dennoch war Walter zufrieden mit dem Auftreten seines Schülers.

»Er ist auf dem richtigen Weg – fürs Schachspielen und für all die anderen Dinge, die ich so für ihn habe,« freute sich Walter.

»Schachmatt« rief er Tim zu und legte dessen König auf die Seite.

»Wie? Das darf doch nicht wahr sein!« entfuhr es Tim enttäuscht.

»Mensch Tim, alle Achtung, mich mit der italienischen Eröffnung zu überraschen. Das nächste Mal läuft es besser, versprochen.«

Tim murmelte ein »Hm«, vor sich hin und verließ ein wenig geknickt die Tischgruppe.

Walter sammelte die Figuren zusammen und ordnete sie in der richtigen Reihenfolge wieder auf dem Brett an.

Am Nachbartisch versuchte Hannes Limfaller immer noch den wütenden Tobias zu beruhigen. Teils hilflos, teils bedauernd warf er Walter einen Blick zu, als ob er sich für den unprofessionellen Ausbruch entschuldigen wollte.

Walter lächelte wohlwollend zurück. Ihm war es ehrlich gesagt egal, wie oft der kleine Tobias die Schachfiguren durch die Gegend warf.

Er hatte mit dem Schachverein hier in diesem kleinen Dorf das richtige Puzzlestein für seine Tarnung gefunden.

Sollte Limfaller gerne seine eigenen Schlüsse ziehen.

Drei
(April 2014)

Wie jeden Morgen saß Walter Wollhausen in seiner kleinen Küche seines Reihenhauses.

Seine Katze leckte sich genüsslich die Pfoten ab. Die alte Dame hatte sich ein Schälchen Ziegenmilch munden lassen. Walter blickte mit einer Tasse dampfenden Kaffees hinaus zu dem nahegelegenen Waldrand. Mit einem herzhaften Gähnen schlug er die Frankfurter Neue Presse auf. Die Titelseite schmückte mal wieder dieser Protzbischof.

Wie hieß der noch mal? Albert Vogel van Ae Glocke?

Walter schüttelte den Kopf. Wie konnte man denn nur so dämlich sein und sich beim Betrügen erwischen lassen? Hatte sich der Oberpfaffe eine goldene Badewanne in seinen Bischofssitz einbauen lassen?

Er schüttelte erneut den Kopf. Er konnte Menschen verstehen, die einen Faible für schöne Dinge hatten. Er hatte aber kein Verständnis für Menschen, die damit protzten.

Die Empörung über den Bischof und sein verschwenderisches Verhalten nahm zu. Die

Gesellschaft erwartete immer noch von einem Gottesmann Verzicht und Bescheidenheit.

Walter Wollhausen war das eigentlich egal. Er hatte im Laufe seines Lebens gelernt, dass man sich nehmen musste, was das Leben einem bot. Egal zu welcher Gesellschaftsschicht man gehörte.

Gut gelaunt blätterte Walter eine weitere Seite seiner Zeitung. Im Lokalteil stieß er auf die Ankündigung einer Sonderausstellung, die im Rahmen des jährlich stattfindenden Schachturniers der Limburger Einkaufspassage »Werkstatt Chess Open« stattfinden sollte.

Das Herzstück der Sonderausstellung sollten die berühmten Lewis Chessmen bilden. Sie waren eine Leihgabe des national Museum Hof Gotland in Edinburgh.

Die kleinen Holzfiguren galten als Sensation. Zahlreiche Legende rankten sich um die Spielfiguren. Für die gemeinen Wissenschaftler waren sie ein Zeugnis der Besiedlung der schottischen Äußeren Hybriden durch die Wikinger. Wie genau die Figuren an den schottischen Strand gekommen waren, war immer offen. Walter gefiel die Variante, dass ein Wikingerschiff in einem Sturm gesunken war und die Figuren quasi als alleinige Überlebenden den Strand der Insel Lewis erreicht hatten.

67 der aus dem Elfenbein von Walrossen geschnitzten Figuren waren der Öffentlichkeit zugänglich.
Zehn weitere befanden sich in privatem Besitz.
Doch nicht nur in der Schachwelt und der Archäologie erfreuten sich die kleinen Figuren einer gewissen Berühmtheit.
In die große Welt des Films hatten sie es geschafft.
Die Harry-Potter-Verfilmungen holten sich den roten König als Statist in »Harry Potter und der Stein der Weisen«.

Ein weiterer Artikel zur Ausstellung ließ Walters Herz höherschlagen. Maurice Leblancs Romanfigur Arsene Lupin sollte in der Limburger Stadthalle besprochen werden.

Während viele Kinder aus seiner Generation den Abenteuern von Sherlock Holmes entgegenfieberten, schlug Walters Herz für den gewieften Gentleman Gauner Arsene Lupin.
Mit den Geschichten von Arsene Lupin träumte er sich weg aus dem traurigen Alltag des Kinder- und Jugendheims.
Lupin war sein Held. Jemand, der es verstand, so viele Menschen und besonders die Gesetzeshüter an der Nase herumzuführen.
Er schaffte es, sich das zu nehmen, was er wollte.

Lupin war eine Art französischer Robin Hood, der auch an die Armen und Benachteiligten dachte.

Aber vor allen Dingen faszinierte ihn die Finesse, mit der er sich schier aus jeder aussichtslosen Situation heraus manövrieren konnte. Walter konnte sich noch ganz genau daran erinnern, mit wie viel Spannung er die Passage verschlungen hatte, als es Arsene Lupin gelungen war, aus dem Gefängnis auszubrechen:

Ein Bettler hatte durch ein gewagtes Manöver seinen Platz im Gefängnis eingenommen. Für die Aussicht auf ein trockenes Nachtlager und regelmäßige Mahlzeiten hatte der arme Kerl gerne die Rollen getauscht. Was sollte ihm denn auch bei einer möglichen Verurteilung drohen als einen sicheren Unterschlupf für sein restliches Leben.

Zuerst las er alles, was ihm die Bibliothek des Heims zu bieten hatte. Dort entdeckte er dann auch Bildbände von berühmten Gemälden und Kunstwerken.

Fast hätte Karl, der Anführer der Schlägerbande im Heim, ihn erwischt, wie er sich den Bildband von Rembrandts Werken anschaute.

Schöne Dinge begannen ihn immer mehr zu faszinieren. Diese zu besitzen, wäre doch wunderbar, dachte er sich. Per Zufall fiel ihm der erste Band von Maurice Leblancs Arsene Lupin in die Hand.

Walter tat sich zuerst schwer mit der Sprache. Sie wirkte langatmig und altbacken. Doch irgendwie ließ ihn die Romanfigur nicht los.

Walter fühlte sich verbunden, zwei missverstandene Seelen. Den ersten Band verschlang er innerhalb nur weniger Stunden. Als er alle Bände ausgelesen hatte, begann er wieder von vorne. So oft, dass er im Laufe der Jahre alles über Arsene Lupin Geschriebene auswendig kannte.

Natürlich war Walter schon klar, dass es sich hier um eine fiktive Figur handelte.

***

Walter ließ seinen Blick erneut hinaus in den Garten wandern.

Der April in diesem Jahr zeigte sich bislang von seiner freundlichen Seite. Die Nächte konnten bisweilen etwas kalt werden, doch gegen Mittag strahlte die Sonne eine wohlige Wärme aus.

Das Radio dudelte leise vor sich hin. Auf FFH erklangen die letzten Töne von Helene Fischers »Atemlos«. Walter konnte den Hype, um dieses Lied nicht verstehen, wobei er sich die Sängerin immer wieder gerne anschaute.

»Und nun zu den FFH Tipps für euer Wochenende«, übernahm der Moderator.

»In Limburg könnt ihr dieses Wochenende abtauchen in die Welt der Meisterdiebe. Die Limburger Stadthalle wird eine Ausstellung und Vortragsreihe rund um den literarischen Helden des französischen Schriftstellers Maurice Leblanc zu Arsene Lupin beherbergen. Vielleicht habt ihr auf Netflix mal die Serie dazu gesehen mit dem Schauspieler aus »Ziemlich beste Freunde«.

Das Radio berichtete über die Ausstellung. Das schien schon eine größere Sache zu sein. Vielleicht sollte auch er sich den Ausflug zu dem Helden seiner Kindheit gönnen.

Er würde sich den genauen Zeitplan der diesjährigen Werkstatt Chess Open anschauen müssen. Als lokale Schachberühmtheit musste er dort erscheinen.

Die Veranstalter hatten für dieses Jahr eine kleine Änderung vorgenommen. Walter würde gegen zehn junge Schachspieler in einem Blitzschachturnier antreten.

Beim Blitzschach würde jeder Spieler für die gesamte Partie eine Bedenkzeit von maximal fünfzehn Minuten bekommen. Überschritt ein Spieler dieses Zeitlimit, dann hatte verloren.

Walter mochte diesen gleichzeitigen Wettlauf gegen Zeit und seinen Schachgegner. Musste er sich doch

blitzschnell eine Strategie zurechtlegen und die möglichen Züge in Sekundenschnelle bewerten.
Ein sehr gutes Training für sein Gehirn.
Sein Auftreten auf dem Turnier würde wieder die Presse auf ihn aufmerksam machen. Normalerweise war er nicht scharf in der Öffentlichkeit. Er benötigte diese, um sein verborgenes Geschäft weiter ausbauen zu können.
In einem Interview würde er auf sein soziales Projekt aufmerksam machen können. Walter erhoffte sich dadurch ein bisschen mehr Spielraum gegenüber den Behörden und dem dazu gehörigen Verwaltungsapparat zu gewinnen.

***

Der kleine Birnbaum im Garten begann langsam auszuschlagen. Dieser Winter war mild. An Schneeberge und wochenlangen Minusgraden konnte er sich nur aus seiner Kindheit erinnern.
Walter Wollhausen fühlte sich wohl hier auf dem Land. Ob er ein klassischer Landmensch war, konnte er noch nicht wirklich beantworten. Seit seinem Aufenthalt im Kinderheim war ihm das Gefühl von Heimat fremd.

Nach seiner Scheidung hatte es ihn aufs Land gezogen und er war in Dauborn erneut sesshaft geworden.

Am Küchenfenster rekelte sich Kira, seine schwarzweiße Katze mit einem gut gefüllten Ziegenmilchbäuchlein in der Sonne. Bereitwillig hatte ihm Viola, seine Ex-Frau, den älteren Stubentiger überlassen. Die beiden hatten sich nie angefreundet.

Walter Wollhausen konnte sich gut an den Tag erinnern, als das kleine schwarz-weiße Fellknäuel pitschnass im Hauseingang seiner Limburger Jugendstilvilla gesessen hatte, als er nach Hause kam. Mit großen Augen hatte sie ihn angeschaut und im gleichen Moment war es um Walter Wollhausen geschehen. Er packte die triefende Katze unter seinen Mantel und schloss die Haustür auf.

Mit seinen Schuhen zog er eine Spur von nassen Fußabdrücken bis in die Küche.

Ein schriller Aufschrei gab ihm dem Hinweis, dass seine Frau Viola seine Rückkehr entdeckt hatte.

»Wie oft soll ich dir noch sagen, dass du gefälligst deine Schuhe ausziehen sollst? Schau dir bloß an, wie es schon wieder hier aussieht«, begrüßte ihn seine gertenschlanke blonde Frau mit schriller Stimme.

»Ach, Schatz, als ob es dich auch nur ein wenig scheren sollte, wie es hier aussieht. Du putzt den

Dreck doch eh nicht weg. Ruf morgen früh einfach bei Paulina an und dann ist das in zehn Minuten erledigt. Und jetzt stell dich nicht so an.«

Viola Wollhausen wollte sich aber nicht beruhigen. Sie funkelte ihren Mann mit ihren stahlblauen Augen aufgebracht an und erhaschte dabei eher zufällig einen Blick auf das schwarz-weiße Etwas auf dem Küchenboden.

»Kannst du mir mal verraten, was diese Ratte hier in unserer Küche zu suchen hat? Bring das Vieh sofort wieder raus.«

»Jetzt beruhige dich doch. Siehst du nicht, dass das eine kleine verängstigte Katze ist?«

»Eine Katze soll das sein? Die ist bestimmt voller Flöhe. Schmeiß sie raus, ich will hier kein Ungeziefer im Haus haben.«

»Die Katze bleibt!«, donnerte Walter zurück. Nicht viel brachte den unscheinbaren Mann aus der Ruhe. War es die seit Jahren angespannte Stimmung zwischen ihm und seiner Frau sein oder der Beschützerinstinkt, der immer in ihm wuchs, wenn er hilflose Tiere sah? Er hatte in diesem Moment das Gefühl, dass er sich unbedingt durchsetzen musste.

Er beugte sich runter zu dieser kleinen Kreatur und nahm die Hand, um sie zu streicheln. Eine Geste, als ob er sich bei ihr für seine aufbrausende Art entschuldigen wollte.

Viola Wollhausen blieben nach diesem Donnerwetter die Worte im Hals stecken. Selten hatte sie ihren Mann so erlebt. Auch wenn sie in den letzten achtzehn Jahren ihrer Ehe verstanden hatte, ihren Mann, um den Finger zu wickeln und ihren Willen zu bekommen, so wusste sie, dass jetzt ein geordneter Rückzug angebracht war.

Sie kam nicht umhin, dem ungleichen Paar auf ihrem Küchenboden einen missbilligenden Blick zuzuwerfen, drehte sich um und verließ die Küche.

Kopfschüttelnd sah Walter seiner Frau hinterher. Der romantische Zauber, der einst zwischen ihnen lag, war schon lange verflogen. Zugegeben, als Walter Viola zum ersten Mal sah, fühlte er sich nur von ihr angezogen.

Walter nahm an einem internationalen Schachturnier in Frankfurt teil. Als Viola den Raum betrat, stockte Walter der Atem. Damit hatte er nicht gerechnet. Vor ihm stand eine absolute Schönheit. Die blonden schulterlangen Haare hatte die Unbekannte zu einem klassischen Zopf gebunden. Die schlanke Figur steckte in einem atemberaubenden Kostüm. Viola war eine der vielen Servicekräften, die sich während des Turniers um das Wohl der Spieler, Schiedsrichter und Zuschauer zu sorgen hatten.

Kaum hatte Walter Viola aus der Ferne gesehen, da war sie wieder verschwunden.

Walter gelang es, während seiner ersten Partie kaum sich zu konzentrieren. Schon bei der Eröffnung begann er einen Flüchtigkeitsfehler, der ihm beinahe die Dominanz in der Spielmitte gekostet hätte.

Bernd hatte ihn als Sekundant begleitet. Doch statt seinen Freund Walter mit Informationen zu seinen Gegnern versorgen zu können, sah er sich dieses Mal Walters massiver Unkonzentriertheit gegenüber.

Zwischen zwei Partien zog Bernd Walter auf die Seite.

»Kannst du mir bitte mal verraten, was mit dir los ist? Ich kann mich nicht erinnern, dich so unkonzentriert gesehen zu haben. Vergiss nicht, dass ich dein Sekundant bin. Was bringt es denn, wenn ich die anderen Partien und Gegner beobachte, wenn all die Informationen für die Katz´ sind? Ich bin echt froh, dass es diesmal nur um das Schachspielen geht und wir keinen anderen Job haben. Das würde uns mit Sicherheit den Kopf kosten.

Mensch, was ist los mit dir?«

»Keine Ahnung, ich kann meine Gedanken nur schwer zusammenhalten. Immer wieder schweife ich ab und muss an diese langbeinige Schönheit denken.«

»Nicht dein Ernst? Alles wegen einer Frau?«

50

»Hast du sie denn nicht gesehen? Ich schwöre dir, wenn du sie gesehen hättest, dann wüsstest du, von was ich spreche.«

Bernd atmete tief durch, so hatte er seinen Freund noch nie erlebt. Frauen standen bislang nicht in Walters Focus. Mit Logik konnte der Schachgroßmeister sein eigenes Verhalten nicht erklären. Er wollte sie damals nur »besitzen«, wie ein teures Gemälde.

Bernd wollte seinen Freund durch das Turnier bringen. Schließlich benötigte Walter wichtige Wertungspunkte, um weiterhin internationale Turniere spielen zu können.

Die Turniere hatten den beiden schon oft den Deckmantel für ihre Raubzüge gegeben. Und das wollte er auf keinen Fall aufgeben. Sollte Walter doch diese Frau kennenlernen. So ein kleiner Flirt würde ihm vielleicht guttun. Schnell würde sich Walter bestimmt wieder auf die beiden wichtigsten Dinge in seinem Leben konzentrieren – das Schachspielen und die Diebstähle.

Bernd hatte einen anderen Kellner bestochen. In den Händen hielt er einen Zettel mit dem Namen und der Telefonnummer von Walters.

Ehrlicherweise musste Bernd schon zugeben, dass Walter einen einwandfreien Geschmack hatte. So ein bisschen ärgerte es ihn, dass er Viola nicht zuerst entdeckt hatte. Nun war halt sein Freund dran. Walter plante sein erstes Date mit Viola wie einen seiner Raubzüge. Um sie erobern zu können, plante er minutiös ihr erstes Date. Er fuhr alles auf, was ihm so ein fiel.

Mit einer Luxuslimousine ließ er die blonde Schönheit abholen. Er hatte den teuersten Tisch in einem von Frankfurts Spitzenrestaurants gemietet und den Tag auf einem Doof Top mit einem atemberaubenden Blick über die Frankfurter Skyline ausklingen lassen.

Sie hatten einen schönen Abend. Walter war am Ziel seiner Träume. Er hatte dieses bezaubernde Wesen erobert. Der »Raubzug« war erfolgreich gelaufen.

Eigentlich ein guter Zeitpunkt, um wieder zurück zum »Business« zu kommen: Schachspielen und Raubzüge planen. Doch Viola beherrschte eine andere Art von Spiel.

Ehe er sich versah, waren sie verheiratet und die beiden Kinder unterwegs.

Viola liebte den Luxus, den Walter ihr bieten konnte, doch mehr war da nicht an Gefühlen.

Als er das erste Mal herausfand, dass sie sich außerhalb ihrer Ehe mit dem Yogalehrer vergnügte, merkte er überrascht, dass ihm das nicht mal etwas ausmachte.

Viola hatte schon vor Jahren den Glanz ihrer ersten Begegnung verloren. Er hatte sie erobert und besessen und damit seinen Jagdtrieb befriedigt.

Walter war nur noch aus Gewohnheit mit ihr zusammen.

Außerdem war ihm klar, wie aufwendig zeitlich und finanziell eine Scheidung sein würde. Und dann die Kinder.

Doch wieder hatte er die Rechnung ohne Violas Hinterlistigkeit gemacht und so kam das eine zum anderen und mir nichts dir nichts hatte er die Scheidungspapiere vorliegen.

Er überließ ihr alles. Walter hatte keine große Lust, sich mit seiner Ex-Frau zu streiten, er überschrieb ihr die Stadtvilla in Limburg und den schicken Mercedes. An einer gerichtlichen Offenlegung seiner Besitzverhältnisse war er nicht interessiert. Niemand wusste, auf welche Art und Weise er sein Geld verdiente.

***

Die Katze blieb über den Abend des lautstarken Streites hinaus Mitbewohner der schicken Stadtvilla mit dem teuren Parkettboden. Walter taufte die Kleine Kira.

Fünf Jahre später zogen dann beide aufs Land.

Wieder von Neuem anfangen.

Etwas, was es nie in dieser Art gegeben hatte – eine Meisterschule von Dieben.

Sein Heer an Verdammten, an jungen Menschen, die bereits auf der schiefen Bahn gelandet waren oder sich im Suchen und Finden immer mehr dorthin bewegten.

Walter seufzte und schob seine Gedanken aus der Vergangenheit beiseite.

Heute Mittag würde er sich wieder mit seinen Schülern treffen.

Auf dem Frühstückstisch lagen verstreut seine Visitenkarten. Walter Wollhausen, mit einer Mobilnummer und seiner E-Mail-Adresse. Für die Akquise neuer Schützlinge.

Jeden Dienstag und Donnerstag machte er sich auf in die Jugendtreffs in der näheren Umgebung und traf dort seine Schützlinge.

Der Stolz wuchs immer mehr in ihm heran. Nie hätte er sich träumen lassen, dass er einmal Vorbild sein würde für junge Menschen und schon gar nicht, dass er diesen etwas beibringen würde.

Seine Schulzeit - schwer, langweilig, keine guten Noten.

Er war mehr damit beschäftigt, so gut wie möglich unter dem Radar zu fliegen.

Walter gehörte schon als kleiner Junge nicht zu den auffälligsten. Er hatte schnell lernen müssen, dass sein unscheinbares Aussehen ein Segen war, und so bemühte er sich, immer möglichst unsichtbar zu sein. Das hatte ihn in vielen Situationen vor einigen Schlägereien im Heim bewahrt, in dem er aufgewachsen war.

Vier
(Irgendwann in den 1970ern)

Walters Weg ins Heim glich so vielen Geschichten vieler Kinder, die früher oder später in die Mühlen der Behörden geraten waren.

Solange er sich erinnern konnte, zog seine Mutter ihn und seine zwei Geschwister allein auf.

Immer bemüht den Lebensunterhalt zu finanzieren, hatte sie neben ihrer Stelle in einem Supermarkt diverse Putzstellen angenommen.

Walter konnte sich genau an die Abende erinnern, an denen sie völlig erschöpft nach Hause kam, um dann Wäschestücke zu flicken, damit er diese von seinen beiden älteren Geschwistern auftragen konnte.

Trotz aller Bemühungen war nie genug da. Nie ausreichend zu essen, nie genügend zum Anziehen (abgesehen, von dem Flickwerk), nie genug Zeit für die Familie.

Und so kam es, wie es kommen musste. Walter wurde krank. Trotz seiner bunt zusammengewürfelten Kleidung stach er ein wenig heraus. Da half ihm auch nicht seine kleine untersetzte Figur. Er sah oft aus wie ein zu kurz geratener Clown.

Für seine Mitschüler sah er deshalb seltsam aus. Die meisten ließen ihn einfach links liegen.

Eines Morgens schleppte sich Walter mit Husten in die Schule. Allein zu Hause bleiben konnte er nicht, da seine Mutter schon wieder im Supermarkt die leeren Regale befüllte und seine größeren Geschwister in der Schule waren.

Er konnte bellen wie ein Hund.

»Walter, halte wenigstens deine Hand vor den Mund, wenn du husten musst. Du verteilst die ganzen Bakterien in der Klasse. Möchte du denn alle hier anstecken?«

»Frau Schierhuber, es tut mir leid, aber ich kann einfach nicht aufhören zu husten.«

»Was sagt denn deine Mutter zu deinem Zustand?«

»Was denn für ein Zustand? Ich habe doch nur Husten?«

»Nur Husten… du bist lustig. Du bist ganz bleich. Hast du denn heute schon etwas gegessen?«

»Klar, Frau Schierhuber«, flunkerte er seine Klassenlehrerin an. Ihm war heute Morgen so schlecht gewesen, dass er das Butterbrot zurück in den Kühlschrank gestellt hatte. Seine Mutter hatte ihm und seinen Geschwistern immer gesagt, dass sie, ohne etwas zu essen, nicht zur Schule gehen sollten. Heute Morgen konnte er einfach nichts essen. Sie würde ihn traurig anschauen, wenn sie heute

Abend den Kühlschrank öffnen würde. Aber das musste nicht unbedingt seine Klassenlehrerin wissen.

»Warum hat deine Mutter dich überhaupt in die Schule geschickt? Hat sie dich denn nicht richtig angeschaut?«, löcherte sie ihn immer weiter.

»Doch, doch. Es ist alles gar nicht so schlimm. Morgen bin ich wieder ganz gesund«, versuchte Walter sie zu besänftigen. Frau Schierhuber fand das allerdings nicht so lustig und schaltete das Jugendamt ein.

An einem Freitagabend klingelte es dann an der Haustür und eine streng aussehende Dame bestand darauf, mit Walters Mutter zu sprechen. Die beiden Frauen saßen bei einer Tasse Tee am Küchentisch und sprachen leise miteinander. Er hatte die Küchentür einen Spalt geöffnet und versuchte zu lauschen.

Die streng aussehende Dame kam vom Jugendamt und redetet unaufhörlich auf seine Mutter ein. Diese sank im Laufe des Gespräches immer mehr in sich zusammen. Sie hatte die beiden Hände ineinander gefaltet und knetete dabei ein Taschentuch. Walter konnte nur einzelne Worte verstehen: »Unverantwortlich«, »Zum Wohle des Kindes«, »Es ist das Beste«, »Seien Sie doch vernünftig!« »Bevor es zu spät ist«.

Es dauerte nicht lange, bis seine Mutter mit Tränen in den Augen ihm auftrug, einen Koffer mit seinen Kleidungsstücken und seine Schultasche zu packen. Den Abschied von seinen Geschwistern und seiner Mutter ließ Walter stoisch über sich ergehen. Er hatte nur verstanden, dass er seine Sachen packen und mit dieser komischen Frau mit gehen musste. Ging er in ein Krankenhaus? Mit seinen Schulsachen? Morgen würde er wieder zu Hause sein und alle würden über diesen seltsamen Besuch lachen.

***

Walter kam nicht in ein Krankenhaus und seine Familie würde er über eine lange Zeit nicht mehr sehen. Der unscheinbare Junge startete unfreiwillig in einen neuen Lebensabschnitt.

Das Jugendheim steckte ihn in ein Heim.

Die ersten Tage im Heim waren für Walter ein einziger Albtraum. Weder die Schlafsäle noch die Duschräume boten einen Ort für einen Rückzug oder Privatsphäre.

Auf vielen Gesichtern lag ein dunkler Schatten, den Walter nicht zu Anfang nicht einordnen konnte.

Das einzig freundliche Gesicht gehörte Bernd.

»Du wirst dich schon hier dran gewöhnen.«

Walter blickte auf. Er saß auf der Bettkante. Ein Betreuer hatte ihm kurz zuvor die Waschräume, den Speisesaal und seinen Schlafplatz gezeigt. Am Ende des Saals standen Schränke. Für jeden Jungen einer. Er sollte den Inhalt seines Koffers dort einräumen und dann sein Bett beziehen.

Er wartete, bis der Betreuer den Saal verlassen hatte und setzte sich erst einmal auf das ungemachte Bett. Noch immer verstand er nicht, was er hier überhaupt zu suchen hatte.

Eher er sich es versah, saß ein schlaksiger dünner Junge mit leuchtenden blauen Augen neben ihm.

»Ich heiß Bernd Mann und du?«

»Ich bin Walter. Walter Wollhausen.«

»Bist du schon lange hier?«

»Seitdem meine Mutter mich hier als Baby abgegeben hat. Und du, wie bist du hierhergekommen?«

»Das frage ich mich auch gerade. Da kam auf einmal eine Frau zu uns nach Hause und dann sollte ich einen Koffer packen.«

»Ah, dann gehörst du zu denen, die vom Amt eingesammelt werden. Das passiert immer mal wieder. Für uns, die schon immer hier sind, seid ihr wie von einem anderen Planeten. So mit Vater, Mutter und so.«

»Sind die jemals wieder zurück nach Hause gekommen?«

»Ein paar schon, aber ein paar sind bald wieder hier aufgetaucht. Noch trauriger als beim ersten Mal.
Für ein paar von uns, ist es hier schon besser als zu Hause.«

»Ich weiß ja nicht.«

»So schlimm ist es hier gar nicht. Du musst dich nur an ein paar Regeln halten.«

»So was wie Hände waschen vor dem Essen?«

»Na ja, eher so was wie, hüte dich vor den Älteren hier.«

Walter sollte in den nächsten Wochen schnell und nachhaltig die Bekanntschaft mit DEN Älteren machen.

Eine Bande von fünf halbwüchsigen Kerlen, die es sich zum Ziel gemacht hatten, die Welt des Kinderheims zu terrorisieren.

Die Kunst bestand darin, der Truppe möglichst oft aus dem Weg zu gehen, wollte man keine Prügel kassieren oder Spucke und Nasenpopel in seinem Essen finden.

In Walters Fall fanden die Älteren schnell heraus, dass seine Unscheinbarkeit für sie auch von Vorteil sein konnte.

Ihm würde man einen Diebstahl oder Ähnliches nicht zutrauen.

»He, Kleiner, bleib doch mal stehen.« Karl, der Anführer der Bande, hatte ihn abgepasst, als er aus
dem Waschraum kam.
Walters Herz begann wie wild zu schlagen. Er versuchte die Umgebung nach Fluchtmöglichkeiten ab-
zusuchen. Fand allerdings nichts.
»He, Kleiner. Jetzt bleib doch mal stehen. Ich tue dir
schon nichts. Zu mindestens nicht dieses Mal«,
schob er zu Walters Beruhigung hinterher.
Fliehen, war keine Option, ihm blieb nichts anderes
übrig als stehen zu bleiben. Vielleicht, so seine Hoffnung, wenn ich mich ganz klein machte und den
Körper ganz doll anspanne, wird es nicht so
schlimm.
Der Schläger kam immer weiter auf ihn zu. Walter
kreuzte reflexartig seine Arme schützend vor dem
Kopf.
»Komm, sei nicht albern«, zischte Karl ihn an und
drückte ihm die Arme runter.
»So können wir besser sprechen. Wir hatten noch
nicht das Vergnügen, richtig? Irgendwie rutschst du
uns immer wieder zwischen den Fingern durch.«
Wie zur Bestätigung knackte er mit seinen Fingern.
Walter zuckte zusammen.
»Weißt du, wir müssen hier für Ordnung sorgen.
Wir gegen den Rest der Welt. Die haben uns hier
weggesperrt, als wären wir Verbrecher. Wenn die

das so sehen, dann sollen sie das auch so haben. Aber dann muss jeder mitziehen und dann darf es hier keine braven Muttersöhnchen geben. Hilf dir selbst, kein anderer macht das.«

Walter verstand die Logik hinter seinen Worten nur bedingt, für einige war das Heim ein besseres Zuhause als sie es bei ihren ursprünglichen Familien je gehabt hätten.

Doch er wagte es nicht zu widersprechen und Karl auf den Fehler in seiner Argumentation hinzuweisen.

Das Einzige, was er wollte, war mit möglichst wenig blauen Flecken und heilen Knochen aus der Situation herauszukommen.

»Du bist mir dennoch aufgefallen und ich glaube, wir könnten dich gut in unserer Truppe gebrauchen.«

Walter blickte Karl erstaunt an. Sollte er Teil einer Schlägertruppe werden? Er schaffte es noch nicht mal, eine Spinne im Duschraum zu erschlagen.

Das konnte alles doch nur ein bösartiger Witz sein.

»Guck nicht so verdutzt«, griff Karl Walters Blick auf und begann gleichzeitig schallend anzulachen.

»Nein, wir brauchen deinen Kopf und nicht deine Spargelarme. Komm, lass uns an einen Ort gehen, an dem wir nicht so belauscht werden können.« Er zerrte ihn am Arm weiter.

Hinter dem Gebäude führte ein schmaler Weg zu einem Maschendrahtzaun. Bei näherem Hinschauen erkannte Walter, dass der Draht leicht gelöst werden konnte. Durch die so entstandene Lücke war es ein Leichtes hin durchzuschlüpfen.

»Aber, wenn…«, Walters kläglicher Versuch sich Karls Griff zu entwinden.

»Keine Angst, der Birnenschal schläft um die Zeit tief und fest. Keiner wird uns vermissen oder suchen.«

Der Birnenschal war einer der Betreuer, der regelmäßig seine Runden im Heim drehen sollte und versuchte, die Ordnung aufrecht zu erhalten. Allerdings nutzte er auch jede Gelegenheit für einen Powernap und so verschlief er den Großteil seines Dienstes.

Walter und Karl lösten den Maschendrahtzaun und schlüpften durch die Lücke im Zaun. Sie folgten dem schmalen Feldweg und trafen nach kurzer Zeit auf einen selbst gebauten Holzverschlag umgeben von wildgewachsenen Büschen und Bäumen.

Die selbst zusammen gezimmerte Bretterbude hatte überall Löcher in den Wänden. An manchen Stellen waren ein paar Bretter zusätzlich übereinander genagelt.

Die Holztür war ein Witz. Jeder hätte hier jederzeit überall an in das Innere des Verschlages gelangen können.

Karl öffnete die Tür und die beiden traten in den niedrigen Verschlag.

Es roch nach feuchtem Erdboden, Schweiß und abgestandenem Bier. Zu einer jugendlichen Schlägertruppe gehörte wohl auch der Alkohol. Das war das Hauptquartier der Schlägertruppe.

In der Ecke stand ein schiefer alter Holztisch. Auf diesem lagen leere Bierdosen, Zigarettenstummel und Diebesgut:

Radios, Walkmen…. Geldbörsen.

»Willst du ein Bier, Kleiner? Komm, setz dich.«

Walter lehnte dankend ab, schaute sich um und entdeckte in der Ecke eine abgenutzte alte Couch, aus der sich an mehreren Stellen die Sprungfedern ihren Weg ins Freie gebahnt hatten.

Walter suchte sich eine Stelle, die nicht ganz so verschlissen aussah und setzte sich.

»Ich will es kurz machen. Wir benötigen jemanden, der Schmiere steht, weil Mo mit einem gebrochenen Arm auf der Krankenstation liegt. Der Vollidiot hat sich bei der Sache mit der Tankstelle auf der Flucht auf die Fresse gelegt. In allen Actionfilmen zeigen sie, wie man sich richtig abrollt. Musste sich der

Depp unbedingt beim Fallen auf dem Arm abstützen.«

Gespannt hörte Walter zu. Seitdem er hier war, kam er immer mehr zu dem Schluss, dass er sein altes Leben wohl hinter sich lassen musste.

Vielleicht sollte er etwas Neues ausprobieren.

Schmiere stehen also. Könnte Spaß machen und er hätte den ruhigsten Job.

***

Die Jungs waren ganz schön aus der Puste, als sie nach dem Diebstahl in der Tankstelle in Richtung Heim rannten. Sie freuten sich diebisch, dass das der Plan aufgegangen war. Mo hatte Bauchschmerzen vorgetäuscht und so den Tankwart für einen Moment von der Kasse abgelenkt. Karl hatte dann blitzschnell in die Kasse gegriffen. Mit einem Tritt in die Eier des Mannes konnte sich Mo von ihm losreißen. Wie immer hatte Walter draußen Schmiere gestanden. Sie rannten schnell durch kleine Gassen, ein Erwachsener hinter ihnen her, aber sie hatten die jüngeren und vor allen Dingen die flinkeren Beine.

Als sie an einem Bauzaun hochklettern mussten, um sich über eine Baustelle in Sicherheit bringen zu können, war die wilde Jagd vorbei gewesen.

»Boah, das war knapp«, keuchte Karl. »Woher hast du gewusst, dass wir sie hier abhängen würden?« Walter lächelte. »Ich habe mir den Fluchtweg vorher angeschaut. Habt ihr das sonst nie gemacht?«

»Na ja, wir wussten immer, wann und wen wir ausnehmen wollten. Und rennen können wir ja«, grinste Karl. »Na gut, manchmal ging es auch schon schief. Mo hatte sich ja den Arm auf der Flucht gebrochen.«

»Ihr müsst besser planen«, stellte Walter fest.

»Dafür haben wir ja jetzt dich«, lächelte Karl schelmisch und legte ihm fast zärtlich den Arm um die Schultern.

Fünf
(Irgendwann in den 1970ern)

Im Laufe der Zeit war Walter fester Bestandteil der Truppe geworden. Nach wie vor ging er allen gewalttätigen Auseinandersetzungen aus dem Weg. Die Raubzüge waren für ihn wie ein Spiel, an dem er immer mehr Gefallen fand. Bald stand er nicht mehr Schmiere, sondern plante die Überfälle auf die Kioske und Tankstellen im Umfeld.

Und so hatte Walter schnell seinen Platz in der Welt der Diebe und Betrüger gefunden.

Auch zukünftig machte der Rest der Bande den schwersten Teil der Arbeit. Walter als Kopf blieb immer im Hintergrund.

Nach außen hin trat er als Fahrer auf.

Selbst wenn Karl und seine Bande nicht den Rest der Kinder und Jugendlichen im Heim terrorisiert hätten, wäre das alltägliche Leben nicht leichter gewesen.

Einige der Betreuer und Heimerzieher hatten ihn von Anfang auf dem Kieker. Na ja, nicht nur ihn, sondern alle Heimbewohner.

Bei den Mahlzeiten war es strikt verboten zu reden. Wer nur einen Laut von sich gab, durfte danach unter und vor allen anderen Aufsicht im Waschsaal kalt duschen.

Walter hatte dies leider einmal am eigenen Leib erfahren müssen. Die Scham dieses Ereignisses ließ ihn heute noch erschaudern. Das Grölen der Betreuer und der anderen Kinder dröhnte in seinen Ohren.

Doch die Betreuer amüsierten sich nicht nur bei den Kalte –Duschen-Partys über ihre Schützlinge.

Die älteren Kinder durften die jüngeren vermöbeln und wurden von dem ein oder anderen Betreuer dazu ermuntert. Kein Wunder, dass sich Karls Bande so lange halten konnte.

Im Heim herrschte eine stetige Atmosphäre der Gewalt.

***

Walter schlich gelangweilt durch die leeren Flure des Heims. Es war Sonntag Morgen und die Sonne schien. Die Sonntagsruhe war zu spüren. Die meisten Betreuer waren zu Hause, nur eine Notbetreuung war zurückgeblieben. Die Kinder und Jugendlichen genossen das schöne Wetter und auch die Gang hatte sich in ihren Holzverschlag zurückgezogen. Keine Schikane heute. Offensichtlich wollten alle ihre Kräfte sammeln für eine neue Woche.

Walter war ursprünglich mit seinem Freund Bernd verabredet. Auch wenn er mittlerweile viel mit Karl und seinen Schlägern abhing, fühlte er sich nach wie vor mit Bernd am wohlsten. Bernd war da. Unaufgeregt. Bescheiden. Freundlich. Doch heute hatte er eine Verabredung mit einem Mädchen. Walter gönnte seinem Freund das Date.

Beim Schlendern durch die Gänge stand er auf einmal vor der offenen Tür des Betreuerzimmers. Das Innere des Raumes erinnerte an ein Schlachtfeld. Bücher waren aus den Regalen gerissen worden und lagen verstreut auf dem Boden. Der kleine hölzerne Tisch, der mit zwei kleinen alten Sesseln eine Sitzgruppe am Fenster bildete, war umgekippt. Vor ihm lagen kleine Holzfiguren auf dem Boden. Der junge Sozialpädagoge Jürgen Birnenschal räumte gerade leise vor sich und versuchte Ordnung in das Chaos zu bringen.

Im Gegensatz zu vielen anderen Betreuern war Birnenschal immer fair mit den Jugendlichen umgegangen. Deshalb tat es Walter wohl leid, ihn so zu sehen. Er trat einen Schritt in das Zimmer. Jürgen Birnenschal blickte auf.

»Komm, hau ab. Ihr Rowdys habt schon genug angestellt. Hast du eine Ahnung, was das ist?«, schimpfte er weiter und hielt Walter eine der Schachfiguren vor die Nase.

Dieser schüttelte wortlos mit dem Kopf.

»Das ist das alte Schachspiel meines Großvaters. Wie konnte ich nur glauben, dass euch nur irgendetwas heilig ist?«

Walter hatte keine Antwort auf die Frage. Stattdessen kniete er sich nieder und begann, die Holzfiguren aufzusammeln.

***

Drei Tage später begegneten sich die beiden im Speisesaal. Stillschweigend hatten Birnenschal und Walter das Chaos beseitigt. Die kleinen Schachfiguren hatten dabei Walters Interesse geweckt.

Der Betreuer hatte sich mit einem kurzen Nicken für seine Hilfe bedankt. Walter war gegangen.

»Herr Birnenschal?«

»Ja, Walter. Was kann ich für dich tun?« Die Frustration von vor ein paar Tagen schien vergessen zu sein. Der Betreuer blickte den Jungen freundlich an.

»Darf ich Sie etwas fragen?«

»Was möchtest du wissen?«

»Die Holzfiguren?«

»Die sind nichts wert«, antwortete Birnenschal schroff.

»Ich will die nicht klauen«, versuchte Walter zu versichern. »Ich will nur wissen, was das ist.«

»Das sind Schachfiguren. Hast du noch nie ein Schachspiel gesehen?«
Walter schüttelte den Kopf.

***

»Schau, ein Schachbrett hat insgesamt 64 Felder.
Jeder Spieler bekommt einen Satz von Spielfiguren entweder in Weiß oder in Schwarz.
Die Figuren haben zu Beginn des Spiels ihre feste Position.«
Gebannt lauschte der junge Walter Wollhausen Jürgen Birnenschal.
»Jede Figur bewegt sich unterschiedlich vorwärts und schlägt auf eine andere Weise. Nehmen wir mal die Bauern …«
Ab diesem Moment hatte das Schachspielen Walter in seinen Bann gezogen. Jeden Sonntag traf er sich mit Jürgen Birnenschal für eine Partie.
Bernd traf sich weiterhin mit den Mädchen im Heim. Trotz ihrer unterschiedlichen Präferenzen und Walters Nähe zu Karls Bande verband die beiden ein tiefes Band gegenseitigen Vertrauens.

***

Walters Mitgliedschaft in Karls Bande bedeutete den Start einer fragwürdigen Karriere. Während es in seiner Jugend eher Tankstellen, Kioske und kleine Läden waren, die sie um Geld, Zigaretten und Bier erleichterten, folgten in den späteren Jahren Banken und Museen. Doch die Königsdisziplin für ihn lag darin bei privaten Bonzen einzusteigen und sich deren wertvollste Errungenschaften unter den Nagel zu reißen.

Ähnlich wie es einer seiner Helden aus Kindertagen immer getan hatte: Arsene Lupin.

Von Banken hatte Walter die Finger gelassen. Zu viel Risiko und zu wenig Ertrag. Und außerdem….

Er schob den Gedanken beiseite, bevor dieser die Chance hatte, sich in seinem Kopf einzunisten.

Heute fast vierzig Jahre später war er derjenige, der Jüngeren aus ähnlichen Kreisen seine Hilfe und Unterstützung anbot.

Sein Ein-Mann-Coaching war ausgeklügelt aufgebaut. Offiziell bekam er vom Staat Unterstützung für jeden seiner Schüler.

Präventive Resozialisierung nannten sie das.

Er unterstützte seine Schützlinge bei dem Ausfüllen von Unterlagen für diverse Ämter: Wohngeld, Sozialhilfe, der Umgang mit der Bundesagentur für Arbeit. Zusammen gingen sie die ersten Schritte in ein normales Berufsleben.

Inoffiziell bekam er 60% von jedem erfolgreichen Deal, den sie abschlossen.

Walter war davon überzeugt, dass all die staatlichen Maßnahmen nur dazu dienten die Fassade zu wahren.

Er war schon in seiner Kindheit durch das Raster der Fürsorge gefallen. Walter hatte im Laufe seines Lebens gelernt, dass er sich Unterstützung, Sicherheit und Familie selbst zusammensuchen musste. Einen Teil davon hatte er im Heim und später im Knast gefunden.

Er suchte sich seine Schüler sehr genau aus.

Wie schnell konnte sich ein Polizistenspitzel in seine Coachinggruppe einschleusen und dann würde sein wundervolles Geschäftsmodell wie eine Seifenblase platzen. Es bestand nicht nur die Gefahr, dass seine Ex Viola und ihr Bluthund von Rechtsanwalt eine neue Grundlage hätte, um ihn noch mehr auszuquetschen, sondern es drohte auch, dass er wohl wieder in den Bau einfahren müsste.

Bislang war alles gut gegangen. Seine Schützlinge agierten strukturiert und effizient.

Walter spülte den letzten Bissen seines Croissants mit dem letzten Schluck seines schwarzen Kaffees hinunter. Er stellte Tasse und Teller in die Spüle. Hinter ihm schnurrte der Saugroboter und nahm seine tägliche Arbeit auf.

Walter schlüpfe in seine dunkelbraunen Sneakers und fischte sich seine braune Lederjacke vom Garderobenhaken.

Die Autoschlüssel befanden sich noch vom Vortag in seiner rechten Innentasche.

Der Meisterdieb trat in den schmalen hellen Flur und dann auf die Straße.

Einer der Vorteile auf dem Dorf zu wohnen, war der direkte Parkplatz vor seiner Wohnung.

Mit einem Klick auf seinen Autoschlüssel öffnete er seinen silbernen Volvo, er ließ sich auf den Fahrersitz plumpsen und startete den Motor.

In Schrittgeschwindigkeit fuhr er die Straße am Schwimmbad entlang und bog dann links auf die Hauptstraße. Ortsausgang Dauborn - Felder, die sich langsam von einer braunen Hügellandschaft in eine grüne verwandelten.

Bevor er nur annähernd seinen Wagen zu der hier zulässigen Höchstgeschwindigkeit beschleunigt hatte, stand er schon wieder auf der Bremse. Ein Trecker bremste ihn aus.

Walter fluchte leise vor sich hin. Heute würde er die Zeit für die Vorbereitung von Hassans nächstem Coup dringend benötigen. Sie mussten sich die Schaltpläne der Alarmanlage eines Millionärs durch gehen.

Sie näherten sich in einer langen Autoschlange dem Ortseingang von Kirberg.

Wenn er Glück hatte, blieb der Trekker auf der Straße und ließ ihn rechts auf die Umgehungsstraße in Richtung Limburg abbiegen.

Noch während er so darüber nachdachte, hatte der Treckerfahrer den Blinker betätigt und bog rechts ab in Richtung der Umgehungsstraße.

Das orange blinkende Licht strahlte ihn hämisch von der rechten Seite an.

Sechs
(2014)

He, Wolle, hast du mal ´ne Flamme für mich?«

»Mensch Patrick, wie oft soll ich dir sagen, dass ich erstens nicht rauchen und zweitens es auch nicht leiden kann, wenn andere rauchen?«

»Och Wolle, jetzt sei doch nicht so.«

Walter Wollhausen musste spontan ein bisschen lächeln.

Da standen fünf Halbstarke lässig angelehnt an der Hauswand neben der Eingangstür zum Jugendtreff Diez.

Die 12- bis 16-Jährigen versuchten sich, in Sachen Coolness gegenseitig zu übertreffen. Die Jeanshosen hatten sie bis in die Kniekehlen nach unten gezogen. Bunte Fußball- Trikots komplettierten das Erscheinungsbild.

Sie übertrafen sich mit den neusten Sneakers.

Walter wusste, dass sie alles, was sie an Geld zur Verfügung hatten, in diese Sportschuhe investierten.

Die wenigsten bekamen von ihren Eltern Taschengeld. Ein paar hatten kleine Jobs angenommen. Und es gab die, die nicht auf so ganz legalen Wegen an die notwendigen finanziellen Mittel kamen.

Walter hörte sich gerne ihre Geschichten an. Von familiären Schicksalen, über Träume und Hoffnungen, aber auch die Erzählungen von Beutezügen und Ähnlichem.

Die Jugendlichen mochten Walter.

Mit seiner eigenen Vergangenheit schaffte er es in kürzester Zeit, das Eis zu brechen.

Walters erstes Mal in einem Jugendtreff war geprägt von gegenseitigem Beobachten und Einschätzen gewesen.

Walter hatte immer nach einer guten Methode gesucht, sein Team mit jungen Talenten zu ergänzen. In seiner Branche konnte er schlecht Stellenanzeigen aufgeben und Ausbildungsplätze vergeben.

In den letzten Jahren hatte er auf alte Weggefährten gesetzt. Doch einige von diesen hatten sich umorientiert, waren in »Rente« gegangen oder saßen schlicht weg im Knast.

Und die waren in Walters Augen verheizt. Einmal auf dem Radar der Polizei, waren diese Männer für ihn nicht mehr zu gebrauchen. Bei einem Bruch waren sie die Ersten, die befragt und unter Beobachtung gestellt wurden.

Die Gefahr war zu groß, dass ein falsches Wort gewechselt wurde und die komplette Bande verraten wurde.

Zufällig kam Walter dann die Idee, seine zukünftigen »Mitarbeiter« direkt im Jugendtreff Diez zu suchen.

Sein bester Freund und langjähriger Weggefährte Bernd Mann hatte ihm vor Jahren von einer Presseanfrage erzählt.

Ihr trauriges Heranwachsen in einem Kinder- und Jugendheim und seine jugendlichen Verfehlungen waren immer mehr an die Öffentlichkeit gelangt, je mehr Walter in der internationalen Schachwelt Fuß fassen konnte.

Der Journalist der Nassauer Presse Andreas Wasser hatte in der Tat seine Hausaufgaben gemacht und sich eine Menge Hintergrundwissen zu Walter erarbeitet, als er in einem kurzen Interview am Rande eines lokalen Schachturniers fragte: »Herr Wollhausen, wie schätzen Sie die Macht des Schachspielens hinsichtlich der Resozialisierung von jungen Menschen ein?«

Walter blieb dem Wasser die Antwort schuldig, doch sie hatte sich in sein Gedächtnis gebrannt.

Der erste Schritt war es, sich einen Überblick zu verschaffen über den sozialen Brennpunkt in seiner Umgebung.

Er benötigte einen Grund, einen Anlass, um in den Jugendzentren aufzutauchen.
Aus eigener Erfahrung wusste er, wie diese Ämter ticken.
Geld war ein guter Türöffner, da dort ständiger Geldmangel herrschte.
Geld und ein bisschen Ruhmeslicht zu vergeben, das waren die beiden Eisbrecher für Walter.
Zudem galt Walter als ein gutes Beispiel einer gelungenen Resozialisierung.

***

Durch den Kontakt mit der zuständigen Sachbearbeiterin im Jugendamt, durch das Ausfüllen von unzähligen Anträgen und einer abschließenden positiven Verabschiedung durch den »Verwaltungsrat« hatte Walter seinen Fuß in der Tür und Zutritt zu unzähligen Jugendtreffs.
»Schublade auf, Schublade zu«, überlegte Walter, als er zum ersten Mal auf Petra Meier im Jugendamt traf.
Die dunkelblonde Mähne streng zu einem Pferdeschwanz gebunden, sodass es keinem einzigen Haar gelang in ihr schmales, blasses Gesicht zu fallen.
Zwei hellgrüne Augen blickten ihn prüfend versteckt hinter zwei dicken Brillengläsern an.

Alles an dieser Frau schrie nach streng, konservativ, unbeweglich, uneinsichtig, starr.

Die Blümchenbluse war bis zum letzten Knopf zugeknöpft und ließ sie wie eine Rüstung im Kampf des sozialen Sündenpfuhls wirken.

Walter musste tief durchatmen. Diese Sorte Mensch hatte ihn damals von seiner geliebten Mutter entrissen. Dieser Sorte Mensch hatte er seine wenig rühmliche Heimkarriere zu verdanken inklusive der Albträume, die er immer nach all den Jahren hatte.

»Was kann ich für Sie tun?«

»Ich heiße Walter Wollhausen. Vielleicht sagt Ihnen der Name etwas?«

Erstaunlicherweise konnte sie ihn direkt zuordnen.

In diesem Moment verschwanden für einen kurzen Augenblick die strengen Gesichtszüge und ein mädchenhaftes Lächeln entstand in ihrem Gesicht.

»Ihr Name sagt mir in der Tat etwas. Sie sind doch dieser berühmte Ex-Häftling, der jetzt als Gutmensch unterwegs ist«, schien sie ihn schelmisch necken zu wollen.

Amüsiert ließ Walter sich auf diese Spielerei ein.

»Da haben Sie mich jetzt aber richtig erwischt. Womit kann ich Ihnen beweisen, dass ich es wirklich ernst meine?«

»Mich müssen Sie nicht überzeugen. Ich gebe hier Dinge nur weiter und handle in dem Rahmen, den die Behörde mir vorgibt.«

Mit diesen Worten hatte sie ihre Souveränität wiedererlangt.

Im Laufe der Zeit gelang es Walter, sich mit seinem charismatischen Auftreten und dem offenen Umgang mit seiner Heim - und Knastvergangenheit sich einen kleinen Vertrauensvorschuss zu ergattern.

Das Jugendamt wies ihm einen Jugendtreff in Limburg zu.

Hier sollte er sich vorstellen und beweisen, dass er mit den Jugendlichen »konnte«. Die Tür war einen Spalt offen.

***

An seinem ersten Kennenlerntag machte Walter sich am frühen Nachmittag auf den Weg.

Er nahm die L3022 in Richtung Kirberg. Die Landstraße führte ihn nach kurzer Zeit rechts hoch auf die Hünfeldener Höhe, um dann ihren Weg nach Limburg fortzusetzen. Nachdem er Hinter durchquert hatte, bog er in den Kreisel ein und verließ diesen an der dritten Ausfahrt. Den Minigolfplatz auf der linken Seite hatte er in guter Erinnerung. Als seine beiden Kinder noch kleiner waren, hatten sie hier unbeschwerte Stunden verbracht. Er konnte sich noch genau daran erinnern mit welcher stoischen Ruhe sein Sohn unzählige Male versucht hatte den kleinen gelben Minigolfball an den Hindernissen vorbei in das Loch zu bugsieren. Es gelang ihm so gut wie nie, doch statt voller Wut und Enttäuschung den Schläger in das nächste Gebüsch zu pfeffern, strahlte er seinen Vater immer nur an. Seine Tochter zeigte einen anderen Ehrgeiz. Jedes Spielfeld wurde minutiös abgeschritten und aus allen Perspektiven betrachtet. Der erste Schlag landete meist schon im Loch.

Walter hatte diese Momente immer genossen. Heute gingen die beiden ihre eigenen Wege und standen mit beiden Beinen im Leben. Paul war Erzieher geworden und seine Tochter Anna hatte es zu einer Ingenieurin im Hoch und Tiefbau gebracht. Heute war der Minigolfplatz immer noch ein beliebter Ort für Familien.

Er ließ den Minigolfplatz mit samt seinen Erinnerungen hinter sich und konzentrierte sich wieder auf die Straße vor ihm. Vorbei an mittelgroßen Wohnblöcken und neueren Einfamilienhäusern gelangte er erneut an eine Kreuzung. Diesmal bog er nach rechts ab. Sein Ziel erreichte er nach beinahe 500 Metern. Es war ein mit Maschendraht umzäuntes Gelände von einer Größe von circa 50 Quadratmetern. Mittlerweile war das mannshohe Unkraut Sense und Rasenmäher zum Opfer gefallen und bot einen freien Blick auf ein kleines einstöckiges Betongebäude.

Das Gebäude leuchtete aufgrund seiner Farbenpracht. Überall an den Wänden befanden sich Malereien kindlichen Ursprungs gepaart mit den ersten Sprayversuchen zukünftiger Graffitikünstler.

Walter stellte seinen Wagen direkt am Zaun ab und steuerte zielgerichtet auf das Draht -Tor zu.

Die Fenster zu Straße hin waren gekippt und aus dem Gebäude drang laute Hip-Hop Musik nach außen.

Ein schlaksiger Bursche mit schiefen Zähnen lehnte entspannt an der Hauswand und drehte sich eine Zigarette. Walter erfuhr später, dass Nick erst 14 Jahre alt.

Schweres Elternhaus, Eltern kommen aus Harz VI nicht raus und der Junge schmarotzte sich bislang so durch im Leben.

Das Tor quietschte mit einem unangenehmen Ton. In diesem Moment hob Nick seinen Kopf, um zu sehen, wer denn das Gelände des Jugendtreffs betreten würde.

Es dauerte keine fünf Sekunden, bis er Walter erkannte. Er grinste ihn strahlend an, stieß sich mit dem rechten Fuß von der Hauswand ab und schlenderte auf Walter zu.

»Hi, Alter, was geht ab?«

Walter streckte Nick zur Begrüßung seine Hand entgegen. Dieser runzelte die Stirn und stieß seine Faust an dessen Handfläche. So begrüßte man sich hier.

Sieben
(2014)

Dann gehen Sie halt zur Konkurrenz, Sie Vogelscheuche. Sie werden schon sehen, was Sie davon haben. Qualität hat seinen Preis. Wie oft muss ich Ihnen das noch verklickern, Müller? Mit Ihrem weinerlichen Ton gewinnen Sie bei mir keinen Blumentopf. Das müssten Sie doch nach all den Jahren langsam mal gelernt haben. Sie sind doch Bauleiter und kein Jammerlappen. Also verschwenden Sie nicht meine kostbare Zeit. Entweder nehmen Sie die Fenster zu dem Preis oder Sie lassen das. Heulen Sie mir nur nicht anschließend die Ohren voll, wenn Ihnen der ganze Bau um die Ohren fliegt«, brüllte Boris Jäger in den Telefonhörer.
Eine Antwort wartete der Großunternehmer für Baumaterialien nicht ab, sondern knallte kaum die letzten Worte ausgesprochen den Hörer auf die Telefongabel.
Heute war wieder Tag der absoluten Vollidioten. Warum hatte die Schröder den durchgestellt? Sollten sich doch seine dämlichen Angestellten mit denen auseinandersetzen.

Für Boris Jäger gab es nur wenige Menschen, die er leiden konnte.

Begegnete man dem großen blonden Mann zum ersten Mal, fühlten sich viele sofort angezogen von seinen stechend blauen Augen. Doch je mehr Zeit man mit dem Mittfünfziger verbrachte, desto mulmiger und unbehaglicher wurde das Gefühl, welches sich in einem breitmachten. Viele senkten ihren Blick schnell.

Die stechenden Augen wurden schnell zu kleinen Dolchen. Blicke, die einen nicht nur durchbohren, sondern auch das Blut in den Adern gefrieren lassen konnten.

Boris Jäger genoss es, wenn sich die Menschen vor ihm fürchteten. Wer sollte ihm denn schon etwas anhaben können?

Vor circa zwei Jahren hatte er endlich die Baugenehmigung für dieses imposante und hochmoderne Bürogebäude in Limburgs bester Baulage bekommen. Auf dem Schafsberg war über Jahrzehnte die Adresse für das St. Vincenz Krankenhaus. Ein Prestigeobjekt der modernen Gesundheitsversorgung in dieser Gegend.

Lange hatten die Landesobrigen sich gegen den Bau des Bürokomplexes gewehrt. Zu imposant, zu modern, nicht nachhaltig, so die Vorwürfe der Baugegner.

Doch einen Boris Jäger sollte man nicht unterschätzen. Er verfügte nicht nur über ein unerschöpfliches Reservoir an Verhandlungsmethoden. Gute Argumente waren dabei nicht seine Stärke. Geld regierte für ihn die Welt, ebenso wie die Angst seiner Mitmenschen vor dem Aufdecken ihrer Geheimnisse. Es gab Menschen, denen es Spaß machte, diese Heimlichkeiten aufzudecken, und es gab Menschen, die sich gerne dafür bezahlen ließen, anderen Angst zu machen.

Der Bauunternehmer hatte die Besten unter Vertrag genommen.

Ein leises, zögerliches Klopfen an der Tür ließ Boris aufhorchen. Frau Schröder, seine Sekretärin, betrat unsicher den Raum.

»Schröderlein, nun stecken Sie nicht nur Ihren kleinen Kopf mit Ihrer komischen Nickelbrille hier rein, sondern bewegen auch ruckzuck den restlichen Teil Ihres Astralleibes hierein, schließlich bezahle ich Sie nicht für Rumstehen und blöd aus der Wäsche schauen. Und wenn Sie schon mal da sind. Den Bornheim-Schmitt, diese Luftpumpe von Bauleiter, stellen Sie nie wieder durch. So, und nun kommen Sie endlich her mit Ihrer Unterschriftenmappe. Und lassen Sie sich heute mal näher betrachten. Das Kostüm kenne ich noch gar nicht. Ihre Beine, Hanno

Mann, da wird mir ja ganz heiß. Schröderlein, wenn ich es nicht besser wüsste.«

Mit einem schmierigen Lächeln entblößte er seine gelblichen Zähne.

Frau Schröder löste sich widerwillig vom Türrahmen und durchquerte mit schnellem, strammem Schritt die Strecke zwischen Tür und Schreibtisch. Sie glaubte, je schneller sie an Boris Jägers Schreibtisch eintraf, desto eher konnte sie das Büro wieder verlassen. Ihr strenger Dutt gab ihrem Gesicht etwas Maskenartiges. Bloß keine Schwäche zeigen.

Dennoch zögerte sie für einen winzigen Augenblick an seinen Schreibtisch zu treten und ihm die dunkelbraune Unterschriftenmappe vorzulegen.

Mit einem furchteinflößenden Lachen und einem kurzen ungeduldigen Winken deutet er ihr an, sich seinem Schreibtisch zu nähern.

»Schröderlein, nun kommen Sie schon. Machen Sie sich bloß nicht ins Höschen. Bin ich heute nur von Hosenscheißern umgeben?«

Rosa Schröder schien ein wenig zu zittern, als sie an den massiven Tisch trat und die Unterschriftenmappe mit dem ersten Dokument vor ihm ausbreitete.

Boris genoss diesen Augenblick offenkundig. Hatte sie gedacht, dass er ihr nicht anmerken würde, wie sie sich jeden Tag verstellte? Ihm war bewusst, dass seine Sekretärin ihn nicht mochte. So ganz verstand er allerdings nicht, warum sie all die Jahre immer noch für ihn arbeitete. Aber es gibt die Falken und die Mäuse. Und Rosa gehörte eindeutig zu den Mäusen.

Der massive Schreibtisch war Boris Jägers ganzer Stolz. Angeblich stammte das Holz von alten Wikingerbooten. Die Seiten der Tischplatte waren zahlreich verziert mit allerlei nordischen Runen.

Boris glaubte an die Macht des Okkulten. Dieser Schreibtisch brachte ihm Glück. Wie war es sonst zu erklären, dass ihm in den letzten Jahren alles in den Schoss gefallen war?

Rosa Schröder hatte, ohne einen Mucks von sich zu geben Seite für Seite der Dokumentenmappe umgeschlagen und geduldig die Abgabe der Unterschriften abgewartet. Kaum war das letzte Schreiben unterzeichnet, schnappte sie sich die Mappe, klemmte sie sich unter den Arm und beeilte sich, den Raum wieder zu verlassen.

Sie schloss gerade hinter sich die Tür, als das Telefon auf Boris Schreibtisch schon ein weiteres Mal klingelte. Am anderen Ende meldete sich ein weiterer Bittsteller.

Michael Cronler hatte bei den letzten Landtagswahlen überraschenderweise das Direktmandat gewonnen. Das offene Geheimnis hinter diesem Erfolg war

eine kräftige Finanzspritze während des Wahl-
kampfes. Offiziell gab es nichts zu beanstanden. Allerdings munkelte man, dass das Bauunternehmen
Jäger einen großen Teil der Finanzierung übernommen hatte.

Jetzt saß Michael Cronler im Landtag. Er verstand
sein politisches Handwerk. Aber er hatte eine
Schwäche für risikoreiche Aktienkäufe, die oft genug schon in die Hose gegangen waren. Jäger hatte
gerne die Gelegenheit genutzt, um Cronler aus der
Patsche zu helfen. Einen eigenen Mann im Landtag
zu wissen, brachte ihm dauerhaft mehr. Der junge
Politiker gewann immer an Zuspruch in der Bevöl-
kerung, was beachtlich war, da die Politikverdros-
senheit im Laufe der letzten Jahre auch hier im
Landkreis Limburg-Weilburg gewachsen war.

Neben dem über die Landesgrenzen hinaus bekann-
ten Skandal um den Limburger Protzbischof.

An Karfreitag hatte sich wieder eine wild gewor-
dene Horde von Menschen am ICE-Bahnhof getroffen und ihre zweifelhaften Schmuckstücke in Form
von getunten Autos zur Schau gestellt.

Die Autobahnabfahrt der A3 musste sogar gesperrt
werden.

Welch eine Verschwendung von Steuergeldern.

Aber die Luschen im Landtag konnten sich ja nicht

zu härteren Maßnahmen durchringen. Die Null von Polizeichef konnte man in der Pfeife rauchen.

Deeskalation durch Kommunikation nannte er das. Die einzige Kommunikation, die diese Spinner verstanden, war die Sprache des Schlagstocks.

Wenn er erst einmal was zu sagen hatte, würde sich das schnell ändern.

Die braven Bürger – oder sollte er dumme Schafe sagen, würden es ihm danken.

Boris Jäger war klar, dass er mit seinem neuen Mann im Landtag noch am Anfang des Weges stand. Im ersten Schritt hatte er eine finanzielle Abhängigkeit hergestellt.

Michael Cronler meinte tatsächlich, dass sie freundschaftlich verbunden seien. Boris Jäger würde ihn noch ein bisschen in dem Glauben lassen, bevor er die Peitsche rausholen würde.

Plötzlich klingelte Jägers Telefon schon wieder. Er war kurz seinen Unmut über diese erneute Störung an seiner Sekretärin auszulassen, als er auf dem Display die Telefonnummer seines politischen Schützlings Cronlers erkannte.

Boris Jäger konnte sich nicht entscheiden, ob er gespannt oder verärgert das Gespräch annehmen sollte.

»Michael, mein Guter«, trällerte Jäger, als er den Hörer abnahm. »Was macht die Politik? Irgendwelche Besonderheiten im Bauausschuss?«

»Boris, mein Bester. Gut, dass ich dich erreiche. Ich habe ein Riesenproblem.«

Boris künstliches Lächeln erstarb sofort. Was hatte der Blödmann, denn jetzt schon wieder verbockt? Hatte ich mich so verschätzt? Stellte sich der Landtagsabgeordnete doch als Blindgänger heraus?

»Was ist jetzt schon wieder passiert?«, reagierte Jäger genervt.

Statt einer Antwort hörte er tiefes Durchatmen.

»Ich muss mich vor unserem innerparteilichen Finanzgremium verantworten.«

»Was heißt, du musst dich verantworten?«

»Na verantworten. Der Finanzausschuss hat Unregelmäßigkeiten in den Büchern gefunden und jetzt wollen die mich befragen.«

»Und wie kommen die gerade auf dich?«

»Weil…«

»Jetzt lass dir nicht alles aus der Nase ziehen.« Boris verlor zunehmend seine Geduld.

»Na ja, ich habe mir ein paar Spenden ausgeborgt.« Stille.

Unerträgliche Stille für Michael Cronler.

»Boris, bist du noch dran?«

Boris Jäger war bislang selten in seinem Leben sprachlos gewesen. Doch jetzt verschlug es ihm tatsächlich die Sprache. Vor ein paar Monaten hatte er gedacht, dass Michael Cronlers leichtfertige Umgang mit Geld und seine talentfreien Spekulationskünste der Türöffner seien, um ein Bein auf die politische Bühne zu bekommen. Doch mit diesem Geständnis entpuppte sich der Landtagsabgeordnete als tickende Zeitbombe.

Boris Jäger musste ihn unbedingt loswerden.

»Ich bin noch da. Meine Sekretärin hat mir gerade eine wichtige Nachricht eingereicht. Ich war für einen Moment abgelenkt«, log er ungeniert seinen Gesprächspartner an.

»Damit ich das richtig verstanden habe: Du hast in die Parteikasse gegriffen?«

»Ich habe diesen irren Tipp von neuen Aktienanlagen bekommen. Da musste ich einfach zuschlagen.«

»Lass mich raten, der Tipp hat sich als Flop herausgestellt?«

»Ja, und jetzt ist das Geld weg und die Prüfung steht vor der Tür. Du findest doch für alles eine Lösung. Du musst mir helfen.«

»Mensch Michael, da hast du echt einen Bock geschossen. Da bin ich mal gespannt, wie du da wieder herauskommen willst.«

»Ja, aber damals…«

»Damals hattest du Glück, dass der Bankmensch eine heimliche Affäre hatte und er es nicht leisten konnte, dass seine Frau den Geldhahn zudrehte. Wie sollen wir an die dreckige Wäsche vom gesamten Finanzausschuss kommen? Wie stellst du dir das vor? Ich kann auch nicht zaubern.«

»Boris, du musst…«

»Du musst, du musst…« äffte Boris Michael Cronler nach.

Er atmete tief durch. Er brauchte etwas Zeit, um seine Spuren zu verwischen. Dazu musste er den Landtagsabgeordneten hinhalten.

»Die Fragerunde ist nächste Woche Mittwoch«, versuchte sich Cronler erneut Gehör zu verschaffen. Es musste doch möglich sein, Boris Hilfe zu bekommen?

»Okay, du, muss mich, um die andere wichtige Sache kümmern. Ich melde mich. Mach´s gut.«

Ohne eine Antwort abzuwarten, legte Boris auf.

»Schröderlein«, brüllte er durchs Büro. Die Tür öffnete sich uns Rosa Schröder steckte zögernd ihren Kopf durch den Türrahmen.

»Keine Anrufe mehr von Cronler durchstellen.«

Rosa nickte, zog ihr Haupt wieder ein und schloss die Bürotür.

Boris erhob sich von seinem Schreibtischstuhl und trat an die große Fensterfront. Von dort hatte er

einen beispiellosen Blick hinab auf den alten Stadt-
kern. Der Limburger Dom erhob sich majestätisch.
Die Welt lag ihm zu Füssen. Boris Jäger liebte diesen Ausblick. Er merkte, wie sich sein Puls langsam
beruhigte. Er musste Michael Cronler loswerden.
»Hallo Boss«, murmelte es plötzlich in seinem Rücken.
Boris Jäger drehte sich um und ehe er etwas entgeg-
nen konnte, stürmte ein langhaariger volltätowier-
ter Hüne ungelenk in das Büro und plumpste auf
das Ledersofa, welches gegenüber von Boris
Schreibtisch stand.
»Elfat. Hast du wenigstens gute Nachrichten für
mich?«
Elfat Duric grinste Boris glücklich an und entblößte
dabei seine Riesenzahnlücke. Er war während des
Balkankrieges als Flüchtling nach Deutschland gekommen und hatte auf einer von Boris Baustellen
als Schwarzarbeiter angefangen. Boris Jäger hatte
damals schnell das Potenzial des jungen Serben erkannt und so war Elfat zu Boris Jägers Mann für be-
sondere Angelegenheiten geworden. Elfat sah
durchaus gut aus und wirkte auf Menschen, die ihn
zum ersten Mal sahen, sympathisch. Doch in Elfat
Duric schlummerte eine dunkle Macht, die gerne
Knochen brach.
»Ich habe ihn gefunden, Chef.«

Ohne ein Wort zu sagen, dreht sich Boris wieder zur Fensterfront. Das Lächeln in seinem Gesicht gefror zu einem hässlichen Grinsen. Nahm der Tag doch einen erfreulichen Verlauf.

Acht
(2014)

Das kleine Einkaufszentrum in der Nähe des Limburger Hauptbahnhofes sollte heute Austragungsort der jährlich stattfindenden Werkstatt Chess Open sein.

Das ehemalige Bahnausbesserungswerk aus dem 19. Jahrhundert hatte sich seit der Eröffnung am 26.08.2009 in ein kleines feines Geschäftszentrum entwickelt. Um mehr Menschen aus der Fußgängerzone herauszulocken, hatten sich die Verantwortlichen dazu entschieden, die unterschiedlichsten kulturellen Veranstaltungen anzubieten.

Dieses Jahr fand zum gleichen Zeitpunkt ein Arsene-Lupin-Convent in der Stadthalle statt und so war es eine willkommene Gelegenheit, den wenig spektakulären Sport einem größeren Publikum zugänglich zu machen. Das Konzept sah vor, dass die Geschäfte während des Turniers geöffnet bleiben sollten und die Laufkundschaft so ganz ungezwungen den Schachspielern zu schauen konnten. Dennoch war es eine logistische Meisterleistung die vorhandene Freifläche so gut zu nutzen, dass die

Lauf- und Rettungswege weiterhin beibehalten werden konnten.

Die meisten Spieltische sollten in der Haupthalle stehen, eingerahmt von einem Schuhgeschäft, einem Lebensmittelmarkt und einem Dekorationsgeschäft.

Gelbes Absperrband verschaffte den Schachspielern ein bisschen Abstand zu den herumeilenden Menschen.

Das gab dem ganzen Turnier eher den Touch eines Tatortes.

Nur vereinzelnd blieben die ersten Passanten stehen, um das Treiben an den Spieltischen zu beobachten.

Klara Weissmüller verantwortete die Organisation vor Ort. Für die 25-jährige Eventmanagerin war es das erste größere Ereignis ihrer noch recht jungen Karriere. Sie flitzte ständig wie ein aufgescheuchtes Huhn von rechts nach links, um nach dem Rechten zu sehen. Walter Wollhausen hätte sie am liebsten beiseitegenommen, um sie zu beruhigen.

Doch was würde sie dann lernen? Nichts. Außerdem wollte er versuchen, ein wenig Ruhe zu finden, um sich auf seinen Spieleinsatz vorzubereiten.

»Herr Wollhausen?«

Und da stand das aufgeregte Huhn mit einem schwarzen Klemmbrett schon vor ihm.

»Herr Wollhausen, bitte vergessen Sie nicht das Interview zwischen den beiden Blitz Dings Teilen. Die Nassauische Neue Presse will alles über Sie und das Event hier wissen.«

»Frau Weissmüller. Sie meinen das Blitzschach. Danke für die Erinnerung, aber ich habe den Ablaufplan ganz gut im Gedächtnis, schließlich bin ich sehr gut trainiert darin mir Dinge behalten zu können.«

»Gut, Herr Wollhausen.«

Sie nickte ihm kurz zu und trippelte schon wieder davon.

Die Organisatoren hatten sich für verschiedene Runden von Blitzschach entschieden. Es sollte möglichst aufsehenerregend sein, wenn die Schachspieler insgesamt für eine Partie nur 5 Minuten Bedenkzeit hatten. Die Züge mussten in Sekundenschnelle gesetzt sein. Mit jedem ausgeführtem Zug wurde die eigene Schachuhr gestoppt. Waren die fünf Minuten vorüber und die Partie noch nicht zu Ende gespielt, so war das Spiel verloren.

Im Vorfeld konnten die regionalen Schachvereine ihre besten Spieler aufstellen, die in verschiedenen Runden gegeneinander spielten.

Walter Wollhausen war der Stargast des Events. Er war nicht nur ein international anerkannter

Schachspieler, sondern als sozial engagierter Mensch wichtig für die Veranstaltung.

Die ersten Runden verliefen erwartungsgemäß gut für ihn. Fast taten ihm seine Gegenspieler leid. Deren EL – Zahl war um ein Vielfaches niedriger als seine Wertungszahl seine Schachspielstärke.

Bei seinem ersten Gegner konnte Walter mit nur wenigen Spielzügen seine Figuren so setzen, dass diese sehr schnell den gegnerischen König bedrohen und mattsetzen konnten.

Sein zweiter Gegner zog seine Figuren so unglücklich und opferte diese, dass er schnell mit nur noch einem Bauern und dem König auf dem Feld stand.

Und der dritte machte den Anschein noch nicht so oft Blitzschach gespielt zu haben.

Er setzte während der Partie so oft an seine Figuren zu bewegen und zog sie dann zurück, dass Walter sich einen Schiedsrichter wünschte, der ihm Strafpunkte verpassen würde.

Seine Zögerlichkeit brach ihm sprichwörtlich das Genick. Die Partie war noch nicht einmal zur Hälfte durchgespielt, als das vorgegebenen Zeitlimit aufgebraucht war.

Schüchtern lächelnd reichte er Walter zur Gratulation die Hand. Walter ergriff diese, erwiderte den Händedruck, nickte ihm kurz aufmunternd zu und erhob sich von seinem Stuhl.

Ein Blick auf seine Armbanduhr deutete ihm an, dass in den nächsten Minuten das Interview anstand.

»Herr Wollhausen, haben Sie ein paar Minuten für mich?

Mein Name ist Fredericke Müller, ich bin von der Nassauischen Neuen Presse. Würden Sie mir und unseren Lesern ein wenig die Gelegenheit geben, in die faszinierende Welt des Schachspielens einzutauchen?«

»Typisches Reportergeplänkel«, dachte sich Walter im ersten Moment. Als ob die sich für Schach interessieren würde. Die hatte heute Morgen in der Redaktionssitzung den Kürzeren gezogen.

Walter stellt sich auf ein paar Pseudofragen ein.

Gut so, dann bekam sie ja auch nicht mit, welche entscheidende Rolle sie in seinem Spiel spielen sollte.

»Herr Wollhausen, Ihre Elozahl liegt immer noch bei 2300 Punkten, damit gelten Sie in der Schachwelt als Nationaler Meister.«

»Als FIDE-Meister, um genau zu sein.«

Fredericke Müller blätterte nervös die Seiten ihres Notizblocks um.

»Ja, genau als FIDE-Meister, bitte entschuldigen Sie. Können Sie unseren Lesern erklären, was das genau bedeutet?«

»Das kann ich sehr gerne. FIDE ist die Abkürzung für Fédération international des Echecs also des Weltschachverbandes. Je erfolgreicher Sie in Ihrem Leben Schach spielen, desto mehr Punkte können Sie sammeln und bestimmen damit Ihre Schachstärke.

Die wiederum findet sich dann in unterschiedlichen Kategorien wieder, wie zum Beispiel dem Großmeister oder dem FIDE Meister.«

»Ah, danke schön. Waren die Russen denn nicht immer Schachgroßmeister?«

Walter musste kurz tief durchatmen. Hier traf er auf gefährliches Halbwissen. Hoffentlich hatte das keine negativen Folgen für seinen Plan.

»Die russischen Schachspieler haben eine Menge Großmeister im Laufe der letzten Jahrzehnte hervorgebracht, ebenso wie auch andere Nationen. Die USA, Schweden, Kuba, Ungarn, Serbien und sogar Aserbaidschan und mit Ralf Appel auch Deutschland.«

»Wirklich?«, entfuhr es der jungen Reporterin, die sich daraufhin eifrig Notizen machte.

»Herr Wollhausen, die Werkstatt Chess Open finden dieses Jahr zum ersten Mal in dieser wunderschönen Location statt. Wie wichtig ist dieses Turnier für die regionale Schachwelt?«

»Die goldenen Zeiten des Schachspiels lagen in den Zeiten des Kalten Krieges, als sich die Russen und die Amerikaner auch auf diesem Gebiet um die Vorherrschaft stritten. Oder auch der legendäre Schachwettkampf zwischen Bobby Fischer und Boris Spasski 1992 in Jugoslawien. Wer hätte damals gedacht, dass Fischer nach so langer Zeit ohne öffentlichen Auftritt es tatsächlich schafft, seinen Gegner niederzuringen? Fischers Person ist immer noch umstritten, allerdings sind seine Verdienste um den Sport sehr groß.

Schach gilt gemeinhin nicht als die spannendste Sportart. Aktuell haben wir in Deutschland circa 90.000 Spieler.

Doch das Schachspielen wird unterschätzt.

Das Spiel fördert nicht nur die Konzentration, sondern wirkt sich auch positiv aus auf das Einschätzen von Risiken, fördert die Entscheidungsfreudigkeit und das Selbstbewusstsein.

Aus diesem Grund freue ich mich immer, wenn Schach auf diese sehr außergewöhnliche Art und Weise ein bisschen mehr Aufmerksamkeit bekommt und wir den Menschen zeigen können, wie spannend das Spiel sein kann.«

»Sie selbst betonen ja immer wieder, dass das Schachspielen Sie von der schiefen Bahn geholt hat.

Können Sie unseren Lesern einen tieferen Einblick gewähren?«

Mein Einsatz, stellte Walter fest, spannte die Schultern und konzentrierte sich noch mehr auf das, was er jetzt erzählen wollte.

»Frau Müller, das kann ich sehr gerne machen. Meine Kindheit war nicht die einfachste. Ich wuchs in einem Kinderheim auf und geriet dort relativ schnell in die falschen Kreise. Als Jugendliche machten wir uns einen Spaß damit kleine Läden und Tankstellen, um ihre Einnahmen zu bringen. Wir kauften davon Schnaps, Bier und Zigaretten. Doch durch meinen Aufenthalt im Heim bin ich aber auch mit dem Schachspielen in Berührung gekommen.«

»Das klingt ja sehr spannend. Wie kam es dazu?«

»Ich bin immer noch davon überzeugt, dass das Schicksal es so wollte. Ein Sozialarbeiter hatte damals in mir mehr gesehen als nur den straffälligen Lümmel. Er brachte mir das Schachspielen bei und ich liebe es bis heute.«

»Dennoch sind Sie aber im Gefängnis gelandet.«

»Auch das ist richtig. Wissen Sie, wenn Sie einmal in diese Kreise geraten sind, ist es nicht leicht, sich auf dem rechten Weg zu halten. Aber das Schachspielen hat meine Willenskraft gestärkt und so habe ich es letztendlich geschafft.«

»Wie kam es dazu, dass man Sie eingesperrt hat?«

»Es kam, wie es kommen musste«, hob Walter fast philosophisch an. »Ich war damals Mitglied in einer jugendlichen Bande. Wie schon erwähnt, haben wir gerne Tankstellen und kleine Läden um ihr Geld gebracht. Beim letzten Kiosk hatte sich der Besitzer uns in den Weg gestellt und wollte uns aufhalten. Wir haben ihn einfach überrannt. Dabei ist er so unglücklich mit dem Kopf aufgeschlagen, dass er einen Schädelbruch erlitten hat. Auf der Flucht hatte die Polizei dann drei von uns erwischt. Für Raub und schwere Körperverletzung gab es dann damals eine saftige Jugendstrafe.«

»Sie gelten heute als resozialisiert.«

»Ja, das ist wohl der Fachbegriff dafür. Ich für meinen Teil bin froh, dass ich begriffen habe, was der Unterschied zwischen Recht und Unrecht ist. Bis heute möchte ich das Unrecht, was ich getan habe, wieder gut machen.«

»Und da sind Sie ja auch sehr erfolgreich.«

Jetzt war genau der richtige Zeitpunkt, um ein zurückhaltendes Lächeln aufzusetzen und ein wenig rot zu werden.

»Sie sprechen bestimmt von meinem Schachunterricht in den Jugendtreffs hier im Limburger Umkreis?«

»Ja, genau.«

»Ich bin der Verwaltung und den Ämtern sehr dankbar, dass ich die Chance bekomme auf diese Art und Weise mit Jugendlichen zu arbeiten. Sie kennen meine traurige Kindheit und Jugend. Ich bin einer von ihnen und das eröffnet mir einen ganz anderen Zugang zu den jungen Menschen.«

»Sie scheinen wirklich wahre Wunder zu bewirken. Die Kriminalrate unter den Jugendlichen ist seit Ihrem Programm um 10% gefallen, herzlichen Glückwunsch.«

»Ich danke Ihnen. Mir ist es wichtig, dass ich möglichst lange dieses Projekt fortsetzen kann. Jede Unterstützung ist uns willkommen. Schauen Sie sich um und berichten Sie von dieser Veranstaltung. Geben Sie diesen Jugendlichen eine Stimme.«

»Ich danke Ihnen für Ihre Zeit.«

Walter beendet das Gespräch mit einem festen Händedruck.

Der Artikel würde morgen erscheinen. Die Zeitung hatte ihm versprochen, dass er heute Abend noch eine Abschrift erhielt. Er hoffte, mit dem Interview genug emotionalen Druck aufgebaut zu haben. Wollhausen konnte es sich nicht leisten, dass irgendeine Stadt – oder Landrat irgendwann mal entschied, sein Sozialprojekt zu cancel.

Ohne sich weiter umzusehen, steuerte er den Ausgang in Richtung Hauptbahnhof an und verließ das Gebäude.

Er würde jetzt zwei Stunden Luft haben, um sich die Ausstellung anzusehen. Bevor er wieder zur Siegerehrung anwesend sein musste.

Die Stadthalle war fußläufig gut zu erreichen.

Walter überquert schnellen Schrittes den Bahnhofplatz vorbei an einer Gruppe von Jugendlichen mit ihrem Gettoblaster und irgendeinem dröhnendem englischen anmutendem Sprechgesang, der Musik sein sollte.

Nach links wenden in Richtung des Kreisels. Normalerweise stand dort eine kleine Dampflok in der Mitte. Um das Thema Schach aufzunehmen, hatte die Stadt entschieden, zwei riesige Schachfiguren aufzustellen. Ein weißer und ein schwarzer König standen sich gegenüber.

Walter durchquerte den Kreisel und bog dann nach rechts in die Hospitalstraße ein.

Er lief mitten auf die Fußgängerzone zu.

Unmengen von Menschen mit vollen Einkaufstüten kamen ihm entgegen. Nach ein paar hundert Metern hatte er dann schon die Stadthalle erreicht.

Neun
(2014)

Alene Lupin, Robin Hood oder Schwerverbrecher, zentrale Figur eines Märchens für Erwachsene? – so stand es auf den Bannern, die die Veranstalter rechts und links neben dem Eingang aufgestellt hatten.

Sie hatten dem Besucher eine Frage gestellt. Für Walter persönlich stellte sich diese Fragestellung nicht. Für ihn war Arsene Lupin ein Superheld und Inspiration zugleich.

Die Glaseingangstüren der Stadthalle standen sperrangelweit offen. Eine kleine Schlange von Menschen drängte durch die Türen ins Innere der Halle. Walters Spannung stieg an. Die Spannung und auch ein bisschen Nostalgie hatten ihn hierhergetrieben.

Er war erstaunt, welche unterschiedlichen Menschen sich mit ihm die Neugier teilten.

Ihm fiel beim Betreten der Halle direkt eine Gruppe von jungen Männern auf.

Zylinder, lange Haare und Bartstoppeln gaben ihnen ein eher groteskes Aussehen.

Karierte Anzüge, die aussahen, als ob sie aus einem schlechten Kostümverleih stammen würden.

Zu allem Überfluss hatten sie sich Pfeifen besorgt und pafften den Eingangsbereich voll.

Hustend kämpfte sich Walter bis zur Treppe vor.

Die Veranstaltung versprach nicht nur diverse Fachvorträge, sondern Teile von unterschiedlichen Filmkulissen, die Arsene Lupin auf die Leinwand gebracht hatten.

Walters Ziel war die Aussicht, an eines der französischen Erstausgaben zu kommen.

Oben an der Treppe angekommen, traf Walter erneut auf eine Gruppe von Menschen, die seine Aufmerksamkeit erregten.

»Boah, hättest du nicht besser lesen können. Was ist denn das für eine lahme Veranstaltung hier? Das ist doch kein richtiger Convent.«

Der Typ in dem weißen Schlafanzug holte mit einem roten Plastikschwert aus und schlug damit seinem Gegenüber, der in einem zottligen Etwas steckte, mit aller Wucht auf den Kopf.

»He, spinnst du, Alter? Die haben im Radio gesagt, dass das hier voll das Ereignis werden soll. Das muss so was wie ein Superheld gewesen sein.«

»Schau dich doch mal um, wir sind die Einzigen, die hier in Star Wars Kostümen rumlaufen. So viel zu Superhelden.«

Irritiert und zugleich aber aufgrund der Szene amüsiert, setzte Walter seinen Weg fort.

Die Erstausgaben sollten im Saal gezeigt und verkauft werden. Er hatte nur eineinhalb Stunden Zeit, bis er wieder zurückmusste.

Walter war wild entschlossen eines der Bücher zu kaufen.

Unabsichtlich hatte er sich beim Betreten des Gebäudes nach Schwachstellen umgeschaut. Die wertvollen Erstausgaben lagen in einfachen ungesicherten Vitrinen.

Nirgends konnte er Sicherheitspersonal erkennen, weder in irgendeiner Uniform noch in Zivil. Auch hatte er keine Kameras entdeckt.

Das Event war, was es sein sollte. Ein zwangloses Zusammenkommen, von Menschen, die auf alte Romanhelden und verstaubte Bücher standen.

Die Gelegenheit wäre günstig gewesen, wäre da nicht Walters Kodex: »Wildere nie im eigenen Revier.«

Walters Coups fanden oft im Ausland statt, wie zum Beispiel 1999 in Oxford. 3 Millionen Dollar war Paul Cezanne wert, den sie aus dem Paysage d´Avers – sur-oise Ashmolea Museum entwendet hatten.

Walter war es wichtig, so viel Distanz wie möglich zwischen seinen Einsatzort und seinem Wohnort zu bringen.

Diesmal auf die ehrliche Art. Walter wanderte entlang der Vitrinen von Erstausgabe zu Erstausgabe. Mit den Fingerspitzen berührte er leicht das Glas.

»Erstaunlich wie gut erhalten die einzelnen Exemplare sind, nicht wahr?«

Walter drehte den Kopf und schaute in stechend blaue Augen.

»Da haben Sie Recht, die Bücher sehen sehr gut erhalten aus.«

»Sind Sie ein großer Fan von Maurice LebLanc?«

»Ich lese seit meiner Jugend seine Werke und Sie?«

»Ich mag alte Dinge generell sehr gerne.«

»Dann wünsche ich Ihnen gleich viel Erfolg.«

»Das wünsche ich Ihnen auch.«

Boris Jäger lächelte Walter kurz zu und drehte sich dann um.

Ein paar Minuten später wurden die Menschen im Saal angehalten, sich auf die bereitgestellten Plätze zu begeben. Man wollte mit dem Verkauf der Bücher beginnen.

Für den ersten Band wurden 1.500 Euro aufgerufen. Walter hatte keine Chance. Vielleicht musste er sich doch mit dem Gedanken auseinandersetzen, sich eins dieser Bücher von ihrem neuen Besitzer bis auf unbestimmte Zeit ausleihen zu wollen.

Für eine weitere Aktion hatte er allerdings noch Zeit. Vielleicht hatte er diesmal Glück.

»Kommen wir zur nächsten Erstausgabe, die uns zur Verfügung gestellt wurde«, verkündete der Auktionator.

»Es handelt sich hier um den vierten Band »Arsene Lupin und der Schatz der Könige von Frankreich.« Das Buch ist im Original 1908 erschienen unter dem Titel »L´Aiguille creuse.«

Starten wir mit einem Anfangsgebot von 150 Euro. Wer bietet 150 Euro, meine Damen und Herren?«

Walter hob die Hand, wie fünf weitere Personen im Raum.

»Die Dame in der karierten Jacke. Vielen Dank.«

»Höre ich 200 Euro?«

»200 Euro von dem Herrn in dem grauen Jackett.«

Wieder hatte Walter die Hand gehoben. Erneut schien er nicht schnell genug gewesen zu sein. Doch so schnell wollte er nicht aufgeben.

»Was ist mit 250 Euro?«, fragte der Auktionator.

»Das ging aber schnell, 250 Euro von dem Herrn dahinter.«

»Versuchen wir es mit 500 Euro. Wer bietet 500 Euro?«

»Ah, der Herr dort in der Mitte.«

Wieder schaute sich Walter um, aber der Mann mit dem hölzernen Hammer meinte wohl diesmal ihn.

Sein Herz hüpfte kurz vor Freude. Vielleicht hatte er ja jetzt Glück.

»500 zum Ersten, zum Zweiten und da sehe ich die 600 Euro. Sehr schön.«

Walter bot so lange mit, wie er konnte, doch bei 1000 Euro war sein Limit leider wieder erreicht. Enttäuscht schaute Walter auf seine Uhr. Er musste sich unbedingt auf den Rückweg zur Siegerehrung machen.

Auf seinem Weg Richtung Ausgang begegnete ihm noch mal der Mann mit diesen ungewöhnlich blauen Augen. Er stand mit einem Weinglas inmitten einer Gruppe von Menschen, die alle ein wenig, wie Politiker oder sonstiges Anzugträger aussahen. Er prostete ihm zu, als dieser an der Clique vorbeilief. Walter erwiderte den Gruß mit einem kurzen Nicken.

Er bemerkte nicht das gehässige Lächeln von Boris Jäger. Der hatte sich die erste Kontaktaufnahme schwieriger vorgestellt.

Er hatte Walter sofort erkannt. Einem Großmeister des Schachs einmal persönlich begegnen… Aber darum ging es nicht. Er würde Walter einen Auftrag anbieten, den er nicht ausschlagen konnte. Da war er sich sicher.

Walter Wollhausen machte sich auf den Rückweg zur Werkstatt. Ein wenig war er enttäuscht darüber, dass er keines der Erstausgaben erwerben konnte. Irgendwie ging ihm der Fremde mit den blauen Augen nicht aus dem Kopf. Er kam ihm bekannt vor. Konnte ihn aber gerade nicht einordnen. Normalerweise ließ ihn sein Gedächtnis nicht im Stich. Der Mann hatte etwas Unsympathisches an sich. Walter Wollhausens Gedächtnis hatte die Eigenschaft, sich allem Unschönen zu verschließen.

Walter schob den Gedanken zur Seite, setze sein sympathisches Lächeln auf und widmete sich seiner Aufgabe der Siegerehrung.

Weder Boris Jäger noch Walter Wollhausen hatten die fremde Gestalt bemerkt, die die beiden die ganze Zeit nicht aus dem Blick gelassen hatte. Heute hätte er Walter im Schutz der Menge erstechen können, so nah war er ihm gekommen.

Doch er musste sich zügeln. Noch war die Zeit nicht reif für seine Rache.

Zehn
(Anfang 2014)

Andächtig drehte er die kleine Schachfigur zwischen Daumen und Zeigefinger.

In seinem Ohrensessel aus Kroko Leder gefertigt sitzend, schaute Boris Jäger sich zufrieden in seinem unterirdischen Refugium um. Neben der unscheinbaren Holzfigur konnte er eine beachtliche Anzahl von bemerkenswerten Kunststücken erblicken, die er in unterschiedlich großen Vitrinen in Sicherheit wusste.

Fast liebevoll stellt er die kleine Schachfigur in ihr gläsernes Gefängnis zurück.

»Bald wirst du nicht mehr allein sein«, flüsterte er ihr leise zu.

Genussvoll zog er an seiner Cohiba und stürzte einen Cognac runter.

Eigentlich machte er sich nichts aus Schachfiguren. Schach war etwas für Menschen, die seiner Meinung nach nur so taten, als seien sie intellektuell anderen überlegen. Ihn interessierte vielmehr die Herkunft dieser Figuren.

Sie stammten ursprünglich aus Norwegen. Boris Jäger verband alles, was aus dem skandinavischen

116

Land kam, mit den nordischen Göttern. Etwas zu besitzen, was ihm das Gefühl gab in die Nähe von etwas Göttlichem zu kommen oder es gar zu Eigen zu haben, ließ sein Herz Luftsprünge machen.

Boris Jäger war fest davon überzeugt, dass diese Gegenstände ihn schützten und seine Machtposition ausbauten.

Boris Jäger galt in seiner Branche als unerbittlich. Man sagte ihm nach, dass er Konkurrenten und unliebsame Gegner aus dem Weg räumen ließ. Bislang konnte ihm nie etwas nachgewiesen werden.

Die aktuelle Ausgabe der Nassauischen Presse versprach die baldige Ankunft der Lewis Chessmen. Sie würden als Leihgabe im Dommuseum in Limburg zu sehen sein.

Eine bessere Gelegenheit konnte es nicht geben, sich der Figuren habhaft zu werden.

Boris Jäger konnte sich genau erinnern, welche Überredungskunst er bei den Mitgliedern der Kreisverwaltung angewandt hatte. Die Sonderausstellung musste anlässlich des jährlichen Schachturniers nach Limburg geholt werden.

Nach dem Verwaltungsrat waren die Verantwortlichen des Bistums an der Reihe.

Bei ersteren hatte es mit einer großzügigen Spende funktioniert.

»Werner, altes Haus, wie schön dich zu sehen. Sag, wann haben wir uns zum letzten Mal gesehen?«. Der angesprochene Mann zuckte ein wenig zusammen, als er Boris Stimme in seinem Rücken hörte. Sich Taubstellen war jetzt keine Option mehr und so drehte er sich langsam um.

»Boris, Mensch, ich habe dich gar nicht im Zuschauerraum gesehen?«, log er Jäger lächelnd ins Gesicht. »Aber natürlich musstest du heute dabei sein, schließlich haben wir dir ja einen unserer Tagesordnungspunkte zu verdanken. Diese Schachfiguren nicht? Ist nicht so gut gelaufen für dich heute.« Das war die zweite Lüge innerhalb nur weniger Augenblicke. Boris hasste es angelogen zu werden. Unter seinen Männern galt der Grundsatz, dass jegliche Unwahrheit direkt bestraft wurde. Das Maß der Bestrafung überließ er dabei gerne seiner Truppe selbst. Irgendjemand hatte ihm mal erzählt, dass die Männer im Gremium die jeweilige Strafe entschieden. In den meisten Fällen verlor dann der Betroffenen ein Teil seiner Finger oder Zehen. Boris hätte nichts dagegen gehabt Werner in diesem Moment die Nasenspitze abzutrennen. Aber er würde seinem inneren Drang zurückstellen und sich auf das Spiel seines schmierigen Gegenübers einlassen müssen.

»Na ja, ich wollte ein wenig im Hintergrund bleiben«, erwiderte er stattdessen.

»Das ist dir bestimmt nicht leichtgefallen. So oft, wie wir dein Gesicht in letzter Zeit in der Presse gesehen haben.«

»Na ja, das waren ja alles rein berufliche Berichte. Das Bauprojekt auf dem Schafsberg, ist ja tatsächlich auch ein Meisterstück. Ein Bürokomplex in exklusiver Lage. Davon wird die ganze Stadt profitieren. Er wird neue Firmen anziehen. Mehr Geld und Ansehen für uns alle.«

»Ich wusste gar nicht, dass du unter die Gutmenschen gegangen bist. Alles für die Gemeinschaft, he?«

Die Masken waren gefallen und die Zeit des Austausches von vorgegebenen Nettigkeiten.

Der Neid des kleinen Mannes sprang Werner mit jeder Silbe aus dem Mund. Boris konnte seinerseits seine Abscheu nicht verbergen.

Doch hier und heute ging es nicht darum, neue Freundschaften zu finden, sondern endlich die Sonderausstellung der Lewis Chessmen dingfest zu machen.

Boris wusste, dass Werner zerfressen wurde von seinem Reichtum und Erfolg. Er hatte es bislang nur in die Kreisverwaltung geschafft und dort würde er sein Leben lang nicht herauskommen. Dies würde er nie in der Öffentlichkeit zugeben. Im Laufe der Jahre hatte Werner festgestellt, dass er seine Stimme meistbietend anbieten konnte. Dabei ging er geschickt vor. Er kannte keine Begrenzungen durch Parteibücher oder sonstige moralische Grenzen. Jedem war klar, dass sein Einfluss sich wie ein Fähnchen zu dem neigte, der das meiste zahlen konnten.

»Okay, Boris, lassen wir das freundliche Vorgeplänkel und komm zur Sache. Was soll ich für dich tun und wie viel ist dir meine Stimme wert?«

Boris ballte hinter dem Rücken seine Hände zu Fäusten. Eines Tages schwor er sich, würde er Werner fallen lassen wie eine heiße Kartoffel. Wenn der wüsste, dass es für jeden seiner Stimmenverkäufe Beweise gab, würde er nicht so selbstgerecht vor ihm stehen.

»Nun ja, ich dachte an einen Scheck von 5000 Euro.«

»Das hört sich nach einem Anfang an«, gab Werner zurück.

»Doch du musst wissen, die haben mich mal wieder auf dem Kicker. Sprich, da muss diesmal auch was für die Allgemeinheit rausspringen. Irgendetwas, was die Öffentlichkeit feiern lässt und mich in den Hintergrund rücken lässt.«

»An was hast du gedacht?«

Sie einigten sich auf eine großzügige Spende für die Stadtbibliothek und diverser Kleinspenden an Kindergärten und Schulen im Limburger Umland. Werner würde der Öffentlichkeit Glauben machen, dass ihm die Investition in die Bildung und die Zukunft der Kinder und Jugendlichen am Herzen lag. Mit seiner Hartnäckigkeit hätte er dem eiskalten Baulöwen zu einer großen sozialen Geste überreden können.

Im zweiten Fall konnte er die Geldkarte nicht ziehen.

Dafür hatten seine Leute andere pikante Details ausgegraben.

Im Zuge der allgemeinen Aufregungen um den sogenannten Prunkbischof, hatte das Bistum kein weiteres Interesse daran tiefer in die Mühlen der öffentlichen Meinung zu geraten.

Heute Morgen hatte Elfat Duric Boris Jäger berichtet, wie das letzte Treffen zwischen ihm und einem Vertreter des Bistums gelaufen war.

»Nun, was kannst du mir berichten?«

»Boss, Du wirst es nicht glauben, aber der Generalvikar persönlich hat es sich nicht nehmen lassen sich mit mir zu treffen. Es war wie in einem Agentenfilm«, grinste Elfat träumerisch vor sich hin.

»Wir trafen uns im Mariengarten.«

Boris musste auflachen.

»Im Mariengarten, im Ernst. Der gehört doch zum Dommuseum dazu und wo sollte man denn da ungestört sein.

Der ist von allen Seiten einsehbar. Und da willst du mir was von einem Agentenfilm erzählen, du Schwachkopf.«

»Mensch, Boss, keine Panik, uns hat bestimmt niemand gesehen. Ich habe mich immer wieder umgeschaut. Da war niemand zu sehen. Echt nicht!«, klagte Elfat.

»Und hast du die Fenster der umliegenden Häuser auch die ganze Zeit im Blick gehabt? Keine Schatten oder Gardinen, die sich bewegt haben?«

»Hm, stotterte der Serbe. »Daran habe ich nicht geachtet. War das wichtig?«

»Oh, du Dummkopf. Wie kannst du behaupten, alles im Griff zu haben, wenn du bei den einfachen Dingen schon scheiterst?

Das nächste Mal kümmerst du dich um einen besseren Treffpunkt, wenn ich dich auf ein nächstes Treffen schicken werde.«

Elfat senkte geknickt seinen Kopf und gab keinen weiteren Ton von sich.

»Jetzt lass dir nicht alles aus der Nase ziehen. Sag schon, hat der Generalvikar angebissen und macht er mit bei der Sonderausstellung?«

»Er schien ganz erleichtert, dass er im Gegenzug zu unseren Informationen keinen Mord begehen musste.

Er tut sein Möglichstes, sagte er.«

»Okay, da musst du jetzt dranbleiben und ihn immer wieder daran erinnern, dass er ins Tun kommt.«

»Ja, Boss.«

»Und jetzt zisch ab, ich muss noch arbeiten.«

Elfat sah man die Erleichterung an das Büro verlassen zu können. Fast wäre er beim Rückwärtslaufen über seine eigenen Füße gestolpert.

Boris konnte nur noch mit dem Kopf schütteln. Gutes Personal war in allen Branchen mittlerweile schlecht zu bekommen. Elfat hatte ihn eigentlich noch nie enttäuscht.

Zurück zu seinem nächsten neuen Mitarbeiter.

Das Schachspiel und seine Sonderausstellung würden ihm dazu verhelfen.

Er hatte ihn heute Mittag auf der Arsene-Lupin-Ausstellung kennengelernt:

Walter Wollhausen

Es war an der Zeit, um eine verschlüsselte Nachricht aufzugeben.

Elf
(2014)

Im Laufschritt war Walter durch die Fußgängerzone zurückgeeilt und hatte es rechtzeitig zur Siegerehrung geschafft.

Ein kleiner blonder Junge hatte sie alle geschlagen
und strahlte mit dem kargen Pokal über beide Ohren. Das Preisgeld hatte seine Mutter direkt in ihrer
Handtasche verstaut. Walter bezweifelte, dass das
Kind jemals einen Cent davon sah.

Routineauftritt und Händeschütteln für die Öffent-
lichkeit, Walter war froh, als er sich endlich in sein
Auto steigen konnte und sich auf den Weg nach
Hause machen konnte.

Dort angekommen, schaltete er seinen Computer im
Wohnzimmer ein und checkte seine zweite E-Mail-
Adresse. Walter hatte sich von einem ehemaligen
Knastbruder einen sicheren Account einrichten lassen. Wurde versucht, die IP-Adresse zurückzuver-
folgen, begann die Jagd über den kompletten Erd-
ball.

Eine Nachricht sprang ihm sofort ins Gesicht.

Betreff: Suche nach einem neuen Wirkungskreis

E7 auf e5.
Schottische Altmeister benötigen Hilfe, um einen
neuen Wirkungskreis zu finden.
Umzugsspezialist gesucht.
Um sofortige Antwort wird gebeten.

Verdutzt hielt Walter inne und schlug damit alle
Warnungen seiner Technikkumpels in den Wind.
Der hatte ihm immer wieder gesagt, dass er keine E-
Mails öffnen sollte, die suspekt aussahen. Geschah
dies dennoch aus Versehen, sollte er den Rechner
sofort vom Internet trennen.
Stattdessen starrte er auf den blinkenden Cursor.
»Das konnte keine Spammail sein«, kam er zu dem
Schluss.
Normalerweise erkannte er an gewissen Kürzeln
und Floskeln die Echtheit der Nachricht.
Als Ganovenjargon hätten das Laien betitelt. Doch
diese Mitteilung enthielt nichts davon.
War es die Unverfrorenheit, mit der sich der Schrei-
ber an ihn wandte oder gar die Tatsache, dass es
sich um einen Gegenstand aus der Schachwelt handelte.

Irgendjemand, den er nicht kannte, hatte Eins und Eins zusammengezählt.

Und obwohl es durchaus eine Bedrohung sein konnte, sah sich Walter nicht in der Lage, seinen Blick von der E-Mail abzuwenden.

Die Nachricht enthielt eine Telefonnummer.

Sicherlich nicht zurück verfolgbar. Würde die Polizei, eine Rufnummer zum ersten richtigen Kontakt aufgeben? Mit Sicherheit nicht.

Seine Neugier siegte.

Walter wählte die erste Ziffer.

Es dauerte eine Weile, bis das Gespräch angenommen wurde.

»Schön, dass Sie sich melden«, wurde Walter begrüßt.

Die Stimme erinnerte an jemanden.

War das der komische Typ von der Arsene Lupins Ausstellung?

Sie hatten sich namentlich nicht vorgestellt.

»Woher haben Sie meinen Kontakt.«

»Man sagte mir, dass Sie der Beste sind. Und ich brauche den Besten für den Job.«

»Ihnen ist schon klar, dass wir uns nicht in einem Arsene Lupin Spiel befinden?«

»Lassen wir das Rumgerede. Ich weiß, wer Sie sind, und glauben Sie mir, wenn ich Sie reinlegen wollen würde, stünde schon längst die Polizei vor Ihrer Tür, Herr Wollhausen.«

Schweigen.

Mist, er kannte seinen Namen. Walter wollte schon auflegen, doch hielt ihn seine Neugier am anderen Ende des Telefons.

»Und damit wir gleiche Verhältnisse schaffen, verrate ich Ihnen meinen Namen. Ich heiße Boris Jäger.«

»Boris Jäger? Der Baulöwe? Was soll das?«

»Ja, ganz genau der. Und bevor wir weiterhin im Quizmodus unterwegs sind, hören Sie mir einfach zu.

Sie haben sicherlich von der Sonderausstellung im Dommuseum gehört.«

»Die Lewis Chessmen? Ja, das habe ich.«

»Natürlich haben Sie das. Ich mache es kurz, ich will die Chessmen haben.«

»Soweit ich weiß, werden die aber nicht verkauft.«

»Jetzt tun Sie doch nicht so naiv. Wenn ich die kaufen wollen würde, hätte ich mich an einen Antiquitätenhändler gewandt. Ich habe Sie kontaktiert, weil Sie ein Meisterdieb sind.

Sie kennen bestimmt die Geschichte dieses Schachspiels. Ich habe bereits ein paar der Figuren in meinem Besitz und möchte die Gelegenheit wahrnehmen, um einen weiteren Teil des Spielsatzes mein Eigen nennen zu können.«

Die Lewis Chessmen waren ein Begriff für den Schachgroßmeister.

Jeder Spieler auf der Welt kannte die alten Holzfiguren. Walter würde lügen, wenn er nicht selbst schon einmal mit dem Gedanken gespielt hätte, sich die Figuren aus Edinburgh selbst unter den Nagel zu reißen.

Das Dommuseum in Limburg. Jedoch hatte er sich geschworen, dass er niemals in seiner Wohnnähe einen Coup durchziehen würde.

Doch der Reiz diesen Bruch zu planen und zu vollenden, war größer als die Bedenken gegen seinen jahrelangen eigenen Kodex zu verstoßen.

Der Meisterdieb sagte zu.

Sie vereinbarten in Kontakt zu bleiben. Die Planung und Durchführung des Raubs sollten in Walters Verantwortung sein. Seine Leute, seine Methoden. Boris war dies recht. Hauptsache das Ergebnis stimmte.

Zwölf

(2014)

Das Grummeln in Walters Magen wurde immer lauter und unangenehmer. »Wenn ich jetzt nichts zu essen bekomme, frisst der sich wohl selbst auf«, bemerkt er mit verzerrtem Gesicht.

Am Vormittag hatte er dem Jugendtreff einen kurzen Besuch abgestattet.

Walter hatte nie ein Talent fürs Kochen gehabt und so sollte es dieses Mal wieder eine Fertigpizza werden.

Eine Apfelsaftschorle rundete sein Festmahl ab.

Früher hatte er nichts ausgelassen – Alkohol, Zigaretten und ein bisschen Gras. Im Knast hatte er dann gelernt, dass ihn Drogen und der verdammte selbstgebrannte Schnaps nur davon abhielten, einen klaren Kopf zu bewahren und seine Sinne beisammenzuhalten. Den Schmerz in der rechten Schulter spürte er immer noch.

***

Der Duschraum war menschenleer, als Walter sich sein Handtuch schnappte, um sich abzutrocknen. In die letzte Tüte musste irgendetwas reingemischt worden sein, denn in seinem Kopf dröhnte es, als fände dort ein Tuba-Konzert statt. Er konnte nicht davon ausgehen, dass er an diesem Ort sauberes Gras bekommen würde, doch dass das Zeug so reinhauen würde, hätte er dennoch nicht erwartet. Er warf sich sein Handtuch über sein Haupt und ließ sich auf die Holzbank sinken, die gegenüber den Duschkabinen platziert waren. Er stützte den so bedeckten Kopf für einen Moment in seinen Handflächen ab und schnaufte tief durch.

Walter ahnte nicht, dass er das in den nächsten Sekunden bereuen würde.

Unsanft wurde ihm das Handtuch vom Haupt gerissen. Eine Faust flog von rechts in Richtung seines Kopfes und traf ihn am Unterkiefer. Sofort breitete sich der Schmerz aus. Sterne tanzten vor seinen Augen. Ein Backenzahn hatte sich gelöst und schwamm lose in seiner Mundhöhle gepaart mit Speichel und Blut.

Walter war so überrascht, dass er nicht wusste, ob er den Zahn samt dem Blut ausspucken oder lieber runterschlucken sollte.

Immer noch nicht hatte Walter den Ernst seiner Lage erkannt, sonst hätte er versucht, sich zu schützen.

Durch den Faustschlag hatte sich sein Oberkörper nach links gedreht und seinem Angreifer seine Schulter als Angriffsfläche geboten. Der hatte keine Sekunde gezögert und Walter seine angespitzte Zahnbürste in die Schulter gerammt. Dabei brach ein Teil ab.

»Damit du weißt, wo du hingehörst, du mageres Würstchen«, raunte ihm eine heisere Stimme zu. Den ekligen Atem gemischt mit abgestandenem Zigarettenrauch roch er immer noch.

Walter kippte nach vorne über und rutschte von der Holzbank.

Er versuchte, die Beine nahe an seinen Körper zu ziehen. Vor einem weiteren Angriff versuchte er sich so gut wie möglich zu schützen.

So plötzlich und geräuschlos, wie sein Angreifer sich ihm genähert hatte, so schlagartig zog er sich zurück.

Walter verbrachte anschließend zwei Wochen auf der Krankenstation. Seit dieser Zeit hatte er nie wieder einen Joint gezogen. Um zu überleben, musste er jederzeit alle seine Sinne beisammenhaben.

***

Mit dem Blick auf die Küchenuhr wusste Walter, dass seine Pizza fertig war.

Walter öffnete die Backofentür und ein Schwall heißer Luft kam ihm entgegen. Der Geruch nach gebackenem Teig und Käse ließ ihm das Wasser im Mund zusammenlaufen. Geschickt schob er mit einem Handschuh und einer kleinen Pizzaschaufel die Pizza vom Backblech auf einen großen Teller. Bei seinem Einzug vor ein paar Jahren hatte er die Küchenzeile übernehmen können.

Teil davon war ein kleiner Bistrotisch, an dem Walter gerne saß, um in den Garten zu schauen.

Er hatte gerade den Teller dort abgestellt und wollte sich sein Besteck dazu legen, als er einen heftigen Knall hörte.

Knallen und Poltern waren hier in der Straße keine seltenen (oder außergewöhnlichen?) Geräusche.

Am Ende der Straße hatte ein Handwerker sein Materiallager. Die Nachbarschaft hatte sich mittlerweile daran gewöhnt, dass es tagein und tagaus dort schepperte und polterte. Mittags- und Nachtruhe schienen Fremdwörter für diesen Mann zu sein.

Keiner sah sich berufen, etwas dagegen unternehmen zu wollen, und so ließ man ihn gewähren.

Diesmal war der Knall aber verhältnismäßig laut, sodass Walter doch nachschauen wollte.

Er durchquerte seine Wohnung und begab sich in sein Wohnzimmer. Von dort konnte er direkt auf die Straße schauen.

Ein bizarres Bild bot sich ihm da.

Ein kleiner Lastwagen mit einem großen Anhänger voller Grünschnitt war auf die Hofeinfahrt des gegenüberliegenden Hauses gerast.

Ein paar dünne Äste und Blätter waren dabei auf der Straße gelandet.

Aus dem Wagen sprang ein mit einem Blaumann bekleideter Mann. Aus der Hofeinfahrt stürmte ein zweiter Mann; der Nachbar mit seiner drahtigen Figur.

Die beiden Männer standen sich wild gestikulierend gegenüber. Die Luft war geschwängert von Testosteron. Es schien, als ob sich die beiden Streithähne jeden Moment an die Gurgel gehen würden.

Der Nachbar war für seine Wutausbrüche bekannt und so wunderte es Walter nicht weiter, dass hier wieder Ärger drohte.

Walter wollte sich zurückziehen und sich wieder seiner Pizza widmen, als sein Blick auf ein weiteres vertrautes Bild fiel: Gerlinde Herzog, seine neugierige Nachbarin.

Die untersetzte 70-jährige nahm sich die graukarierte Küchenschürze ab und trippelte mit ihren kurzen Beinen auf den Ort des Geschehens zu.

Es überraschte ihn nicht, dass die kleine, grauhaarige Frau mal wieder mittendrin dabei war.

Sie kannte jede Geschichte und Neuigkeit im Dorf. Für Menschen wie Walter, die gerne im Verborgenen blieben, konnten solche Individuen ein Problem werden.

Er konnte sich noch sehr gut an den Tag seines Einzuges in die Straße am Schwimmbad erinnern. Zusammen mit seinem alten Kumpel Bernd war er gerade dabei gewesen, das alte Sofa durch die Haustür zu wuppen, als ihm jemand von hinten auf die Schulter tippte.

»Junger Mann. Ziehen Sie hier ein?«

Beinahe wäre ihm sein Teil des Sofas aus den Händen gerutscht. Die Schweißperlen sammelten sich bereits auf seiner Stirn. Das alte Ding war schwer. Mit einem kurzen Nicken deutete er Bernd an, das Sofa auf dem Gehweg abzusetzen.

Bernd rollte unbemerkt mit den Augen. Er hatte sich die Mittagspause freigeschaufelt und eigentlich keine Lust, schwere Möbel zu schleppen. Aber für seinen Freund tat er einiges. Bestenfalls würden ihre Gespräche sich jetzt nicht mehr um das Thema Viola drehen. Es war echt Zeit, dass Walter sich was Eigenes gesucht hatte.

Wenn er sich allerdings diese Schreckschraube von Nachbarin so ansah, hätte er seinem Freund eine anonymere Wohnumgebung gewünscht.

Walter verwarf es, einem Impuls zu folgen und eine patzige Antwort zu geben. Er hatte von Hexen in Frauengestalt genug und wollte seinen ersten Tag in seinem neuen Zuhause nicht mit Missgunst und bösem Karma starten.

Also riss er sich zusammen, ignorierte die Schmerzen in den Armen und antwortet etwas gequält: »Das haben Sie absolut richtig erkannt. Ich bin Ihr neuer Nachbar. Walter Wollhausen ist mein Name.« Die beiden Männer nahmen das Sofa wieder hoch und stolperten schnaufend und ächzend mit dem Sofa in das Wohnzimmer. Doch mit dieser Auskunft gab sich die Nachbarin nicht zufrieden.

Frau Herzog hatte keine Scheu hinterherzulaufen. »Sie, aber dass das von vornherein klar ist. Wir sind hier eine ruhige Nachbarschaft. Laute Musik unter der Woche nur bis 2o Uhr oder am besten gar nicht. Wenn Sie feiern wollen, dann nur am Samstag bis 22 Uhr draußen und ansonsten Zimmerlautstärke. Wir wollen hier unsere Ruhe. Haben Sie Haustiere?«

Noch ehe Walter antworten konnte, setze sie ihren Monolog fort.

»Wir sehen es hier gar nicht gerne, wenn Ihr Hund sein Geschäft auf dem Gehweg verrichtet. Dafür gibt es diese schwarzen Tütchen.«

»Ich habe keinen Hund.«

»Dann wissen Sie trotzdem Bescheid.«

Und so geschwind wie sie in Walters Haus gestürmt war, so hastig hatte sie sich auf ihrem Absatz umgedreht und war nach draußen verschwunden.

»Was war das denn?«, fragte Bernd erstaunt.

»Keine Ahnung, komm lass uns weitermachen. In ein paar Tagen bin ich nicht mehr interessant und dann nervt sie bestimmt jemand anderen.«

Walter sollte sich täuschen. Frau Herzog behielt immer alles im Blick. Das würde schlimm mit ihr enden.

***

Die beiden Streithähne brachen abrupt ihr hitziges Wortgefecht ab, als sie sahen, dass die alte Dame geradewegs auf sie zusteuerte.

Der drahtige Nachbar hatte in der Vergangenheit schon die ein oder andere nervige Begegnung mit ihr gehabt, sodass er auf eine weitere verzichten konnte, und so starrte er noch mal grimmig sein Gegenüber an, drehte sich auf dem Absatz um und

136

ging zurück zu seiner Werkstatt, die sich am anderen Ende des Hofes befand.

Der Fahrer des Lkws ließ die Arme sinken, brüllte ihm irgendetwas Unverständliches hinterher und stieg dann kopfschüttelnd in seinen Wagen.

Bevor Gerlinde Herzog am Ort des Geschehens eintraf, hatte sich die Streitsituation komplett aufgelöst. Enttäuscht musste die kleine Frau den Weg zurück zu ihrem Grundstück antreten. Neugier kann auch zu was gut sein.

Walter widmete sich seinen Pizzaresten und schob ein Stück nach dem anderen in seinen Mund. Sein Magen war dankbar über die Nahrungszufuhr und stellte nach und nach sein Grummeln endlich wieder ein.

Er verspürte aber trotzdem eine leichte Unruhe Wegen des neuen Auftrages, den er gestern angenommen hatte:

Er würde in das Limburger Dommuseum einsteigen und die dort ausgestellten Lewis Chessmen stehlen.

Ein Risiko, aber ein Abenteuer, was er nach seiner Scheidung und dem Neuanfang brauchte.

Jetzt hieß es Pläne schmieden.

***

Kira schaute ihn miauend an. Mit einem Blick kontrollierte Walter die Futternäpfe.

Sowohl das Nassfutter als auch das Trockenfutter war ausreichend gefüllt.

»Du bist wohl für ein kleines Gespräch aufgelegt«, flüsterte er liebevoll in Richtung der Katze.

»Na dann lass uns doch mal zusammen klären, was meine nächsten Schritte sind, um den neuen Job erfolgreich erledigen zu können.«

Als allererstes musste er sich die Räumlichkeiten direkt anschauen.

Wo hatte er Papier und Stift? Auf dem Schreibtisch?

Walter wechselte von der Küche ins Wohnzimmer und ließ eine miauende Katze zurück.

Er brauchte genaue Informationen zu den Öffnungszeiten der Ausstellung.

Er entschloss sich zu einer Ortsbegehung gegen Abend. Das war die beste Zeit, um nur wenige Menschen anzutreffen. So konnte er sich in aller Ruhe umschauen.

Walter schaute online nach den Eintrittspreisen. Ein stolzer Preis von 20 Euro. Eine Investition, die sich nach dem erfolgreichen Coup auszahlen würde.

Das Spiel konnte beginnen.

Dreizehn
(Oktober 1994)

Der Regen trommelte unaufhörlich auf die Windschutzscheibe seines Autos an diesem grauen Abend.

Die dicken Tropfen hinterließen dort eine fast undurchsichtige Schicht. Das Wasser bahnte sich in Wellenbewegungen seinen Weg in Richtung der Motorhaube. Der Oktober in diesem Jahr hielt seine Versprechen, was das Wetter anging.

Vom goldenen Herbst war heute wenig zu spüren. Eine Kaltwetterfront hatte der Region eine Menge Regen in den letzten Tagen beschert.

Walter Wollhausen wagte es nicht, die Scheibenwischanlage anzuschalten.

Dennoch war er zufrieden mit den Wetterverhältnissen.

Für das Vorhaben von Walter und seinem Freund Bernd konnte die Witterung nicht besser sein.

Wenn alles glatt lief, dann konnten sie die schlechten Sichtverhältnisse nutzen, um fast unbemerkt von hier zu verschwinden.

Allerdings wollte Walter nicht riskieren, mit einem parkenden Fahrzeug und eingeschalteten Scheibenwischern Aufmerksamkeit zu erregen.

Statt einem Radiosender hatte Walter die Frequenz des Polizeifunks eingeschaltet. Das entsprechende Gerät hatte er über einen alten Freund bekommen. Das woher und von wem hinterfragte Walters Freund nicht.

Walter parkte direkt vor dem Eingang der Limburger Kreissparkasse.

Die Finger seiner linken Hand trommelten ungeduldig auf das Lenkrad und passten sich dem Rhythmus des Regens an.

Der graue Lenkradschutz dämpfte ein wenig das Geräusch, sodass es sich wie ein kleines instrumentales Duett anhörte.

Die rechte Hand umschloss den Schlüssel im Zündschloss. Jederzeit bereit, um losfahren zu können.

In Verbrecherkreisen galt es als ungeschriebenes Gesetz, bei Banküberfällen mindestens einen Fahrer in die Crew aufzunehmen. Zwei bis drei Mann, die die Kunden und Angestellten in Schach hielten, und einen, der Angst und Schrecken verbreitete. Befehle laut in der Gegend rumbrüllend.

Die Autoschilder waren mit kleinen Reflektoren be-
klebt. Mit einem ungeübten Auge waren diese gar
nicht zu erkennen. Wurden diese von einer Licht-
quelle angestrahlt, wie zum Beispiel einem Blitzer
oder Scheinwerfern, so war es nicht möglich, das
Nummernschild zu erfassen.

Walters Plan sah für die Limburger Kreissparkasse
eine Minimalbesetzung vor. Er war schon immer
der Fahrer gewesen, Bernd übernahm gerne die
Durchführung des Coups in der Bank und Achim
Baumeister, der Dritte im Bunde, hielt die Anwe-
senden in Schach.

Bernd Mann und Walter Wollhausen kannten sich
schon seit ihrer Kindheit.

Ein sehr trauriges Kapitel in ihrem gemeinsamen
Leben.

Achim Baumeister war erst später dazu gestoßen.

Die drei kannten sich aus ihrem gemeinsamen Aufenthalt in der Justizvollzugsanstalt Hünfeld.

Alle drei hatten wegen kleinerer Delikte für ein paar
Monate dort eingesessen.

***

Es musste der erste Tag von Achims Gefängnisauf-
enthalt gewesen sein. Walter war der unsichere
junge Mann sofort aufgefallen. Immer wieder hatte

er hinter sich geschaut, als er in der Schlange für die Essensausgabe stand.

Mit vollem Tablett hatte sein suchender Blick nicht enden wollen. Die hinter ihm stehenden Männer hatten kein Verständnis für seine Unsicherheit und rempelten ihn grob an.

Achim Baummeister hatte Mühe, die Balance mit seinem Tablett zu halten. Die Erbsen machten sich mit jedem Rempler selbstständiger, bis die ersten in Richtung Fußboden unterwegs waren.

»Schau dir den Grünling da drüben an. Gleich fängt er an zu weinen. Kaum zu glauben, dass dieses Riesenbaby hier rumsteht, wie eine zu groß geratene Trauerweide«, lästerte Bernd grinsend.

»Es ist immer wieder das Gleiche mit den Neuen. Eigentlich könnte man ihnen auch direkt ein Schild um den Hals hängen: He, ich bin der Neue, bitte schlagt und tretet mich.«

»Spätestens, wenn er sein Tablett verloren hat, wird sich die Meute auf ihn stürzen. Das beschert ihm dann einen ersten Besuch auf der Krankenstation.«

»Hoffentlich hält er dann die Klappe, wenn ihn die Bullen befragen, sonst wird es noch schlimmer für ihn.«

»Keine guten Aussichten für ihn.«

»Da mussten wir doch alle durch. Du wirst doch jetzt nicht weich werden?«

»So ein bisschen Hilfe hat noch keinem geschadet«, entgegnete Walter.

»Wenn wir uns nicht immer gegenseitig aus der Scheiße geholt hätten, wäre unsere Kindheit noch schlimmer für uns verlaufen.«

Das Grinsen aus Bernd Manns Gesicht entwich schlagartig. Die gemeinsame Kindheit nur zu erwähnen, reichte aus, um seine Stimmung zu trüben.

»Du hast ja Recht.«

Bernd sprang von seinem Platz auf und begann in Achims Richtung zu winken.

»He, Kleiner, ja, du, komm, hier ist noch frei.«

Erleichterung machte sich in dessen Gesicht breit und er stolperte auf den Metalltisch von Bernd und Walter zu.

Seit diesem Zeitpunkt war der Kleine den beiden bis zu seiner Entlassung nicht mehr von der Seite gewichen.

Der Kontakt unter den dreien hielt auch noch nach ihrem gemeinsamen Aufenthalt in Hünfeld.

***

Bernd war der junge Mann immer etwas lästig und er machte keinen Hehl daraus, was er davon hielt, Achim beim Überfall mitmachen zu lassen.

»Das kann doch nicht dein Ernst sein. Warum willst du den mitmachen lassen? Der macht sich doch noch immer bei jeder Kleinigkeit in die Hose. Bei einem Überfall brauchst du Nerven aus Stahl.

Wie kommst du auf diese Schwachsinnsidee, den Kleinen da mit einzubinden? Walter, komm schon, jetzt ist auch mal gut mit dem Bemuttern.

Das ist das erste größere Ding nach unseren Ferien auf Staatskosten. Der hat doch keine Ahnung.«

»Bernd, du hörst dich ja an wie eine eifersüchtige Frau«, grinste Walter.

»Komm, beruhige dich, der Kleine hat Potenzial. Du wirst schon sehen. Nach dem Überfall ist er bereit für die größeren Dinge.«

Bernd wusste, wann er bei Walter nicht weiterkam, und zog sich grummelnd zurück.

Hoffentlich brachte sie sein Gutmensch-Gehabe nicht ins Gefängnis.

Sobald der Kleine ein winziges Anzeichen von Feigheit oder Angst zeigte, würde er sich absetzen und in Sicherheit bringen.

***

Überraschenderweise war Achim schon bei den Vorbereitungen hoch konzentriert. Nichts zu erkennen von Bedenken oder Furcht.

Die Kreissparkasse in Limburg war seit einiger Zeit personell unterbesetzt. Offene Stellen waren schon seit geraumer Zeit nicht besetzt worden, zudem hatte die jährliche Grippewelle zusätzlich um sich gegriffen.

Bernd Mann hatte dies per Zufall rausgefunden und so hatten sie sich entschlossen, dass sie diesmal mit der kleinsten Minimalmannschaft antraten.

Die Diezer Straße war trotz des Wochentages leergefegt. Im Rückspiegel sah Walter, wie sich eine einsame Kehrmaschine der Stadt von Rinnstein zu Rinnstein kämpfte. Das Orange des Fahrzeugs leuchtete wie ein Signalfeuer in den grauen Tag. Wer wollte schon bei diesem Mistwetter freiwillig vor die Tür?

Plötzlich wurde die Beifahrertür aufgerissen und zwei maskierte Gestalten ließen sich auf den Sitz plumpsen. Mit der rechten Hand griff sich die eine Person an den Hinterkopf und riss sich mit einem Ruck die schwarze Skimaske vom Kopf.

Zum Vorschein kam ein nach Luft ringendes, rot angelaufenes, bleiches Gesicht. Die blonden mittellangen Haare standen ihm kreuz und quer vom Kopf ab.

»Los, gib Gummi und bring uns hier weg«, wies er Walter keuchend an.

»Alles gut gegangen?«, fragte Walter Wollhausen seine Komplizen. »Ihr habt mindestens zwei Minuten länger gebraucht, als wir es vereinbart haben.«

»Alles gut, ganz entspannt«, grinste ihn Bernd Mann an.

»Ich musste nur die hübsche blauäugige Bankangestellte einfach einen Moment länger anschauen. Die werde ich doch nie wieder sehen.«

»Dir ist schon klar, dass du dich hier nicht auf einer Brautschau befindest«, knurrte Walter entrüstet.

»Ich habe keine Lust, mich von den Bullen erwischen zu lassen, nur weil du deine Hormone nicht im Griff hast.

Und jetzt schnall dich an, wir wollen doch nicht wegen eines so dummen Fehlers in eine Verkehrskontrolle geraten.«

Achim Baummeister, ein großer bulliger Riese, zog sich wortlos seine Skimaske vom Kopf und schmiss sie neben sich auf die Rückbank.

Bernds amouröse Ausführungen belächelte er scheu.

»Es ist ja alles gut gegangen. Ich habe immer noch keine Ahnung, woher du den Tipp hattest, dass die Filiale hier unter Personalmangel leidet. Sonst wäre es echt knapp geworden. Der Typ, der da an der Tür gestanden hat, war bestimmt ein Bulle. Der hat mich immer so komisch fixiert.«

Walter drehte den Zündschlüssel um und der Motor sprang sofort an.

Mit einem kurzen Blick in den Rückspiegel fädelte er sich in den Verkehr ein. Nichts hätte darauf hingedeutet, dass in diesem Auto drei Bankräuber saßen. In der Ruhe lag wohl das Geheimnis einer erfolgreichen Flucht.

Sie fuhren an die Kreuzung heran, als sich von rechts und links Blaulichter näherten.

»Wo kommen die denn so schnell her?«, fluchte Walter. »Da hat die hübsche Bankangestellte dir doch so den Kopf verdreht, dass sie den stummen Alarm drücken konnte. Mit der ollen Kiste können wir keine Verfolgungsjagd riskieren.«

»Los, gib Gas, wenn wir bis zu dem Waldstück am Steinbruch bei Ahlbach kommen, dann haben wir gute Chancen, uns eine Zeit lang dort zu verstecken.«

»Oder es war doch dieser Pseudobulle«, flüsterte Achim von hinten.

»Ruhig, Kleiner. Jetzt ist nicht die Zeit, um Panik zu schieben. Bislang sind Walters Pläne immer auf gegangen. Der hat so viel Grips wie du und ich zusammen.«

»Blöd nur, dass das wohl nicht im Plan aufgetaucht ist«, stotterte Achim.

»Auch wenn der Kleine nervt, stellt sich mir eine Frage«, zischte Bernd fast unhörbar durch die Zähne.

»Was ist denn mit dem Polizeifunk? Die Bullen geben sich doch keine Handzeichen, wenn die zu einem Einsatz gerufen werden?«

»Keine Ahnung, hier ist alles ruhig. Noch nicht mal ein Rauschen ist zu hören.«

»Bist du sicher, dass wir die richtige Sequenz bekommen haben?«

»Na ja, an leeren Batterien wird es sicherlich nicht liegen«, antwortet Walter genervt.

Er hasste es, wenn irgendetwas an seinen Plänen nicht funktionierte.

Wut machte sich in ihm breit. Beim Erwerb der Polizeifrequenz waren sie gelinkt worden.

Über die Konsequenzen für den alten Freund würde er später nachdenken. Klar war, dass er sich was einfallen lassen musste. Er konnte es sich nicht leisten von seinen »Zulieferern« verarscht zu werden.

Zeit zum Überlegen blieb den beiden nicht. Walter trat das Gaspedal erneut durch, der Motor heulte auf. Der Wagen schoss über die Kreuzung auf die B54 in Richtung Offheim.

»Ich mache mir später Gedanken. Jetzt müssen wir erst mal hier heil rauskommen.«

Keine Minute zu früh, wie die drei Männer erschrocken wahrnahmen, als sie in den Rückspiegel blickten. In dem Moment, als sie wie ein Blitz über die Kreuzung schossen, hatten die Polizeiwagen diese schon fast erreicht. Sie konnten gerade noch unbemerkt entkommen.

»Glück gehabt«, grinste Walter seinen Freund an.

»Die müssen sich erst einmal neu sortieren. In dem Affentempo, mit dem sie auf die Kreuzung zugefahren sind, müssen sie froh sein, dass sie nicht ineinander reingefahren sind. Dieser kleine Vorsprung wird ausreichen, um im Wald zu verschwinden.«

»Du bist einfach der beste Fluchtwagenfahrer, den ich kenne.«

»Ich bin der Einzige, den du kennst.«

Die jungen Männer tauschten einen langen Blick der Erleichterung.

Achim war auf der Rückbank verstummt. Die Angst schien ihn sprachlos gemacht zu haben.

Bernd wollte sich in seinen Sitz zurücklehnen, als ein lauter Aufprall beide in die Wirklichkeit zurückholte.

Die Windschutzscheibe auf der Beifahrerseite begann zu splittern. Etwas Schweres, Dunkles schien über das Dach zu fliegen.

War das Rote an der kaputten Scheibe etwa Blut?

»Mein Gott, was war das denn jetzt? Hast du was gesehen?«

»Nein, ich habe nur einen schwarzen Schatten für einen kurzen Moment neben mir gesehen«, antwortete Bernd irritiert.

»Oh Gott, wir haben bestimmt irgendjemand umgefahren«, kam es von hinten.

»Fahr weiter«, brüllte Bernd, der bemerkte, dass Walter auf die Bremse trat, um den Wagen zum Stehen zu bringen.

»Aber …«, stotterte er. »Wir müssen doch …«

»Wir müssen fahren. Willst du, dass sie uns erwischen. Mich suchen sie schon seit dem letzten Banküberfall in Köln mit den beiden toten Wachleuten. Und du hängst da auch mit drin. Die schmeißen den Schlüssel weg, wenn die uns erwischen. Der Kleine hinter uns, überlebt den nächsten Aufenthalt im Knast auf keinen Fall. Wir können nicht immer auf ihn aufpassen. Jetzt fahr schon. Die Bullen sind gleich da. Die sollen sich kümmern. Das hält sie auch noch ein bisschen auf.«

»Du bist eiskalt, Bernd.«

»Sorry, Kumpel, ich wäge nur unser Risiko ab. Schließlich bin ich dein Sekundant und dafür zuständig, dafür zu sorgen, dass du die richtigen Entscheidungen triffst.«

»Aber das galt bislang nur für unsere Planungsphasen.«

»Willst du jetzt wirklich anfangen, kleinlich zu werden? Verdammt noch mal, jetzt gib Gas und lass uns unsere Ärsche retten.«

»Aber ihr könnt doch nicht ernsthaft daran denken, jetzt weiterzufahren?«, schrie Achim von der Rückbank.

»Seid ihr irre? Da liegt bestimmt ein Mensch auf der Straße, der gerade stirbt. Ihr könnt den da doch nicht liegen lassen. Wir müssen doch helfen.«

»Achim, jetzt willst du den Helden spielen? Ernsthaft? Wo hast du plötzlich so viel Mut gefunden? Die Bullen sind kurz hinter uns. Die kümmern sich um den. Wir müssen hier weg. Oder willst du im Knast als Punching Ball enden. Du Riesenbaby bist da drin ein gefundenes Fressen.«

»Macht, was ihr wollt, ich muss nach dem schauen.«

Achim schnallte sich ab, öffnete die Autotür auf und eilte auf die am Boden liegende Gestalt zu.

Mit zittrigen Händen berührte er den Körper an den Schultern.

»Oh mein Gott!«, waren die letzten Worte, die Walter und Bernd noch hörten.

Erneut trat Walter das Gaspedal durch und lenkte den Wagen aus der Stadt heraus. Bernd hatte Recht, sie mussten hier weg.

Walter versuchte, sein schlechtes Gewissen beiseitezuschieben. Es würde schon alles gut ausgehen.

***

Auf den nassen Asphalt der B54 sickerte langsam Blut aus den zahlreichen offenen Wunden des jungen Mannes. Um ihn herum lagen die Einkäufe für das Abendessen seiner Familie kreuz und quer durcheinander. Das Atmen fiel ihm zunehmend schwerer. Beim Aufprall mit dem Auto hatte er sich mehrere Rippen gebrochen. Eine davon hatte sich tief in seinen Lungenflügel gebohrt. Die Lage seiner Beine sah ungewöhnlich aus. Becken und Wirbelsäule mussten mehrfach gebrochen sein. Selbst wenn er diesen Unfall überleben würde, würde er nie wieder selbst laufen können.

Doch den schlimmsten Anblick stellte sein Kopf dar. Durch das in die Luft schleudern hatte er es nicht geschafft, diesen schützen zu können. Die Schädelplatte über seinem linken Ohr hatte der Wucht nicht standhalten können und war geborsten. Gehirnmasse mischte sich mit seinem Blut.

Nein, die Wahrscheinlichkeit diesen Unfall zu überleben, war gleich null.

Achims Berührungen an seiner Schulter bekam er
schon nicht mehr mit.

Achim wurde schnell bewusst, dass er nichts mehr
tun konnte. Wäre er doch bloß in dem Auto sitzen
geblieben.

Er stemmte sich hoch und lief wild gestikulierend
den Davonfahrenden hinterher.

»He, wartet auf mich. Haltet an. Ihr könnt mich
doch hier nicht zurücklassen. He, ihre Schweine.«
Achim schaffte etwa 200 Meter, bis ein Polizeiauto
ihm den Weg versperrte.

»Halt, Polizei! Hände hoch und keine Bewegung.
Ab auf die Knie und die Arme hinter den Kopf ver-
schränken«, schallte es aus dem Auto.

Sein kurzer Sprint hatte seinen Magen in Wallung
gebracht und er musste sich im Rinnstein erbrechen.
Doch ehe er sich versehen konnte, spürte er ein Knie
in seinem Rücken. Sein Oberkörper landet unsanft
auf dem Asphalt. Er merkte, wie sich kleine Stein-
chen in seine linke Wange bohrten. Er roch sein eigenes Erbrochenes.

Achim schloss seine Augen. In welche Situation war
er da denn nur reingeraten? Warum hatte er nicht
im Auto sitzen bleiben können?

Langsam öffnete er wieder seine Augen. Der Anblick des aufgeplatzten Schädels hatte sich tief in sein Gedächtnis gebrannt.

Vierzehn

(Oktober 1994)

Achims schwarze Jacke war durchzogen mit einer Mischung aus Blut, Gehirnmasse und Erbrochenem. Der Dauerregen hatte sein Übriges dazu beigetragen und alles miteinander vermischt.

Der Polizist, der ihm die Handschellen angelegt hatte, hatte ihm angeekelt in die Kniekehlen getreten, um ihn auf den Rücksitz des Polizeiwagens zu bugsieren.

»Den Mist bekomme ich nie wieder aus den Polstern raus. Lehne dich bloß nicht an. Am besten bewegst du dich auch nicht.«

Die Fahrt ins Polizeipräsidium zog an ihm wie ein böser Traum vorbei. Der Regen hatte keine Gnade gezeigt und hatte in seiner Intensität nicht abgenommen.

Jemand hatte Einsicht mit Achims bedauernswerter Lage und brachte ihm Ersatzkleidung in seine kleine Arrestzelle.

»Die Klamotten packst du in die schwarze Mülltüte. Die muss noch zu unseren Jungs der Spurensicherung.«

Als die Zellentür ins Schloss knallte, zuckte Achim zusammen.

Benebelt sah er sich in dem sterilen Raum um. Der kleine Raum war komplett gefliest, sodass alles, was da so an Körperflüssigkeiten austreten konnte, schnell gesäubert werden konnte.

Wie in Trance entkleidete sich Achim. An dem kleinen Stahlwaschbecken wusch er sich.

Das kalte Wasser holte ihn ein wenig zurück in die Wirklichkeit.

Jetzt war es passiert. Es gab einige, die ihn immer wieder gewarnt hatten. »Der Walter, der ist skrupellos. Bei nächster Gelegenheit wird er dich im Stich lassen. Der tut nur so, als ob er seine Hand schützend über dich hält. Wenn der einen nicht mehr gebrauchen kann, dann lässt der diesen fallen.«

Achim streifte Hoodie und Jogginghose über. Leider waren sowohl die Ärmel als auch die Hosenbeine zu kurz. Er sah etwas grotesk aus.

Dennoch war er froh, aus seinen alten Klamotten herausgekommen zu sein. Wie ein Häufchen Elend saß er nun auf der harten Pritsche. Eine kratzige Wolldecke lag am Fußende und Achim überlegte, ob er sich das kratzige Ding um die Schultern legen sollte.

So gerne hätte er jetzt irgendeinen netten Beistand gehabt, ein nettes Gesicht, einen Arm um seine riesigen Schultern.

»Reiß dich zusammen, Achim«, rief er sich selbst zu. Mit dem linken Fuß trat er die Decke ans andere Ende der Pritsche.

Plötzlich hörte er, wie ein Schlüssel in das Schloss glitt und sich seine Zellentür öffnete.

Ein junger Polizist steckte den Kopf durch den geöffneten Spalt, nickte Achim kurz zu und schaute sich im Raum um.

Als er die schwarze Mülltüte in der Mitte des Raumes entdeckte, trat er in den Raum ein, murmelte leise vor sich hin »Den nehme ich mal an mich« und verließ die Zelle wieder.

Der Schlüssel drehte sich wieder im Schloss und schon war die Zellentür wieder verschlossen und Achim wieder allein mit sich und seinen Gedanken.

***

Achim hatte bei der ersten Begegnung mit Walter und Bernd Dankbarkeit gespürt. Sein erster Tag in Haft in Hünfeld war ein einziger Albtraum für ihn gewesen. Es war laut, zu viele Menschen um ihn herum. Alle schauten ihn grimmig an.

Achim Baumeister hatte schon immer Probleme gehabt, sich in neuen Situationen schnell zurechtzufin-
den. Die meisten Menschen in seiner Umgebung
waren schnell dahintergekommen, dass in ihm die
Seele eines sanften Riesen schlummerte. Viele von
diesen Menschen nutzten seine Gutmütigkeit und
sein Bedürfnis, sich anlehnen zu wollen aus.
Und so kam es, wie es kommen musste. Achim geriet in seiner Jugend immer wieder in Konflikte mit
dem Gesetz, bis dann eine Jugendstrafe nicht mehr
möglich war und er die ersten Haftmonate in
Hünfeld im Erwachsenenvollzug verbringen
musste.
Walter war wie ein großer Bruder für ihn. Er versuchte ihm beizubringen, dass seine Größe und sein
äußeres Erscheinungsbild ein Vorteil sein konnten.
Achim hatte in den letzten Jahren eine Menge an
Selbstbewusstsein gewonnen. Er zog nicht mehr
den Kopf beim Laufen zwischen seine Schulter. Seinen schlurfenden Schritt hatte er vollständig abge-
legt.
Sein Verhältnis zu Bernd war eher unterkühlt.
Achim konnte deutlich spüren, dass es der rechten
Hand von Walter nicht recht war. Der Meisterdieb
hatte ihn gegen dessen Willen unter seine Fittiche
genommen.

Es gab nie ein schlechtes Wort in seiner Gegenwart.
Allerdings überwandten beide nicht die kühle Distanz, die zwischen ihnen herrschte.

***

Das grelle Licht der Leuchtstoffröhren tat in seinen
Augen weh. Sie hatten ihn im Stich gelassen, sowohl Bernd, aber auch Walter, der das Gaspedal bis
zum Anschlag durchgetreten hatte, um so schnell
wie möglich vom Unfallort wegzukommen.
Trotz dieser schmerzhaften Enttäuschung war für
Achim klar, dass der unausgesprochene Kodex unter Ganoven dennoch für ihn galt. Klappe halten
und nicht mit den Bullen sprechen. Der Rest würde
intern geklärt.
Das Klappern der Schlüssel war erneut zu hören
und Achims Zellentür öffnete sich.
»Mitkommen.«
Der Polizist, der jetzt seinen Kopf durch die Tür
schob, war ein anderer. Seine Augen schauten den
Gefangenen kalt und abschätzend an.
»Es ist Zeit, ein paar Fragen zu beantworten, mein
Freund.«
Achim erhob sich langsam. Nun ging es los, das
Frage- und Antwortspiel. Die Zeit war gekommen,

um zu zeigen, was Walter ihm in Bezug auf die Polizei beigebracht hatte.

Der Polizist führte ihn einen langen schmalen Gang entlang, an dessen Ende eine Treppe auf die beiden wartete. Die Verhörräume befanden sich ein Stockwerk über den Zellen.
Sie betraten erneut einen Flur. Der Polizist öffnete eine Tür und schob Achim hinein. In der Mitte befand sich ein Tisch mit zwei sich gegenüberstehenden Stühlen. Der junge Mann vermutete in einer Ecke eine Kamera, die dazu da war, um die Verhöre aufzuzeichnen. Irgendwo musste sich dann auch ein Aufnahmegerät befinden. Der Raum wurde nur durch ein kleines Fenster beleuchtet. Ein echter Kontrast zu der Beleuchtung in seiner Zelle.
»Setz dich und warte. Der Kommissar wird gleich bei dir sein«, grummelte er vor sich hin und schob Achim auf den Stuhl, der direkt unter dem kleinen Fenster stand.
Nun saß er in einem halbdunklen Raum auf dem Kommissariat.
Die Bullen hatten ihn trotz der späten Stunde zum Verhör gebracht. Die lange Warterei hatte ihn ein bisschen müde gemacht. Doch er musste sich konzentrieren und durfte jetzt keinen Fehler machen. Die Männer in Grün standen unter Zeitdruck.

Den davon preschenden Wagen hatte jeder gesehen, der sich der Unfallstelle genähert hatte. Der Mann, den sie in Gewahrsam hatten, war nur ein kleines Licht. Das war jedem bewusst.

***

Achim rutschte auf dem Metallstuhl nervös hin und her.

Auf dem Tisch vor ihm lagen ein paar Unterlagen, deren Inhalt er nicht erkennen konnte.

Die Handschellen hatten sie ihm wieder abgenommen. Ihm gegenüber hatte sich ein Polizist platziert. Er starrte ihn finster an.

Trotz der späten Stunde ließ man ihn weiterhin warten. Alles wohl eine Taktik, um ihn mürbe zu machen.

Achim begann die weich getünchten Backsteine an der Wand gegenüber zu zählen, um sich zu beruhigen, als

plötzlich die Tür geöffnet wurde und ein grauer, etwas dicklicher Mann den Raum betrat.

Er nickte dem Polizisten kurz zu, woraufhin dieser das Verhörzimmer verließ und Achim noch mal mit einem bösen Blick bedachte.

»Mein Name ist Dirk Hollstein. Ich bin hier Kriminalhauptkommissar.

Herr Baummeister, Sie werden beschuldigt, am heutigen Bankraub maßgeblich beteiligt gewesen zu sein. Zudem waren Sie Insasse des Fluchtfahrzeugs, welches heute einen tödlichen Unfall verursacht hat.«

»Herr Kommissar, Sie wissen doch, dass ich kein Wort ohne einen Rechtsanwalt sagen muss.«

»Herr Baumeister, natürlich müssen Sie mir nicht Ihre Rechte und Pflichten erklären. Dennoch möchte ich Ihnen einen Ausweg aus Ihrer Situation aufzeigen, den wir durchaus ohne einen Rechtsanwalt besprechen können.«

Achim horchte auf. Walter hatte ihn vor den Finten der Polizisten gewarnt. Immer wieder hatte er ihm und Bernd eingetrichtert: »Ihr sagt nichts ohne einen Anwalt.«

Dennoch interessierte es ihn brennend, welches unwiderstehliche Angebot der Kommissar ihm denn machen wollte.

»Na dann schießen Sie mal los. Was haben Sie denn so Tolles im Angebot, dass Sie mich bitten, auf meinen Anwalt zu verzichten?«

Kommissar Dirk Hollstein huschte für eine Millisekunde ein kleines Lächeln über die Lippen. Achim musste ebenso grinsen.

»In den letzten 10 Jahren gab es im Umkreis von 50 Kilometern mehrere Bankraube. Die Filialen wurden immer an Tagen überfallen, an denen mit wenig Personal zu rechnen war. Es war immer eine kleine Gruppe von Räubern. Schnell rein und raus, bevor wir überhaupt eine Chance hatten, rechtzeitig vor Ort zu sein.

Herr Baumeister, wir wissen, dass Sie nicht der Kopf dieser Bande sind. Aber wir gehen davon aus, dass Sie ganz genau wissen, vom wem wir sprechen.«

»Und Sie möchten jetzt Namen von mir hören?«

»Ja«, so die kurze und durchaus ehrliche Antwort des Kommissars.

Stille machte sich für einen Moment im Raum breit. Erwartete der Polizeibeamte wirklich, dass er bereitwillig die Namen seiner Komplizen nennen würde? Wie kam er auf diesen Gedanken? Für so dumm konnte er ihn doch gar nicht halten? Oder doch?

»Herr Baumeister, haben Sie mich verstanden?«, unterbrach der Kommissar die Stille.

»Ja«, antwortete Achim ebenso kurz angebunden.

»Und, wie ist Ihre Antwort?«

»Nein.«

»Wie, nein?«

»Nein.«

»Okay, Herr Baumeister. Dann versuchen wir es anders.«

»Ich glaube, dass ich jetzt doch auf einen Anwalt bestehen muss. Ich habe bislang nichts gehört, was mich überzeugt, Ihnen irgendetwas anzuvertrauen.«

»Geben Sie mir noch einen Moment.«

Der Kommissar wühlte kurz in seinen Unterlagen und klappte eine Akte auf.

Achim erkannte sein Profilbild.

»Sie waren ja als Jugendlicher schon ein schlimmer Finger. Hier mal eine Schachtel Zigaretten, da ein Sechserträger Bier. Bis zu jenem Tag, wo Sie dann eingefahren sind in Hünfeld, richtig?«

Bis dahin war sein Lebenslauf kein Geheimnis. Achim wusste immer noch nicht, worauf der Kommissar hinauswollte.

»Ich habe mir Ihre Jugendakte angeschaut und die Gutachten, die im Laufe der Zeit über Sie erstellt wurden. Alle Gutachten sind sich einig, dass Sie immer nur Mitläufer sind. Dass Sie harmoniebedürftig sind und den nächsten Aufenthalt im Knast nicht überleben würden. Da stellt sich mir doch die Frage, wie wir das verhindern können. Schließlich wollen wir ja nicht, dass Sie sich erneut in Lebensgefahr begeben.«

Achim horchte auf. Wollte der Kommissar ihm drohen?

Doch er blieb standhaft. Irgendetwas zwischen Ganovenehre, aber auch der Hoffnung, dass gleich der Wecker klingelte und er aus diesem Albtraum aufwachen würde.

Doch das tat er nicht.

Achim startete erneut das Zählen der weiß getünchten Backsteine der gegenüberliegenden Wand.

Kommissar Hollstein sprach ein paar Minuten noch auf ihn ein und gab dann entnervt auf.

Wutentbrannt verließ er den Raum und ließ Achim wieder zurück in die Zelle bringen.

Am nächsten Tag hatte Achim Gelegenheit, sich mit einem Pflichtverteidiger zu besprechen.

Sie konnten ihm nicht viel nachweisen. Laut Zeugenaussagen sollten mindestens zwei Täter in der Bank gewesen sein. Ein Riese und ein kleiner dicklicher Kerl, die je nach Zeugenaussagen einen griechischen bis asiatischen Akzent hatten.

Sein Anwalt betonte zudem immer wieder, dass Achim nichts von der Beute bei sich hatten.

Am Ende hatte die Staatsanwaltschaft zwar den Tatbestand von Raub und Geiselnahme laut $249 StGB und$ 239b StGB festgestellt, allerdings nicht das volle Strafmaß ausgerufen. Achim musste für 5 Jahre in den Knast. Diesmal sollte es nach Kassel gehen.

Sein Anwalt riet ihm dringend dazu, sich gut zu be-
nehmen, da er gute Aussichten hätte, aufgrund von
guter Führung nach 2 Jahren wieder draußen zu
sein.
Niemand und vor allen Dingen nicht Achim konnte
ahnen, dass sich seine Hoffnungen auf einen ver-
söhnlichen Ausgang jäh zerschlagen würden.
Gekennzeichnet fürs Leben würde er sein. Niemand
sollte am Tag der Entlassung auf ihn warten.
Und für seine Kumpels aus alten Tagen war er mit
dem Tag seiner Festnahme bereits verbrannt.

Fünfzehn

(2003)

Er versuchte die Maschinengewehrsalven, die in der Ferne zu hören waren, auszublenden. Mittlerweile konnte er problemlos die südafrikanische Vektor SS-77 von den alten jugoslawischen Zastavas M72 am Klang der ausgeworfenen Patronenhülsen unterscheiden.

Die Sonne in der Wüste schien erbarmungslos auf die sandfarbene Plane, die sie notdürftig über den Graben gezogen hatten, in dem sie sich zu mehreren positioniert hatten. Die Schützengräben lagen sich nur wenige hundert Meter gegenüber.

Den Bereich vor dem Graben hatten sie mit alten jugoslawischen Landminen vom Typ PROM-1 vermint.

Sie mussten jetzt nur die Köpfe unten behalten und darauf warten, dass die Rebellen ihre Munition verschossen hatten.

***

Der Zweite Kongokrieg hatte vor einem Jahr begonnen. Die Regierungstruppen hatten mit den

Rebellen einen Waffenstillstand ausgehandelt. Doch das war bislang zu den vielen Kriegsparteien und Splittergruppen nicht vorgedrungen. Achim Baumeister war Teil einer ausländischen Söldnertruppe. Eine von vielen, die sich innerhalb dieses Konfliktes finanziell zu bereichern versuchten.

Hier im Kongo hatten sie die Chance auf Diamanten, Kupfer, Coltan – ein wichtiges Erz zur Produktion von Elektrogeräten – und Gold. Im Gegenzug versprachen sich die Regierungstruppen zum einen die Kampferfahrung der ausländischen »Abenteuerarmee«. Auch wollten sie durch die Söldner an modernes Kriegsgerät kommen.

Diese Rechnung war nicht aufgegangen. Die Söldner hatten sich mit alten ausrangierten Waffen aus dem Jugoslawienkrieg eingedeckt. Die Ausfälle hielten sich noch in Grenzen. Allerdings war gestern einem französischen Kameraden beinahe die Pistole in der Hand explodiert.

Sie würden die nächste längere Pause abwarten. Die Rebellen würden dann nachladen müssen.

»Noch 45 Sekunden«, brüllte ihm Robert in gebrochenem Deutsch ins Ohr. Der Belgier fühlte sich im Schützengraben am wohlsten.

»Wenn du meinst.«

»Doch, doch, du wirst schon sehen. Sie brauchen in etwa eine Minute und 20 Sekunden, bis die

Magazine leer sind. Beim letzten Mal brauchten sie zum Nachladen 23 Sekunden. Das ist unsere Chance.«

»Wenn du das sagst …«

»Ja, das sage ich, und diesmal hältst du richtig drauf, wenn du aus dem Graben steigst. Hier heißt es entweder wir oder die. Ich weiß gar nicht, warum sie dich Memme überhaupt mitgenommen haben. Schießen ist nicht dein Ding, mit Verwundeten kannst du nicht umgehen und von Waffentechnik hast du auch keine Ahnung.«

Achim schwieg. Es war weder der richtige Ort noch die Zeit und schon gar nicht die Person, um seinem Herzen Luft zu machen.

Er nickte nur, um dem Belgier zu signalisieren, dass er verstanden hatte, um was es gleich gehen würde.

»Ich weiß auch gar nicht, warum die hier Mitten in der Savanne einen Graben gezogen haben. Eigentlich waren wir eingestellt auf einen Häuserkampf und Scharfschützenduelle und jetzt liegen wir hier im Dreck.«

Plötzlich wurde es still. Das Startsignal, um aus dem Graben zu krabbeln, sich das Maschinengewehr zu schnappen und loszustürmen.

Die Sonne brannte erbarmungslos. Mit den schweren Springerstiefeln wurde jeder Schritt unendlich mühsam.

Wie sollte er dann zielen und treffen?

Achim war keine zwei Schritte gelaufen, als vor ihm der erste Rebellensoldat zu Boden fiel. In seiner Stirn klaffte ein großes Loch. Die Augen waren weit aufgerissen, als ob er heute nicht damit gerechnet hatte zu sterben.

Achim schlug einen Haken und versuchte nun, nicht nur Kugeln auszuweichen, sondern auch den Körpern der Gefallenen und Verwundeten.

Der nächste Soldat, der ihm quasi vor die Füße fiel, war gerade einmal 16 Jahre alt.

Na großartig, er spielte Krieg gegen Kinder.

Achim rannte weiter, darauf konzentriert den gegnerischen Graben zu erreichen. Sein Maschinengewehr baumelte von seiner Schulter. Er hatte mal wieder vergessen, dass Gewehr im Anschlag zu führen.

Achim sprang gerade über einen weiteren Gefallenen. Plötzlich schaute er in den Lauf eines anderen Maschinengewehrs. Hektisch betätigte sein Gegenüber immer wieder den Abzug.

Angstschweiß kroch ihm über den Rücken. Seine Nackenhaare stellten sich auf. Er schloss die Augen. Das war wohl der Moment, bei dem das Leben an einem vorbeiziehen sollte.

Achim hatte keine Lust, all die negativen Ereignisse noch einmal sehen zu müssen.

Er öffnete die Augen, noch immer hatte sein Gegner eine Ladehemmung. Achim griff mit der linken Hand über seine rechte Schulter und zog das Maschinengewehr vor seinen Körper. Er zielte und ballerte dem Rebellen aus kürzester Entfernung ein Loch in die Körpermitte.

Der Rebell stürzte zu Boden. Er stöhnte dumpf und spuckte kleine Blutbläschen.

Achim ließ vor lauter Schreck sein Maschinengewehr fallen und glitt auf die Knie. Der gegnerische Soldat starrte ihn mit großen flehenden Augen an. Der Bauchschuss würde ihn das Leben kosten. Langsam und qualvoll.

Achim konnte es nicht begreifen, was er getan hatte. Er hatte auf einen Menschen geschossen.

Bevor es ihm gelang, seinen Verstand wieder einzuschalten, durchschlug eine weitere Kugel den Kopf des Schwerverletzten.

Im gleichen Moment riss ihn etwas in die Höhe und stellt ihn auf die Füße.

»Lauf, Bosche«, zischte Robert ihm das französische Kosewort für einen deutschen Kameraden ins Ohr und stieß ihm zur Bestätigung noch einmal seinen Gewehrkolben in den Rücken.

Zwei Schritte und sie hatten den feindlichen Graben erreicht. Mit einem Hechtsprung sprangen sie in den Schacht und legten ihr Maschinengewehr im Rücken ihrer Feinde an.

Ein paar Minuten später war der Platz vor ihnen übersät mit Leichen. Immer wieder gingen die Landminen hoch und verteilten Körperteile.

»Los, raus«, brüllte Robert. Die Maschinengewehrsalven waren verstummt und auch das Explodieren der Landminen wurde immer weniger. Es war Zeit aufzuräumen, wie es der Kommandant dieser Einheit immer bezeichnete.

Mit gezückten Messern gingen sie von Gefallenem zu Gefallenem und stellten sicher, dass diese tot waren.

Achim hasste diesen Moment. Generell hasste er alles an diesem Job. Das Töten war nicht seins.

Langsam stieg er über die herumliegenden Körper und Körperteile. Viele der Toten waren fast noch Kinder. Die Rebellengruppen hatten vor kurzer Zeit damit angefangen, aus den Dörfern junge Männer und Jugendliche zu »rekrutieren«.

Achim beobachtete, wie Robert alle paar Meter niederkniete und sein Kampfmesser in den Körper rammte.

Achim schloss die Augen. Er wusste nicht, wie lange er das hier noch aushalten konnte.

Achims Reaktionen erfolgten nach all der Zeit einem Automatismus. Schon längst war sein Geist in einen reinen Überlebensmodus übergegangen. Er wollte nur weg hier, raus aus dieser afrikanischen Hölle.

Weg von all den Albträumen, die ihn jede Nacht heimsuchten.

Immer wieder sah er im Traum die Gesichter der gefallenen Männer. Mit dem heutigen Tag würde sich das Gesicht des jungen Mannes dazu gesellen, dem er heute den Bauchschuss verpasst hatte.

Immer wenn sie begannen nach ihm zu greifen, wachte er schweißgebadet auf.

Es war ein Leichtes im Kongo an Drogen zu kommen. Über das Kiffen war Achim mittlerweile hinweg. Koks war sein Freund, um morgens aufstehen zu können.

Wie war er hier reingeraten?

***

Achim Baumeisters Tage im Gefängnis hatten nichts mehr Hoffnungsvolles.

Es gab keinen, der ihn hier beschützen konnte.

Die täglichen Attacken in der Gemeinschaftsdusche hatten aufgehört. Dies lag weniger am Mitgefühl seiner Mitgefangenen, sondern eher daran, dass es ihnen langweilig geworden war.

Beim Hofgang blieb Achim für sich, drückte sich an der Hofmauer herum und wartete bis sie zurück in ihre Zellen durften.

Sie ignorierten ihn eine ganze Weile, bis der Terror wieder von vorne begann.

Diesmal war es sein Essen. Zu Anfang schlugen sie ihm das Tablett aus der Hand oder schmierten ihm den Kartoffelbrei ins Gesicht.

Dann steigerten sie ihre Maßnahmen.

So fand er einen Hahnenfuß in seiner Gemüsesuppe. Tage später schwamm ein gebrauchtes Kondom in seiner Tomatensuppe. Ab diesem Tag beschloss Achim, das Essen einzustellen.

Es kam, wie es kommen musste. Er bekam zusätzlich Stress mit den Gefängnisbeamten, die seine Weigerung zu essen als Hungerstreik einordneten.

»He, Baumeister, du weißt schon, dass das hier nicht das Hilton ist, also was glaubst du denn mit dieser Aktion erreichen zu wollen? Sollen wir dir Kaviar servieren, eine wöchentliche Massage anbieten oder möchtest du Damenbesuch?«, brüllte ihn einer der Beamten an.

Achim Baumeister schwieg.

»Nun komm schon, raus mit der Sprache.«

Der Geschundene wurde immer schwächer und das Kopfschütteln der Schließer immer unverständlicher. Normalerweise äußerten die Gefangenen ihre Forderungen klar.

Drei Tage später verlegten sie ihn auf die Krankenstation. Dort begannen sie mit der Zwangsernährung.

Für Achim bedeutete das der Anfang vom Ende. Zunächst erholte er sich gut. Er genoss die Ruhe und den Schutz des Krankenzimmers. Doch das würde nicht lange anhalten. Sobald er wieder auf den Beinen sein würde, müsste er zurück in den normalen Vollzug.

Seine Lage war aussichtslos. Blieb nur ein Ausweg.

»Baumeister, hier hast du dich also versteckt.«

Achim traute seine Augen nicht. Arbnor, der Anführer der Albaner hier im Knast, hatte ihn gefunden.

Bislang hatte sich dieser im Schikanieren zurückgehalten. Bislang hatte er immer gedacht, dass die Albaner keinen Streit mit Walter hatten. Den Gesetzen des Knasts folgten: Suche dir deine Konflikte ganz genau aus.

Was wollte der Albaner jetzt von ihm?

Arbnor trat an Achims Bett. Dieser hob instinktiv seine Arme vor seinen Kopf. Er erwartete Schläge.

»Ganz ruhig, Kleiner«, beschwichtigte ihn der Albaner beinahe zärtlich. »Verzwickte Lage, hm.«

»Was willst du von mir?«

»Ein bisschen plaudern. Darf ich keinen alten kranken Freund besuchen?«

»Willst du mich verarschen? Wir sind nicht befreundet.«

Arbnor zuckte mit den Schultern.

»Na gut, legen wir die Karten auf den Tisch. Ich bin hier, um dir einen Ausweg anzubieten.«

»Du willst mir einen Ausweg anbieten? Bist du jetzt unter die Gutmenschen gegangen oder ist das ein weiterer Trick, um mich fertigzumachen?«

»Oh, nicht so bissig, kleiner. Ich meine es ernst.«

»Das machst du doch nicht umsonst. Was springt da für dich raus?«

»Schlaues Kerlchen, aber du hast Recht. Für mich würde hier ein schönes Sümmchen herausspringen und für dich eine echte Perspektive.«

Der Albaner schien es ernst mit ihm zu meinen. Und so erzählte Arbnor Achim von einer Söldnertruppe, bei denen man schnell Geld, verdienen konnte. Besonders, wenn man sonst im Leben nichts mehr nichts zu verlieren hat.

»Ich habe diesen Blick schon so oft in meinem Leben gesehen. Das erste Mal bei meinem Großvater damals in Albanien. Weißt du, meine Familie hat nicht immer krumme Dinge gedreht. Als nach dem Zweiten Weltkrieg Albanien kommunistisch wurde unter der Führung von Enver Hoxha schloss sich mein Großvater der Opposition an. Doch die Regierung ging sehr radikal gegen ihre politischen Gegner vor.

Mein Großvater ging irgendwann in den Untergrund. Er wollte seine Familie schützen. Leider nutzte das nicht viel. Die Schergen von Hoxha nahmen sich seinen Bruder und meine Großmutter vor. Mit Folter und stundenlangen Verhören versuchten sie, meinen Großvater aus seinem Versteck zu locken.«

Arbnor atmete tief durch. Die Gefühle schienen ihn übermannen zu wollen. Sekunden später hatte er sich wieder im Griff.

»Kurzum, sie haben ihn so in die Ecke gedrängt, dass er keinen anderen Ausweg sah, als den Selbstmord zu wählen. Ich werde den Tag nicht vergessen, als wir ihn zum letzten Mal sahen. Diese Hoffnungslosigkeit in seinem Blick. Ebenso wie deine.«

Achim schaute den Albaner mit großen Augen an.

»Mein Junge, wie lange musst du noch einsitzen? Ein paar Monate, richtig? Glaubst du wirklich, dass du das erleben wirst. Für die da draußen bist du nur ein Opfer, mit dem sie so lange spielen, bis es tot ist.

Ich kann dich unter meine Fittiche nehmen und dich schützen. Dafür verpflichtest du dich, in die Söldnertruppe einzutreten.«

»Ich verstehe nicht ganz, warum du mir helfen willst?«

»Nur weil ich dir die rührselige Geschichte meiner Familie erzählt habe, heißt das noch lange nicht, dass ich ein guter Mensch bin.

Was denkst du denn? Ich bekomme für jeden Mann, den ich rekrutiere, gutes Geld, welches ich wieder in meine Geschäfte investieren kann. Du bist nur Ware für mich.«

In Achim begann es zu arbeiten. Arbnor hatte Recht, er würde seine Entlassung nicht erleben. Aber war der Beitritt in diese ominöse Söldner-truppe die Lösung?

»Habe ich Bedenkzeit?«

»Klar, so viel du willst, du Scherzkeks. Aber, wenn sie dich morgen wieder zurückschicken, bist du eine wandelnde Leiche. Mit so was kann ich keine Ge-schäfte machen. Time is running. Wenn du mich sprechen willst, gib dem Krankenpfleger Bescheid, er weiß, wie er an mich herankommt. Genieße die Zeit hier und entscheide dich richtig.«

Der Albaner ließ Achim nachdenklich zurück. Was blieb ihm anderes übrig, er musste sich an diese Truppe verkaufen, um weiter leben zu können.

Sobald er seine Entscheidung getroffen hatte, stand er unter dem Schutz Arbnors und seinen Männern. Zähneknirschend ließen die anderen von ihm ab.

***

Zwei Monate später war es dann so weit. Achim Baumeister wurde entlassen.

Vor dem Gefängnistor stand ein schwarzer VW-Bus, der ihn einlud und zu seinen neuen Freunden fuhr.

Zusammen mit drei weiteren Männern kamen sie in einer alten Lagerhalle an. Dort mussten sie alle persönlichen Dinge abgegeben. Inklusive ihrer Ausweispapiere.

Ein serbischer Hüne, dessen Namen Achim vergessen hatte, brüllte ihnen kurze Anweisungen entgegen.

So langsam wurde Achim immer mehr bewusst, dass er sich von der einen Hölle in die nächste verkauft hatte.

Die Söldnertruppe bot in den Krisenherden dieser Welt ihre Dienste an den Meistbietenden an. Töten für Geld – so das einfache und klare Angebot.

Ihre Truppe bestand hauptsächlich aus genau den gleichen hoffnungslosen Fällen wie Achim einer war. Arme Tröpfe, die im Fall der Fälle keiner

vermissen würde. Goldgräber, die einen sehr hohen
Einsatz spielten, um das große Geld machen zu
können.

Die Behandlung war hart, aber durchaus fair.

Alle bekamen ein kurzes Training an der Waffe. Ansonsten galt: Derjenige, der am lautesten schrie,
hatte das Sagen.

Achim sollte nichts anderes machen, außer Laufen
und Schießen.

Es dauerte nicht lange, da kam ihm der Gedanke,
dass er nur Kanonenfutter war. In so kurzer Zeit
konnte niemand zu einem richtigen Söldner ausge-
bildet werden. Die Erfahrung musste mitgebracht
werden. Männer wie Achim füllten die Reihen auf.
Je höher die Mannstärke, desto mehr Geld konnten
sie einnehmen.

***

»Jetzt spring schon endlich auf die Ladefläche«,
brüllte ihn Robert, der Belgier an. Seine Tarnhose
war blutverschmiert von all dem Abwischen seines
Messers.

Robert musste heute wieder mindestens ein Dut-
zend Menschen getötet haben.

»Wir sind durch für heute. Der Job ist erledigt. Ab
nach Hause.«

Achim sprang auf die Ladefläche des alten russischen Ural 375D Lkws und setzte sich auf eine der Holzpritschen, die rechts und links auf der Ladefläche montiert waren.

Nach Hause fahren. Leider meinte Robert das Lager, welches sie 30 Kilometer vor Kinshasa aufgeschlagen hatten. Achims Sehnsucht nach Deutschland wurde hingegen immer größer.

Weitere Söldner sprangen auf die Ladefläche und gesellten sich zu ihm. Sie sahen alle müde aus, aber sichtlich erleichtert, im Lager ein bisschen zur Ruhe kommen zu können.

Heute war ein guter Tag. Sie hatten keinen ihrer Männer verloren. Der Schwede Olaf hatte sich einen Streifschuss am rechten Oberarm eingefangen, da würde sich einer der Ärzte im Lager drum kümmern.

Schweigend fuhren sie zurück. Der Krieg zollte selbst bei den Härtesten von ihnen seinen Tribut.

Auf ihrer Fahrt trafen sie immer wieder auf Menschen, die ihr Heil in der Flucht suchten.

Die Rebellen drangen in die Dörfer ein und raubten die jungen Männer. Wer nicht gehorchte, wurde niedergeschossen. Schon längst hatten sich die Kriegsparteien gegenseitig die wichtigsten Infrastrukturen genommen. Konnte der Konflikt nicht mit Waffengewalt gelöst werden, so mussten andere Mittel und Wege her, um den anderen in die Knie zu zwingen.

Es gab kein funktionierendes Krankenhaus mehr. Die Zivilbevölkerung litt Hunger. Die meisten Menschen würden nicht durch Waffengewalt sterben, sondern an der mangelnden medizinischen Versorgung, Hunger, Mangel an Trinkwasser und Krankheiten, die in der westlichen Welt schon längst unter Kontrolle waren: Durchfall, Masern und Malaria. Achim schaute in die Augen dieser leidgeprüften Menschen und fühlte sich auf seltsame Weise mit ihnen verbunden. Er war sich immer mehr sicher, er musste hier raus, um den letzten Teil seiner Seele retten zu können.

Kurz bevor sie das Lager erreichten, begann sein rechtes Bein unkontrolliert zu zittern. Es war wieder so weit. Achim benötigte eine neue Nase des weißen Goldes, um sich wieder unter Kontrolle zu bekommen.

Entweder hatten die anderen das Zittern nicht gesehen oder einfach übersehen. Achim war nicht der Einzige, der Trost in anderen Substanzen suchte.

Doch als sie im Lager ankamen, kam Robert wieder auf ihn zu.

»Der Kommandant will dich sehen. Jetzt.«

»Weißt du, was er von mir will?«

»Dich für deinen ungeheure Tapferkeit heute aus-
zeichnen«, grinste Robert hämisch. »Keine Ahnung,
aber ich würde dir raten, dass du deinen Arsch
ganz schnell zu ihm bewegst.«

Die Aussicht auf einen Anpfiff vom Kommandanten hatte Achim gerade noch gefehlt. Konnte man
als Söldner unehrenhaft entlassen werden oder
wurde er vor ein Erschießungskommando gestellt?
Mit wackligen Knien und einem mulmigen Gefühl
näherte er sich dem Zelt des Kommandanten.

»Baumeister, rein mit dir«, winkte der bärtige Mann
ihm zu. Albrecht würz war ein ehemaliger Elitesol-
dat der deutschen Bundeswehr, der nach dem Ende
seiner Verpflichtung beschlossen hatte, dass der
Dienst an der Waffe ihm generell Spaß machte, er
allerdings auch Gefallen daran fand, sein Talent an
den Meistbietenden zu verkaufen. Es war kein Geheimnis, dass er sich in fünf Jahren in der Karibik
zur Ruhe setzen wollte.

Achim trat unbeholfen ein.

»Baumeister, wie war die Mission heute?«

Würz erwartete keine Antwort.

»Schön, dass du diesen Einsatz überlebt hast«,
stellte er stattdessen fest.

Achim wagte nicht einen Mucks von sich zu geben.

»Baumeister, ich habe nachgedacht. Das Geschäft
hier läuft richtig gut. Wir haben den

Maximalgewinn hier rausgeholt. Noch ein, zwei Missionen und dann ziehen wir uns hier zurück. Eigentlich sollte der Waffenstillstand schon längst in Kraft getreten sein. Es ist nur noch eine Frage, wann die UN hier eintrifft. Bis dahin will ich mit meinen Leuten hier weg sein.«

Achim nickte, um dem Kommandanten zu signalisieren, dass er seinem Monolog folgen konnte. Noch wusste er nicht, worauf Würth hinauswollte.

»Baumeister, für dich ist hier und heute Schluss.«

»Herr Kommandant, bitte entschuldigen Sie. Ich verstehe nicht richtig.«

»Du verstehst schon richtig. Ich entlasse dich aus dem Dienst.«

»Geht das denn so einfach?«

»Also da ich hier das Sagen habe, ja.«

»Aber, was ist mit dem Versprechen, was ich dem Albaner gegeben habe.«

»Ich kenne keinen Albaner. Das ist nicht mein Problem. Fakt ist, dass du meine Truppe unnötig gefährdest. Hier reißt sich jeder den Hintern auf, damit du nicht erschossen wirst. Das macht uns ineffizient. Normalerweise sterben Leute wie du schon in den ersten zwei Wochen. Dass du hier ein Jahr durchhältst, hätte niemand für möglich gehalten«, fügte Würth leise hinzu.«

Achim wusste immer noch nicht, was er sagen sollte. Der Mann gab ihn aus seinen Verpflichtungen frei, weil er es als lästig empfand, dass dieser nicht fallen wollte.

»Morgen früh um 6:00 Uhr fährst du mit Robert in die Hauptstadt. Er setzt dich dann am Aeroport international de Ndjili ab. Dort nimmst du den nächsten Flug nach Deutschland und dann war es das. Hier, dein Pass und dein Geld. Und jetzt geh packen.«

Achim konnte seine Überraschung nur schlecht verbergen. Sollte es wahr sein, dass er morgen in ein Flugzeug nach Deutschland steigen sollte? Zur Freude, in wenigen Stunden dieser Hölle entfliehen zu können, mischte sich eine nagende Ungewissheit. Wo sollte er in Deutschland hin. Was sollte er dort anfangen?

Denn eins hatte sich in den letzten Jahren nicht geändert. Er war allein.

***

Die Nacht war unruhig gewesen. Zur Beruhigung seiner Nerven hatte sich Achim eine Nase voller Koks gegönnt. Zu Hause hatte er sich fest vorgenommen, die Finger von dem Zeug zu lassen.

Die Fahrt zum Flughafen verlief entspannt. Die Regierungstruppen hielten nach wie vor die Hauptstadt. Die Menge der flüchtenden Menschen war gering.

Robert verabschiedete sich mit einem kurzen Nicken von Achim. Endlich war er diesen deutschen Bosche los.

Noch vor ein paar Monaten war der Flughafen ein sehr umkämpftes Gebiet gewesen. An einen regulären zivilen Luftverkehr war nicht zu denken gewesen.

Die Lage hatte sich so weit beruhigt, dass sich ein paar wenige Fluggesellschaften trauten, Passagiere nach und von Kinshasa wegzubringen.

Achim durchquerte die Flughalle, die übersät war mit Einschusslöchern. Er wollte sich gar nicht die Bilder der Auseinandersetzungen vorstellen, die hier stattgefunden hatten. Ihm reichten die Bilder, die er selbst erlebt hatte.

Achim hatte Glück, er ergatterte nicht nur einen der letzten Plätze auf der Lufthansa-Maschine nach Frankfurt. Er konnte schon gleich einsteigen. Die Maschine stand abflugbereit auf der Startbahn.

Alle wollten hier nur schnell weg.

Achims Puls beruhigte sich erst, als sie sich ein paar Minuten in der Luft befanden. Bis zum Schluss hatte er erwartet, dass der Kommandant es sich noch einmal anders überlegen würde, und er wieder zurückmusste.

Das Wetter in Frankfurt war regnerisch. Beim Verlassen des Flugzeuges hielt Achim sein Gesicht kurz in den Regen. Er war endlich wieder zu Hause.
Da er nicht wusste, wo er bleiben sollte, fuhr er mit der S-Bahn in die Stadt und suchte sich dort ein günstiges Hotel für die Nacht. In der Nähe des Hauptbahnhofes. Das Geld aus dem Umschlag, den Würth ihm überreicht hatte, würde eine Weile reichen, sodass er sich in aller Ruhe überlegen konnte, was seine nächsten Schritte sein würden.
Achim schloss die Tür seines Hotelzimmers auf, schmiss sein kleines Gepäck in die Ecke und legte sich aufs Bett.
Die Matratze war angenehm weich. Wie hatte er diesen Komfort vermisst. Über wie viele Jahre hatte er nicht mehr in einem Daunenbett geschlafen? Er konnte sich kaum daran erinnern.
Völlig übermüdet, schloss er die Augen und verfiel schnell in einen seiner Albträume, aus dem er schwer keuchend wieder aufwachte.
Achim setzte sich auf und atmete tief durch. Er war mit einem schweren Trauma nach Deutschland zurückgekehrt. Aber das würde er überwinden.

Achim sollte schnell erkennen müssen, dass seine Heimat ihn nicht mit offenen Armen aufnehmen wollte.

Der Hölle Afrikas entkommen, wartete hier eine neue Art der Hölle auf ihn.

Sechzehn
(2014)

Auf dem Wohnzimmertisch hatte Walter Grundrisse und Stadtpläne ausgebreitet.

Gegen seine Angewohnheiten würde er den Job die Lewis Chessmen annehmen. Allerdings störte ihn, dass Boris Jäger ihn versuchte zu erpressen.

Das Spiel war noch nicht gespielt.

Eine Schachpartie gliederte sich in drei Hauptteile: die Eröffnung, den Mittelteil und das Endspiel.

Das Ziel der Eröffnung war zum einen die Entwicklung des Spiels. Der Spieler musste versuchen, seine Figuren so auf dem Schachbrett zu platzieren, dass sich die gegnerischen Figuren bestmöglich bedrohen konnten.

Darüber hinaus musste er zum anderen bestmöglich das Zentrum kontrollieren und seinen eigenen König schützen.

Für Walter hieß dies, den Zielort bestmöglich auszukundschaften und einzukaufen. Dann musste er sich entscheiden, mit welchen Spielern er ins Feld ziehen wollte.

Bernd sollte wieder mit von der Partie sein. Schließlich waren sie über die letzten Jahrzehnte zu einem eingeschworenen Team zusammengewachsen. Allerdings hatte sich Bernd in ihrem gestrigen Telefonat merkwürdig verhalten.

»He, mein Freund, wie geht es dir?«, wollte Walter wissen. Statt einer Antwort hörte er erst einmal nur Schweigen. Er wunderte sich. Dann aber ein Räuspern.

»Walter, altes Haus. Gut geht es mir. Was verschafft mir die Ehre deines Anrufes?«

»Du wirst es mir nicht glauben, aber wir haben einen neuen gemeinsamen Job.«

»Du meinst einen J-O-B?«

»Ja, genau einen Bruch.«

»Walter…«

»Was ist los? Was druckst du so herum?«

»Ich glaube, ich bin langsam zu alt für diese Rumreiserei.«

»Aha, jetzt auf einmal bist du zu alt für das Herumreisen und vor drei Monaten ging es dir nicht schnell genug nach Portugal.«

»Ja, das war aber auch eine ganz einfache Sache, diese Skulptur aus der Villa zu holen. Das Anwesen abgelegen, die Alarmanlage ein Witz, die Besitzer verreist. Das war fast wie die Skulptur auf die Straße zu stellen.«

»Stimmt, das war der wohl einfachste Job, den wir jemals hatten, und die Bezahlung war auch nicht von schlechten Eltern. Die zwei Tage in Porto auf Kosten des Auftraggebers waren doch Luxus pur.«

»Ja, das war schon gut. Nichtsdestotrotz muss ich passen.«

»Musst du nicht. Wir reisen nicht.«

»Wie wir reisen nicht? Sag bloß nicht, dass du einen Job hier in der Nähe angenommen hast. Bist du des Wahnsinns? Was ist mit deinem Kodex? Geht es dir schlecht? Hast du Geldsorgen?«

Walter musste schmunzeln. Es lag Sorge in Bernds Stimme.

»Mach dir keine Sorgen. Das sieht nach einem einfachen Job aus und dann kann ich auch schon mal meine Regel außer Kraft setzen. Was sagst du?«

»Was ich sage? Ich sage, dass du spinnst. Ich mach da nicht mit. Mir ist der Kodex heilig. Und dir sollte er auch heilig sein.«

»Jetzt mach mal hier nicht den Moralapostel. Wer von uns hatte denn immer ein Faible für das Risiko?«

»Ja, das war früher so, aber jetzt will ich mich eigentlich zur Ruhe setzen.«

Walter wäre fast der Hörer aus der Hand gefallen. Sein bester Freund wollte sich zur Ruhe setzen. Nie hatten sie darüber gesprochen, wann der richtige Zeitpunkt gekommen sei, den Job an den Nagel zu hängen. Und jetzt kam Bernd damit plötzlich und ohne Vorwarnung um die Ecke.

Das war seltsam. Walter hatte mit allen Mitteln versucht, ihn doch zu überreden, aber dieser war eisern geblieben. Der Meisterdieb hatte enttäuscht aufgelegt.

Für den Job brauchte er Ersatz. Zeit, um unter seinen neuen Nachwuchstalenten einen geeigneten Mitspieler auszusuchen. Das würde er aber auf einen späteren Zeitpunkt verschieben müssen.

Jetzt galt es erst einmal, die Örtlichkeiten unter die Lupe zu nehmen. Und schließlich wartete noch der obligatorische Einkauf im Baumarkt.

Das Auto parkte Walter am Lahnufer. Den Rest des Weges würde er laufen wollen. Er zog seine Baseballkappe tief ins Gesicht. Seine Kleidung hatte er eher unauffällig gewählt und zur Vervollständigung seiner Tarnung hatte er einen kleinen Rucksack dabei. So konnte er sich gut unter die Touristen mischen.

Walter verließ den Parkplatz und bewegte sich auf die Altstadt zu. Am Kornmarkt folgte er den Wegweisern in Richtung Limburger Dom.

Das altstadttypische Kopfsteinpflaster setzte sich hier fort. Rechts und links reihten sich kleine Häuser aneinander. Walter schenkte der romantischen Kulisse keine weitere Beachtung.

Die engen Gassen bedeuteten Segen und Fluch zugleich.

In der Dunkelheit würden die Häuserfassaden ihnen Schutz bieten. Ein nachtaktiver Bewohner würde sich aber an dunkle Gestalten erinnern können.

Der Weg wurde ein wenig steiler und nach ein paar Metern breiter. Der Limburger Dom war nicht mehr zu übersehen.

In wenigen Metern würde Walter am Ziel angekommen sein.

Das Dommuseum war in einem ehemaligen Domherrenhaus untergebracht.

Walter trat durch den Torbogen in den Innenhof, in dem ein junges Pärchen ein paar Selfies schoss.

An der gegenüberliegenden Seite befand sich ein kleiner Aufgang, der seinerzeit Eingang zum Museum war.

Hinter einer Glasscheibe saß eine freundlich lächelnde Frau im mittleren Alter. Als sie bemerkte, dass Walter eintrat, legte sie ihr Strickzeug beiseite.

»Guten Tag und herzlich willkommen in der Staurothek.

Sind Sie allein?«

»In der Staurothek?«

»Ja, wissen Sie denn nicht, woher dieser ungewöhnliche Name herkommt? Eine Staurothek ist ein Reliquiar, in dem Teile des Kreuzes Christi aufbewahrt wurden. Wir hier in Limburg gehören zu den bekanntesten byzantinischen Staurotheken. Sie können neben dem Museum auch den Domschatz besuchen. Der Eintrittspreis ist der Gleiche.«

»Das ist ja sehr interessant. Das schaue ich mir gerne an.«

»Dann hätte ich gerne drei Euro von Ihnen. Und wenn Ihnen unsere Ausstellung gefallen hat, können Sie ja gerne nächste Woche noch mal wieder kommen. Wir haben da nämlich eine Sonderausstellung. Da kommen so kleine, ganz berühmte Schachfiguren zu uns.«

»Das ist nett. Danke.«

Walter reichte der Dame einen zerknitterten fünf Euroschein und nahm das Wechselgeld entgegen.

»Ah, Sie sind noch von der alten Schule. Die meisten haben kein Bargeld mehr dabei. Wir mussten tatsächlich vor einiger Zeit ein Kartenlesegerät installieren.«

»Bares ist mir immer noch das Liebste«, bestätigte Walter. Kartenzahlungen konnten nachverfolgt werden. Das Bargeld wurde mit den

Tageseinnahmen am Arbeitsende an die Bank weitergegeben. Schön anonym, wie es sein sollte.

Walter nickte der netten Frau kurz zu und betrat dann die Museumsräume. In wenigen Tagen würden die Chessmen hier eintreffen. Das Museum hatte bestimmt die ersten Vorkehrungen getroffen. Einige Exponate würden ihren Platz für die kleinen Figuren räumen müssen.

Langsam durchschritt Walter jeden Bereich und hielt Ausschau nach Kameras und Alarminstallationen. Die Fenster waren alle von außen vergittert. Rein und raus ging nur durch den Eingang. Es sei denn, ihm fiel eine weitere Schwachstelle auf.

Im hinteren Teil des Museums waren die Vorbereitungen für die Sonderausstellung auch für den größten Laien zu erkennen.

In der Mitte war eine Vitrine leergeräumt. Eigentlich hätte man hier eine Absperrung anbringen müssen, wunderte er sich. Gut, so hatte er Gelegenheit, sich die Vitrine und die Sicherheitsinstallationen aus der Nähe anzuschauen. Glück musste man haben.

Beim Verlassen des Raumes hätte er fast ein Fenster übersehen. Ein leichtes Lächeln machte sich in Walters Gesicht breit.

Den Ort seines nächsten Einsatzes hatte er eingehend geprüft. Er würde später einkaufen müssen, um sich und sein Team gut ausstatten zu können. Jetzt war erst der Zeitpunkt, in die Rolle eines potenziellen Gegners zu schlüpfen.

Eine Verhaltensweise, die er vom Schachspielen erworben hatte. Von seinem Vorbild Bobby Fischer hatte er übernommen, möglichst viele Schachpartien aus der Sicht seines Schachgegners nachzuspielen. Die Eigenschaft, schnell die Perspektive wechseln zu können, hatte Walter in seiner kriminellen Karriere schon oft die Freiheit gerettet.

In Prag beispielsweise hatte er so den versteckten Zugang zur historischen unterirdischen Kanalisation der Stadt und damit den perfekten Fluchtweg entdeckt.

Walter schlug den Weg in Richtung des Doms ein. Wo würde er das Sicherheitspersonal unterbringen? Es würde aus seiner Sicht wenig Sinn machen, für alle sichtbare Wachen vor die Türen zu stellen. Das würde in der Umgebung für zu viel Aufmerksamkeit sorgen. Die Sicherheitsleute würden sich in kürzester Zeit wie die Bobbys vor dem Buckingham Palast vorkommen.

Eher einen Wagen irgendwo in der Nähe platziert. Kameras, die das Gebäude beobachten. Die Bilder

der Kameras würde er dann in den Wagen übertragen.

Alles sauberer und unauffälliger.

Der Domplatz würde sich am besten für diesen Übertragungswagen eignen.

Walter war mit seinen Überlegungen zufrieden.

Seine Erkenntnisse würde er gewiss in seinen Plan einbauen können.

Mit einem Blick auf die Uhr wurde ihm bewusst, dass es jetzt Zeit war einzukaufen.

Zurück am Auto steuerte Walter den nächsten Baumarkt an.

Es dämmerte, als er auf dem Parkplatz des Baumarktes ankam. Er musste sich beeilen. Er wollte sich heute Abend mit seinen Helfern treffen, um den Plan durchzugehen.

Walter hatte sich im Laufe seiner Karriere angewöhnt, für jeden neuen Job neues Werkzeug zu besorgen.

Für diesen Auftrag würde er Folgendes benötigen:

- 2 Lötkolben und eine kleine Gasflasche
- Glasschneider
- 2 Seile à fünf Meter
- 2 Stahlsägen
- einen kleinen Akkuschrauber
- 2 Kopflampen
- 2 Schutzbrillen

Die dunkle Kleidung gehörte zur Einbrechergrundausstattung. Je straßentauglicher diese war, desto unverdächtiger wurde sie von Fremden wahrgenommen.

Das Tragen von Handschuhen war ein Muss. Das Zurücklassen von Fingerabdrücken an einem Einsatzort kam einer Todesstrafe gleich. Diese wären für jeden Kriminaltechniker ein Festschmaus.

Und zuallerletzt die festen Arbeitsschuhe. Nicht auszudenken, wenn man in eine Schreibe treten würde.

Leider mussten sie diese Lektion in ihrer Vergangenheit erst bitter erlernen.

***

Bei einem Einbruch in Paris vor einigen Jahren hatten Walter und Bernd ein Kellerfenster einschlagen müssen.

Bernd hatte damals Sportschuhe angehabt. Walter konnte sich genau daran erinnern, wie oft sie in der Vorbereitung darüber gesprochen hatten, dass er doch andere Schuhe für den Bruch anziehen solle. Er wollte nicht hören.

»Komm schon, das sind meine Glücksschuhe. Ich schwöre dir, sobald ich die ausziehe, geht irgendetwas schief.«

»Bernd, das sind Segelschuhe. Darin hast du weder Halt noch sonst irgendeinen Schutz. Und was ist das da vorne an deinem rechten Schuh?«

»Die sind federleicht und sehr bequem. Stell dir vor, wenn wir rennen müssen, da würde ich beinahe schweben.«

»Ist das ein Riss da vorne?«

»Ach, da geht ein bisschen die Naht auf. Das klebe ich gleich noch und dann sind die wie neu.«

Walter hatte es nicht geschafft, seinem Freund seine Glücksschuhe auszureden.

Walter Wollhausen hatte bei der letzten Ortsbegehung das Kellerfenster als Schwachstelle ausgemacht. Es war zu klein, um an das Alarmsystem des Gebäudes angeschlossen zu werden. Für Walter und Bernd reichte die Größe völlig aus.

Sie mussten die Scheibe einschlagen. Beim Einsteigen schmuggelte sich eine kleine Scheibe in Bernds rechten Schuh und ritzte sich in seinen Fuß.

Walter musste seinen Plan in wenigen Sekunden umstellen, da Bernd keinen Meter mehr durch das Gebäude laufen konnte. Zu groß wäre die Gefahr gewesen, dass Blut durch den Schuh auf den Boden Tropfen konnte. Dann hätten sie Spuren hinterlassen.

Die Sportschuhe wanderten anschließend in den Müll.

***

Walter beeilte sich, seine Einkäufe an der Kasse zu bezahlen. Er hatte für heute Abend noch eine weitere Station vor sich.

Walter fädelte sich in den abendlichen Verkehr ein. Zwei Straßen später hatte er sein nächstes Ziel erreicht.

Seine Einkäufe in einen alten Seesack gepackt öffnete Walter Wollhausen das eiserne Tor zum Jugendtreff. Von außen war kein Mucks zu hören. Der Jugendtreff war offiziell geschlossen, doch er war sich sicher, dass er im Hinterzimmer erwartet wurde.

Walter ließ die Eingangstür links liegen und begab sich direkt zur Rückseite des Gebäudes.

Ein schwacher Lichtstrahl schimmerte durch den Türspalt.

Mit einem kräftigen Schwung öffnete er die Tür. Die leisen Stimmen im Raum verstummten sofort.

Erwartungsfroh blickten ihn Paul, Marlon, Keno und Taner an. Trotz ihres jugendlichen Alters hatten die vier einiges auf dem Kerbholz. Kleinere Diebstähle, Fahren ohne Führerschein und den einen oder anderen kleinen Bruch.

Alle vier standen vor Walters Engagement im Jugendtreff kurz davor in den Jugendknast einzufahren. Offiziell galten die vier als Paradebeispiel für Walters Resozialisierungsprogramm.

In Wirklichkeit waren die sie Walters Musterschüler. Sie hatten in kürzester Zeit das Einmaleins der Diebe gelernt.

Taner konnte seine Finger nicht von Autos lassen, er wurde nur nicht mehr erwischt. Keno verliebte sich vorzugsweise in alle möglichen Dinge, die ihm nicht gehörten. Doch niemand konnte ihm ein Vergehen nachweisen.

Paul hatte es perfektioniert unsichtbar zu sein und dann war da noch Marlon. Marlon war Marlon, überall dabei, aber nie vorneweg.

»Hallo Jungs«, begrüßte er die Vier und stellte den alten Seesack in die Ecke.

»Seid ihr bereit?«

Walter bekam ein Nicken zur Antwort.

»Okay, hier ist der Plan:

Taner, du bist der Fahrer. Wir brauchen eine unauffällige Familienkutsche.«

»Verstanden, ich schau mich mal ein bisschen außerhalb von Limburg um, was mir da so begegnet«, antwortete Taner.

»Paul, du wirst dieses Mal Schmiere stehen.«

»Das mache ich doch immer«, korrigierte er Walter.

»Du hast Recht, darin bist du einfach der Beste.«

»Dann wirst du mich bestimmt mit reinnehmen wollen«, schloss Keno.

»Das ist richtig, mein Junge. Du wirst wieder mitten im Geschehen dabei sein. Unser Werkzeug findest du in dem alten Seesack.«

»Alles klar, Walter. Ich freue mich.«

»Und ich, Walter, was soll ich machen?«, rief Marlon aufgeregt.

»Für dich habe ich einen speziellen Auftrag.«

Siebzehn
(2014)

Böttger, kommen Sie sofort in mein Büro.«

Kommissar Markus Böttger schaute von seinem Computer auf. Das Gesicht seines Vorgesetzten war übersät mit hektischen roten Flecken.

Mühsam erhob sich Markus Böttger von seinem Schreibtischstuhl.

Die fettigen Haare fielen ihm wirr ins Gesicht. Ungelenk versuchte er, sie aus dem Gesicht zu nehmen, aber sie sanken immer wieder zurück.

Seit Jahren machte ein Hüftleiden jede Bewegung schmerzhaft. Sein Körpergewicht trug sein Übriges bei.

Kleine Schweißtröpfchen bildeten sich in den Geheimratsecken seines schütteren dunkelblonden Haares.

Sein Vater hatte ihm den frühen Haarausfall vererbt. Die unzähligen umliegenden Schnellrestaurants waren schuld an seiner Körperfülle, der Kurzatmigkeit und den durchsichtigen Perlchen auf seiner Stirn.

Der Kommissar dachte an seinen letzten Fall. Böttger war Teil einer Sonderkommission, die den tragischen Mord an einem ruandischen Flüchtling aufklären sollte.

Mit zahlreichen Tritten und Schlägen war der arme Mann zu Tode geprügelt worden.

Trotz aller Tragik hatte Böttger Probleme gehabt, sich auf den Fall zu konzentrieren.

»Böttger, wo bleiben Sie denn? Oder brauchen Sie eine Extraeinladung?«

Markus Böttger schüttelte die Gedanken an die Vergangenheit zur Seite und begab sich in das Büro seinen Vorgesetzten.

»Böttger, na endlich. Kommen Sie rein, setzen Sie sich und schließen Sie die Tür.«

Er tat ihm wie geheißen.

»Chef, was kann ich für Sie tun?«, versuchte Markus Böttger die Stimmung etwas aufzulockern.

»Sie können machen, dass der Tag zu Ende geht«, grummelte Markus Chef vor sich hin.

»Aber nun gut. Es hilft nichts. Böttger, ich habe einen Spezialauftrag für Sie.«

»Einen Spezialauftrag? Gibt es wieder Ärger in der Notunterkunft, wo wir die Mörder des Mannes aus Ruanda aufgegriffen haben? Nach der Verhaftung wurde die Sonderkommission doch aufgelöst?«

»Nein, die Sonderkommission ist Geschichte. Ebenso, wie der Fall, den Sie immer noch heimlich bearbeiten.

Ja, schauen Sie mich nicht so unschuldig an. Ich weiß, dass Sie heimlich ermitteln.

Darüber unterhalten wir uns später.

Jetzt kommen wir erst einmal zu Ihrem Spezialauftrag.«

Das Herz des Kommissars begann schneller zu schlagen, als sein Vorgesetzter ihm aufzeigte, dass er über sein heimliches Treiben durchaus informiert war. Ihm war bewusst, dass er seine Position für seine privaten Ermittlungen ausgenutzt hatte. Jetzt würde sein Chef ihm den Hahn zudrehen. Das durfte und konnte nicht passieren. Böttger musste das unbedingt verhindern. Doch bevor er sich darüber Gedanken machen konnte, musste er sich den Spezialauftrag anhören. Vielleicht konnte er Pluspunkte sammeln, wenn er den Auftrag zu seiner Zufriedenheit lösen würde.

»Okay, Chef, worum geht es?«

»Sie haben doch bestimmt von diesem komischen Schachturnier gehört?«

»Ja, das soll doch dieses Jahr in dem neuen Einkaufszentrum am Hauptbahnhof stattfinden. Was soll es denn da für einen Spezialauftrag geben? Schachspielende Kinder? Passanten?«

»Die Stadt hat sich etwas besonders Großartiges ausgedacht«, antwortete der Vorgesetzte zynisch. »Das Schachturnier reicht ihnen nicht aus. Sie müssen sich auch noch extra ausländische Exponate nach Limburg holen.«

»Chef, was haben wir denn mit Exponaten zu tun? Das machen doch normalerweise private Sicherheitsfirmen.«

»Das ist richtig, aber dem Landrat war es diesmal besonders wichtig, dass sie Unterstützung durch uns bekommen.«

»Aber ist das nicht etwas für die Damen und Herren von der Straße?«

»Du meinst die in Blau? Ja, aber wir sind dem Landrat einen Gefallen schuldig. Er hatte sich in der letzten Haushaltsausschusssitzung für die Belange der Polizei eingesetzt und mehr Budget rausgeholt. Das war ein »Eine-Hand-wäscht-die-andere-Ding«. Wollte Markus Böttger eine kleine Chance wahren, seine Ermittlungen fortsetzen zu können, musste er mitspielen und ein gutes Ergebnis liefern.

»Alles klar, Chef, ich habe verstanden. Das wird nicht mein Lieblingsjob, aber ich weiß, um was es geht. Ich übernehme die Sache.«

»Böttger, Sie sind mein Mann. Der Chef der Sicherheitsfirma wird sich bei Ihnen melden. Und jetzt raus mit Ihnen.«

Mit einem leichten Stöhnen erhob sich Markus aus dem Stuhl und verließ das Büro seines deutlich besser gelaunten Chefs.

Zurück in seinem Büro starrte er minutenlang auf seinen Schreibtisch. Fotos und Dokumente, die scheinbar kreuz und quer zwischen anderen Berichten und Zeitungsausschnitten lagen.

Sie alle gehörten zu einem Puzzleteil, welches ihn zu einem Phantom führen sollte.

In einschlägigen Kreisen nannten sie ihn nur den Gentleman Ganoven. Er brach nur bei den wirklich Reichen und Betuchten ein und erleichterte diese um ihre größten Reichtümer. Von vielen heimlich gefeiert, jagte Markus Böttger diesen Geist schon seit Jahren. In diesem Fall lag seine eigentliche Leidenschaft.

In seiner Kindheit hatte er die Bücher von Maurice Leblanc gelesen. Im Gegensatz zu allen anderen hatte er mit jedem Buch mehr gehofft, dass der Kommissar endlich Arsene Lupin verhaften würde. Wie konnte es sein, dass es einem einzelnen Menschen immer wieder gelang, den ehrbaren Menschen der Verbrechensbekämpfung an der Nase rumzuführen?

Arsene Lupin machte es manchmal sogar mehr Spaß, ein Katz-und-Maus-Spiel zu spielen, als mit Einbrüchen seinen Lebensunterhalt zu verdienen. Doch im Gegensatz zur Fiktion im Buch glaubte Markus nicht, dass dem Gentleman Ganoven bewusst war, dass er durch den Kommissar gejagt wurde.

Er sollte sich gerne in Sicherheit wiegen. Das Zuschnappen der Falle würde dann umso befriedigender sein.

Verdächtige gab es genug, wie diesen Walter Wollhausen. Er überlegt hin und her, unter welchem Vorwand er diesem Mann einen Besuch abstatten konnte.

Zeit, sich um den Sicherheitsjob zu kümmern. Der Kommissar riss sich von seinen Privatermittlungen los und wandte sich seinem Computer zu. Der Chef der privaten Sicherheitsfirma würde sich per E-Mail bei ihm melden. Das musste er checken.

Er öffnete sein Outlook und begann seine Mails durchzugehen.

Die erste E-Mail versprach ihm mal wieder einen Discount von 50% auf eine Kitchen Aid. Immer diese Spammails. Dies war jetzt die fünfte in den letzten zwei Tagen. Er musste noch einmal dringend mit den IT-Leuten sprechen. Die sollten dringend den Spamfilter nachjustieren.

Er scrollte die Liste weiter durch.

Da, hier war sie, die E-Mail der Sicherheitsfirma.

Ein Tim Weitmann stellte sich kurz und knapp als Inhaber der Weitmanns Security Solutions vor.

Der Kommissar las weiter. Der Inhalt gefiel ihm gar nicht. Das bedeutete mehr Überstunden, als er bislang angenommen hatte, und er konnte nicht an seinem Spezialfall weiterarbeiten. Wenn er das überhaupt konnte, rief er sich wieder ins Gedächtnis.

Aber zurück zur Sonderausstellung.

Die Ausstellung würde im Dommuseum stattfinden.

Aus Edinburgh würden zwei Tage vor dem offiziellen Beginn der Ausstellung die Exponate am Kölner Flughafen eintreffen.

Dort würden sie dem Zoll einen kurzen Besuch abstatten, um dann von den schottischen Museumsmitarbeitern an die Mitarbeiter der privaten Sicherheitsfirma übergeben zu werden.

Weitmann wollte neben dem Fahrer drei weitere Männer abstellen. Das Transportfahrzeug sollte gepanzert und kugelsicher sein. »Ein bisschen viel Sicherheit für so kleine Holfiguren,« dachte sich der Kommissar.

Markus schüttelte den Kopf. Er konnte sich nicht vorstellen, wer auf die Idee kommen sollte einen

Werttransporter wegen ein paar Schachfiguren überfallen zu wollen.

Zwei Polizeiwagen mit jeweils zwei Mann Besatzung sollten mit dem Transporter von Köln nach Limburg mitfahren.

Sie würden die Übergabe ins Museum mit überwachen und eine Woche später den Rücktransport zum Kölner Flughafen wieder begleiten.

Markus Böttger freute sich jetzt schon auf das Kompetenzgerangel zwischen den Mitarbeitern der Sicherheitsfirma und seinen Leuten.

Apropos Polizisten: Es würde in sein Aufgabengebiet fallen, die entsprechenden Kollegen zusammenzusuchen. Babysitten stand nicht oben auf der Liste der beliebtesten Jobs.

Markus Böttger las weiter.

Ein Mitarbeiter aus dem schottischen Museum würde vor der Ausstellung die Sicherheitsmaßnahmen in Zusammenarbeit mit dem bischöflichen Diözesan-Mitarbeiter überprüfen.

Tim Wietmann hatte notiert, dass der Schotte für die Zeit vor und während der Ausstellung ein Hotelzimmer benötigte, und darum gebeten, dass dies durch die örtlichen Kräfte übernommen werden sollte.

Damit waren die Kollegen gemeint.

Das konnte doch nicht deren Ernst sein. Sie waren doch nicht das Vorzimmer dieser Sicherheitsfirma.
Während der einwöchigen Sonderausstellung würde die Überwachung der Exponate durch die Sicherheitsfirma erfolgen.
Diese würden sich unter die Mitarbeiter des Museums mischen.
Zudem würden zusätzliche Kameras für eine 24-Stunden-Überwachung sorgen. Hier war die private Sicherheitsfirma verantwortlich.
In einer gemeinsamen Ortsbegehung würden sie nach dem geeignetsten Platz suchen wollen. Böttger wurde gebeten, im Vorfeld eine Liste der besten Orte aufzustellen.
Babysitter, Vorzimmerdame und Laufbursche, Markus Laune verbesserte sich nicht.
Sie würden mal wieder nur die Hilfsdienste verrichten.
Wie in Zusammenarbeit mit der Verkehrsüberwachung würde er für eine grüne Welle auf den Limburger Straßen sorgen.
Er würde auf dem Domplatz eine Absperrung zusammen mit dem Ordnungsamt organisieren. Der Überwachungswagen von Weitmanns Security Solution würde dort platziert werden.

Und sicherlich würden sie bestimmt die ein oder andere Versorgungsrunde mit Kaffee und Hamburgern übernehmen müssen.

Plötzlich kam dem Kommissar ein Gedanke.

Konnte die Sonderausstellung nicht auch ein wunderbarer Anlass sein, um dem Meisterdieb eine Falle zu stellen? Sollte er richtig liegen mit seinem Verdacht zu Walter Wollhausen.

Achtzehn

(2014 – ein Tag nach dem missglückten Raub)

Ich kann euch heute eine Auswahl von verschiedenen Kartoffelspezialitäten an einer Senf-Rosmarin-Soße mit einer bunten Salatauswahl und selbst gebackenem Brot anbieten«, stellte Maurice Polter, der Inhaber des Katzenelnbogener Commödche, sein heutiges Menü vor.

»Das hört sich gut an. Hast du nicht auch etwas mit Fleisch?«

»Ich könnte dir einen Pulled Pork Burger in einem Roggenbrötchen an Süßkartoffel-Sticks anbieten.«

»Das hört sich doch eher nach mir an. Das nehme ich. Und du, Bernd?«, gab Walter seine Bestellung auf.

Dieser entschied sich auch für den Burger.

Die beiden alten Freunde hatten sich verabredet.

Sie wollten zusammen Walters schief gelaufenen Coup Stück für Stück durchgehen.

Das Commödche bot ihnen dazu mit seinem Interieur, welches an Omas »gute Stube« erinnerte, die notwendige intime Atmosphäre.

Maurice würde sie wie immer mit einer exzellenten Küche verwöhnen. Er hatte das Talent, seinen

Gästen genau die Köstlichkeiten zu unterbreiten, die ihnen und ihrer Seele in diesem Moment guttaten.

Bernd hatte dieses Kleinod vor ein paar Jahren aufgetan und sich gleich mit Maurice angefreundet.

Bernd und Walter hingegen ihrerseits in ihrer langjährigen Freundschaft in etlichen Stunden Walters Ehe durchdiskutiert. Das Commödche war genau der richtige Ort, um komplizierte Dinge zu besprechen.

Die beiden hatten sich den hintersten Platz ausgesucht. Im Halbdunkel diskutierten sie flüsternd und waren zu keiner bahnbrechenden Erkenntnis gekommen.

»Lass uns noch mal Schritt für Schritt durchgehen, wie der gestrige Coup gelaufen ist. Fangen wir mit deinen Leuten an. Wen hast du mitgenommen?«

»Gute Idee«, antwortete Walter und begann seine Crew aufzuzählen:

Marlon hatte seinen Spezialjob bei McDonalds. Er war zuständig für das Verabreichen der K. O.-Tropfen. Das Benzodiazepin sollte so dosiert werden, dass die Sicherheitsmänner in einen entspannten Schlaf verfielen.

Walters Beobachtungen zufolge neigten die Sicherheitsbeamten dazu, sich einen Mitternachtssnack bei McDonalds zu besorgen.

Marlon jobbte dort. Der Zufall meinte es gut mit Walter.

Ohne nachzudenken hatte er das kleine Glasfläschchen angenommen, welches Walter ihm am Vortag bei einem ihrer Treffen überreicht hatte.

»Denk dran, nur zwei Tropfen in den Kaffee. Bei mehr wachen die Jungs sonst nicht mehr auf.«

»Verstanden, ich habe mich extra für den Service-Desk einteilen lassen. Um die Uhrzeit ist nicht viel los, sodass ich die Polizisten gut abpassen kann. Wenn ich an der Kaffeemaschine stehe, kann ich das locker unbemerkt reinträufeln.«

Dieser Teil des Planes war glatt gegangen.

Die beiden Männer der privaten Sicherheitsfirma waren nach 15 Minuten friedlich eingeschlafen.

Paul sollte Schmiere stehen und die Männer im Überwachungswagen im Blick behalten. Sicher war sicher, auch wenn sie wie selig schlummern sollten. Taner war der Fahrer, der gleichzeitig den Polizeifunk überwachte.

Walter und Keno sollten zusammen einsteigen und die Figuren aus ihrer Vitrine zu holen.

»Auf die Jungs war Verlass, die hatte ich in unterschiedlichen Konstellationen bei verschiedenen Coups dabei. Sie wirken jung und unerfahren, aber glaube mir, die verstehen ihr Handwerk. Hier ist ein eingeschworenes Team am Werk.«

»Wie seid ihr eigentlich ins Gebäude reingekommen?«

Dabei hatte ihnen der Zufall etwas geholfen. Taners aktuelle Flamme hatte einen Onkel, der Hausmeister im Dommuseum war.

Eine Einladung zum Sonntagskaffee löste das Problem.

Taner gelang es, einen Abdruck der Gebäudeschlüssel zu erstellen.

Kurz nach Mitternacht hatte Taner die Drei mit einem dunkelgrauen Opel Zafira am Jugendtreff eingesammelt. Walter hatte keine Fragen gestellt, wo er den Wagen herhatte. Aber er vertraute dem jungen Autoknacker. Er hatte sie am Mühlberg abgesetzt.

Sie nutzten den Schutz der Häusermauern, um sich dem Dommuseum zu nähern. Ihre schwarze Kleidung tat ihr Übriges.

Das Metalltor war nicht abgeschlossen und so konnten sie unbemerkt in den Innenhof reinschlüpfen.

Ein paar schnelle Schritte und sie hatten den Eingang erreicht.

Der nachgemachte Schlüssel passte perfekt.

Walter öffnete die Tür einen Spalt, genau so weit, dass beide problemlos durchschlüpfen konnten.

Walter griff sich an sein Ohr. An seinem rechten Jackenkragen hatten sie ein kleines Mikrofon versteckt.

»Paul, wie schaut es da draußen aus.«

»Alles ruhig hier, Boss. Niemand zu sehen oder zu hören.«

»Alles klar, also weiter.«

Langsam und vorsichtig durchquerten sie den ersten Raum und betraten den mittleren Raum.

»Vorsichtig und langsam weiter. Auch wenn du Handschuhe trägst, schau, dass du nichts berührst.«

»Ja, Boss. Ist nicht mein erster Bruch, kannst du dich nicht erinnern?«, lächelte Keno verschmitzt unter seiner schwarzen Ski Maske.

Hm«, brummte er.

Vorbei an den Messgewändern aus chinesischem Importstoff aus dem 17. Jahrhundert betraten sie den letzten Raum.

In der Mitte des Raumes befand sich die Vitrine. Die 78 Figuren waren auf einem Schachbrett drapiert. Zwei der Figurensätze waren vollständig erhalten. Insgesamt waren zu sehen:

Jeweils acht Könige und Königinnen (Damen), 16 Bischöfe (Läufer), 15 Springer, 12 Türme und 19 Bauern.

Die restlichen vier galten als offiziell verschwunden. Walter war sich sicher, dass sein Auftraggeber Boris Jäger bereits die ein oder andere davon in seinem Privatbesitz hatte.

Diese Art der Vitrinen, in denen die Figuren ausgestellt waren, waren mit einem zusätzlichen Alarmsystem geschützt.

War dieses aktiv und versuchte man, die Schaukästen zu öffnen, so wurde ein stiller Alarm ausgelöst und in den Übertragungswagen auf dem Domplatz weitergeleitet.

Auch wenn die beiden Wachmänner im Überwachungswagen gerade schliefen, wollte Walter kein Risiko eingehen und den stillen Alarm auch ausschalten.

Für dieses Problem hatte der Meisterdieb die perfekte Lösung.

Vor Jahren hatte Walter entdeckt, dass schnelle kurze Stromstöße einen Kurzschluss auslösen konnten.

»Keno, ich brauche jetzt den Defibrillator aus deinem Rucksack.«

»Ich habe mich schon gefragt, warum du den eingesteckt hast. Gehört nicht zu den klassischen Werkzeugen zu einem Bruch.«

»Ganz genau! Wenn ich das nicht vor ein paar Jahren selbst ausprobiert hätte, würde ich es bis heute nicht glauben.«

»Dann weihe mich mal in das Geheimnis ein.«

»Legen wir los. Zuerst müssen wir die beiden Elektroden jeweils gegenüber voneinander auf dem Glas anbringen.«

»So weit, so gut. Aber du weißt schon, dass Glas kein Strom leitet?«

»Du hast Recht, bei Zimmertemperatur ist Glas ein Isolator. Wenn wir es schaffen, das Glas auf eine bestimmte Temperatur zu erhitzen, dann bewegen sich die Ionen und das Glas kann Strom leiten. Und damit können wir den Kurzschluss erzeugen.«

»Die Temperatur muss dann aber ziemlich hoch sein. Willst du die Bude hier abfackeln? Dann hätten wir uns alles andere sparen können.«

Ohne zu antworten, kramte Walter aus seinem Rucksack einen kleinen Lötkolben heraus und setzte sich eine Schutzbrille auf. Er hatte bei seinem letzten Besuch gesehen, dass sich im Raum in der Nähe der Vitrine eine Steckdose befand. Glück musste man auch als Dieb mal haben.

»Das müsste reichen. Ich habe dir auch eine Brille in deine Tasche gepackt. Vorderer Bereich, setze sie auf und schau nicht direkt in die Flamme. Ich kann keinen Blindfisch gebrauchen«, antwortete er und setzte den Lötkolben mit einem Feuerzeug in Brand. Die rotgelbe Flamme bewegte er gleichmäßig auf dem Vitrinen Glas zwischen den beiden Elektroden hin und her.

Es dauerte nicht lange.

»Du musst jetzt den Aktivierungsbutton auf dem Defibrillator aktivieren. Auf drei drückst du ihn. Das muss ganz genau passen, ansonsten bin ich durch das Glas durch und der Alarm ist immer noch aktiv.

Eins, zwei, drei und los.«

Keno betätigte den Knopf des Gerätes.

Plötzlich zischte und knallte es kurz. Der stille Alarm war kurzgeschlossen.

»Krass, Boss. Das hat wirklich funktioniert.«

Walter lächelte seinen Schüler milde an.

»Schließe deinen Mund wieder und pack ein. Ich hole die Figuren aus der Vitrine und dann machen wir uns hier aus dem Staub.«

Der Kurzschluss hatte nicht nur den stillen Alarm ausgeschaltet, sondern auch dem Schaukasten mehrere Risse verpasst.

Walter löste vorsichtig die kleinen Schrauben mit dem kleinen Handakkuschrauber. Mit jeder gelösten Schraube wurden die Risse im Glas größer.

Walter achtete darauf, dass er den Schaden im Glas nicht größer machte. Er wollte unbedingt vermeiden, dass das Glas brach. Splitter konnten die Figuren beschädigen.

Letzte Schraube, beinahe geschafft.

Walter hob vorsichtig die Vitrinenglocke hoch und stellte sie auf den Fußboden. Vor ihm standen nun ungeschützt die einzelnen Figuren.

Er wollte gerade nach einem König greifen und ihn in das mitgebrachte Samttuch einwickeln, als er Schritte vernahm.

Er hielt inne und schaute sich um. Keno war immer noch damit beschäftigt, die mitgebrachten Instrumente wieder in ihren Rucksäcken zu verstauen.

Es konnte nicht sein.

Walter signalisierte Keno per Handzeichen, dass er sich nicht weiterbewegen sollte.

Erstaunt ließ Keno seine Hände sinken.

Da wieder, ein leises Schlurfen war zu hören.

Das konnte doch nicht wahr sein. Laut seiner Recherche durfte sich außer ihnen keiner im Museum aufhalten.

Mist, die Schritte kamen immer näher. Walter schaute sich nach einem Fluchtweg um. Ihnen blieb nicht viel Zeit.

Walter musste eine Entscheidung treffen: Flucht oder Schachfiguren.

»Komm, hier rüber. Wir müssen zum Fenster und uns aus dem Staub machen.«

»Aber die Figuren…«

»Keine Zeit, lass sie, ich denke mir was anderes aus. Wir müssen hier schnell raus.«

Keno schnappte sich die beiden Rucksäcke.

Glücklicherweise ließ sich das Fenster leicht öffnen.

Sie mussten springen.

Keno warf die Taschen zuerst hinaus. Der Rasen davor dämpfte den Aufprall ab.

Gekonnte rollte sich Keno ab. Walter war schon lange nicht mehr aus so einer Höhe gesprungen. Eine Alternative gab es nicht.

Walter kletterte auf den schmalen Fenstersims und sprang. Unsanft landete er neben Keno auf dem Rasen. Das mit dem Abrollen hatte nicht funktioniert. Sein linker Knöchel tat ihm weh.

Keno stützte ihn so gut er konnte und brachte ihn zu Taner und dem wartenden Fahrzeug.

Was war da bloß schief gegangen?

Und wie sollte er seinen Misserfolg seinem Auftraggeber Boris Jäger beibringen?

***

»Immer noch unfassbar«, kommentierte Bernd die Ausführungen seines Freundes.

»Wo kamen denn auf einmal die Schritte her?«

»Ich kann es mir nicht erklären. Paul hatte auf seinem Posten niemanden gesehen.« Die beiden schwiegen sich einen Moment an. Maurice brachte das Essen.

Walter war aufgefallen, dass Bernd etwas nervös wirkte, und er fragte ihn: »Geht es dir gut, mein Freund?«

Bernd wiegelte vehement ab.

"Hier ist es aber ganz schön muffig", sagte er und versuchte, sich mit den Fingern an seinem Kragen etwas Luft zu verschaffen.

»Mit dir ist doch irgendwas?«

 Walter glaubte seinem Freund nicht.

"Dein Gesicht ist ganz rot."

"Nein, alles gut. Vielleicht brüte ich auch nur etwas aus."

Mit einem Schulterzucken ließ Walter von seinem Freund ab, wunderte sich aber nach wie vor. Vielleicht hörte er nur die Flöhe husten, schließlich waren Bernd und er die besten Freunde.

»Aber vielleicht sollte ich mich langsam auf den Heimweg machen. Uns könnte beiden eine Mütze voll Schlaf guttun.

Die beiden verabschieden sich und jeder stieg in seinen Wagen.

***

Obwohl Bernd mehrmals tief durchatmete, wollte der Druck in seiner Magengegend nicht abfallen. Ihm hätte klar sein müssen, dass Walter sofort erkennen würde, dass er ihm etwas verschwieg. Heute war er noch einmal davongekommen. Doch lange würde das nicht gut gehen.
Bernd wollte sich nicht ausmalen, was passieren würde, wenn Walter hinter sein Geheimnis kommen würde. Das durfte unter keinen Umständen geschehen.

Neunzehn

(2014 – ein Tag nach dem missglückten Raub)

Der gemeinsame Abend mit seinem besten Freund hatte für Walter nicht den gewünschten Erfolg gebracht.

Mit Bernd zu reden, tat immer gut, aber sie waren keinen Meter weitergekommen.

Walter konnte sich nach wie vor nicht erklären, warum sein Plan schief gegangen war.

In Gedanken versunken näherte er sich seinem Wagen. In etwa 20 Minuten würde er zu Hause sein. Eine Mütze voll Schlaf gut würde ihm guttun.

Manche Dinge brauchten ein bisschen Abstand und einen neuen Blickwinkel, um frische Lösungen zu finden.

Im Schach war es wichtig, bis zum letzten Zug konzentriert zu bleiben. Eine Partie ging erst verloren, wenn man dem Gegner ein Matt anbieten musste. So weit war Walter noch lange nicht.

Walters Kampfgeist war nicht erloschen, die Hoffnung machte sich allmählich wieder in ihm breit. Er atmete tief durch und öffnete die Fahrertür.

Flott fuhr er vom Parkplatz und nahm die Hauptstraße in Richtung Ortsausgang.

Hinter den Bäumen löste sich eine dunkle Gestalt und ging mit schnellen Schritten auf einen der Wagen zu, die außerhalb des Lichterkranzes der Straßenlaternen parkte.

Auge um Auge, Zahn um Zahn. Nein, er war nicht bereit, neben der rechten Wange auch die andere hinzuhalten. Dies hatte er lang genug getan. Jetzt war seine Zeit der Vergeltung gekommen.
Die mysteriöse Gestalt sprang ins Auto und jagte Walters Wagen hinterher.
Indes fuhr Walter Wollhausen die Landstraße zwischen Katzenelnbogen und Zollhaus entlang. Die Felder rechts und links der Straße lagen im Halbdunkeln. Der Mond hatte sich hinter dicken Wolken versteckt. Kurz darauf kam er in das dunklere Waldstück. Die hohen Bäume schluckten hier den letzten Rest des Mondlichtes. Vor ihm lag der kurvenreiche Teil der Strecke. Die Schlaglöcher sollten schon längst ausgebessert worden sein.
Im letzten Sommer war ein junger Motorradfahrer mit überhöhter Geschwindigkeit in der Kurve auf die Gegenfahrbahn geraten. Er verstarb an Ort und Stelle. Wie gefährlich die Strecke war, bezeugten die vielen hölzernen Kreuze am Straßenrand. Dennoch behielt die Strecke ihre Beliebtheit in

Motorradfahrerkreisen - Kurven schrubben war hier oft angesagt.

Auf einmal näherte sich ein Fahrzeug mit schneller Geschwindigkeit von hinten.

»Du Idiot, mach dein Fernlicht aus«, schimpfte Walter. Im gleichen Moment spürte schon den Aufprall an seiner Stoßstange.

"Pass doch auf, du Vollidiot. Du bringst uns beide noch um.«

Er ballte die Faust und reckte sie in Richtung des Rückspiegels. Es war zu bezweifeln, dass sein Verfolger diese Geste sah, geschweige denn diese ihn veranlassen würde, seinen Fahrstil zu korrigieren. Dennoch, so schnell wie das Fahrzeug hinter ihm erschienen war, so geschwind ließ dieses sich ein Stück zurückfallen, gab schlagartig Gas, setzte auf die Gegenfahrbahn und überholte Walter vor der nächsten Kurve.

Dessen Herz schlug bis zum Hals. Sicher einer dieser jugendlichen Raser. Kaum hatten die ihren Führerschein gemacht, benahmen die sich wie Formel-1-Fahrer.

Walter atmete kräftig durch. In Zollhausen nahm er die zweite Ausfahrt aus dem Kreisel. Er musste dringend ins Bett.

»So leicht bist du also umzubringen. Walter, Walter, was ist mit deiner berühmten Fähigkeit, alle Züge deines Gegners vorauszusehen? Deine Arroganz wird dir sicherlich die Sinne vernebeln. Aber schon bald wird dir bewusst werden, dass dein Leben mattgesetzt wird, ohne dass du die Möglichkeit hast, auch nur noch einen Zug zu setzen. Was hattest du mich gelehrt? Auch so eine Schachweisheit: Suche immer den sichersten Weg, nie den schnellsten oder spektakulärsten. Lassen wir dich noch ein bisschen zappeln«, murmelte die dunkle Gestalt vor sich hin.

Er ließ Walter unbehelligt seinen Weg nach Hause fortsetzen.

Dort angekommen empfing Walter Wollhausen ein unangenehmer Geruch. Zu seiner Überraschung war von Kira nichts zu sehen.

Er schaltete das Licht im Wohnzimmer an.

Auf dem Kratzbaum lag die schwarz-weiße Katze und blinzelte ihn verschlafen an.

Der Geruch kam eindeutig aus diesem Zimmer. Erleichtert, dass es seiner Katze gut ging, versuchte er sich dem Ursprungsort dieses süß-säuerlichen Geruchs zu nähern.

Hinter dem Sofa wurde Walter fündig. Der Saugroboter.

Katzen und Saugroboter passten nicht zusammen, hatten sie ihm gesagt. Und er hatte damals nur mit den Schultern gezuckt.

Jetzt wusste er, warum er gewarnt worden war, sich einen dieser kleinen Haushaltshelfer zuzulegen.

Kira hatte sich wohl mal wieder von ihrem ausgeputzten Fell befreien müssen.

Das Katzengras hatte dabei wie ein natürlicher Rohrreiniger gewirkt. Gras und die letzten Resten ihrer Zwischenmahlzeit vermischten sich. Zusammen war die Kombination auf dem Fußboden im Wohnzimmer gelandet.

Die Magensäure tat ihr Übriges und trug zum süßsäuerlichen Geruch bei.

Leider hatte Walter die Rechnung ohne den Saugroboter gemacht, der gemäß seines Arbeitsauftrages regelmäßig seine Route abfahrend, die Katzenkotze in all seiner Pracht versucht hatte in den Boden einzuarbeiten. Ein Teil der Säure musste sich in seinen Motor eingearbeitet haben und hatte ihm den Rest gegeben. Fast lautlos drehte er sich stotternd im Kreis, bevor er kurze Zeit später komplett den Geist aufgab.

Besser konnte der Tag gar nicht enden, dachte sich Walter erschöpft. Erst Bernds komisches Verhalten, dann dieser Vollidiot von Autofahrer und jetzt stand ihm noch eine mitternächtliche Putzorgie bevor. Der Meisterdieb schnappte sich den dahingerafften Saugroboter und warf ihn in die Mülltonne. Dann suchte er nach Eimer und Putzlappen und widmete sich der Beseitigung dieser Schweinerei. Kira streckte sich indessen ausgiebig und rollte sich kurz darauf wieder zusammen, um seelenruhig weiter zu schlummern. Walter glaubte, ein leises Schnurren zu hören. Katze eins, Saugroboter null.

Zwanzig

(2014 – zwei Tage nach dem missglückten Raub)

Walter erwachte gerädert am frühen Morgen. Er hatte unruhig geschlafen.

Das Intermezzo mit seinem Saugroboter hatte ihn nur kurz von dem Attentatsversuch abgelenkt.

In der Nacht hatte er immer wieder davon geträumt, dass er von der Straße abgedrängt wurde. Der Abgrund, in den er fiel, war tiefschwarz. Er sank immer mehr hinab. Statt aufzuschlagen, wachte er jedes Mal davor auf.

Walter begann sich Sorgen um seinen Gemütszustand zu machen. Was war denn nur mit ihm los? Plötzlich schienen ihm nicht nur Fehler in seinem Handwerk zu unterlaufen, er konnte wohl auch seinen Instinkten nicht mehr trauen.

Nach einem müden Blick in den Spiegel und einer Handvoll kaltem Wasser im Gesicht schlüpfte er in ein frisches weißes T-Shirt und eine dunkelblaue Jeans. Barfuß betrat er die Küche. Der nackte Fliesenboden fühlte sich kühl an. Walter steuerte die Kaffeemaschine an und betätigte den An- Knopf. Zuerst spuckte die Maschine einige Tropfen Wasser aus, bevor das erste braune Etwas sich auf den Boden der gläsernen Kaffeekanne senkte. Walter beobachtete sehnsüchtig, wie sich die Kanne immer mehr füllte. Nie hatte er dringender einen Kaffee gebraucht wie heute Morgen.

Walter Wollhausen hatte gerade den ersten Schluck des Wachmachers getrunken, als es an seiner Haustür läutete.

Kira sprang erschrocken von ihrem Beobachtungsposten am Küchenfenster in Richtung der Tür. Als wollte sie die Tür öffnen.

Walter schloss kurz die Augen. Hoffentlich war das nicht schon wieder diese neugierige Nachbarin von gegenüber. Wie hieß sie noch mal? Heinrich? Herzog?

Walter wollte sich das nicht merken.

Er atmete tief durch, erhob sich vom Küchenstuhl und machte sich auf zur Wohnungstür.

Kira hatte es sich indes im Wohnzimmer auf dem Sofa gemütlich gemacht. Ihre Ohren drehten sich unaufhörlich. Walter wusste sofort, dass sie nur so tat, als ob sie schlafen würde.

Der Glaseinsatz der Haustür ließ schemenhaft eine kräftige Gestalt erkennen. Frau Herzog war klein und schmächtig mit einem winzigen Ansatz zu einem Buckel. Das konnte sie schon einmal nicht sein.

Walter öffnete die Tür und stand einem kräftigen Mann mit Schweißperlen auf der Stirn gegenüber.

»Guten Morgen, Herr Wollhausen?«

»Guten Morgen, ja, das bin ich. Was kann ich für Sie tun?«

»Böttger, Markus Böttger ist mein Name. Ich arbeite in Limburg im Kommissariat. Darf ich kurz reinkommen? Ich hätte ein paar Fragen?«

»Polizei? Was will denn die Polizei von mir?«

»Wir sollten das nicht auf der Straße besprechen? Ich komme auch vom Dorf. Sie wissen doch, die Nachbarn. Es wird immer so viel geredet.«

Widerwillig bat Walter den schwergewichtigen Kommissar hinein.

Mit einer Handbewegung deutete der ihm an vorzugehen.

Walter führte seinen ungebetenen Gast ins Wohnzimmer. Der Kommissar nahm Platz auf dem Sessel. Kira beäugte den Gast mit einem starren Blick, ihre Ohren bewegen sich nach wie vor unaufhörlich.

»Gemütlich haben Sie es hier. Süß, die Katze.«

»Wollen Sie etwas trinken?«

»Wenn Sie so nett fragen, beim Reinkommen konnte ich den frischen Kaffee riechen«, grinste ihn der Kommissar schmierig an. »Bitte mit Milch und Zucker.«

Wortlos drehte sich Walter um und kehrte in die Küche zurück.

Die Kaffeemaschine blubberte vor sich hin. Ein Zeichen, dass der Brühvorgang so gut wie durch war. Er füllte Kaffee von der Glaskanne in einen Becher, kippte ein wenig Milch hinein und schmiss drei Würfel Zucker in die hellbraune Brühe.

Etwas unsanft stellte er den Becher vor dem Kommissar auf den Wohnzimmertisch und setzte sich ihm gegenüber auf das Sofa.

»Also, was wollen Sie von mir?«

»Nicht so schnell…. Haben Sie denn etwas zu verbergen? Sehe ich hier ein Zeichen von Unsicherheit?«

Walter runzelte die Stirn.

Vergangene Erfahrungen hatten ihn gelehrt, auf Sticheleien dieser Art nicht zu reagieren. Er schwieg und überließ seinem Gegenüber das Reden.

Der Kommissar hatte nicht diese Geduld und sprach weiter.

»Sie arbeiten doch mit diesen Jugendlichen zusammen.«

»Ja, aber, was soll diese Frage? Stimmt da etwas nicht?

Habe ich vergessen, einen Antrag beim Amt einzureichen? Aber kann das nicht durch einen einfachen

Anruf erledigt werden? Muss man da direkt die Polizei schicken?«

»Sie neigen ja zu Scherzen, Herr Wollhausen. Aber Ihnen wird das Lachen schon vergehen.«

»Herr Böttger, nun machen Sie es doch nicht so spannend und nennen Sie mir endlich den Grund Ihres Besuchs.«

Weitere Sticheleien schienen Markus Böttger nicht mehr einzufallen, denn endlich rückte der Kommissar mit der Sprache raus.

Er berichtete von diversen Diebstählen in der Umgebung von Limburg.

»Die Ermittlungen laufen auf Hochtouren. Die ersten Verdächtigen haben wir auch schon im Visier. Es ist nur noch eine Frage der Zeit, bis wir die Täter dingfest machen können. Ich bin da sehr zuversichtlich.«

Das Grinsen in seinem Gesicht hatte auf Dauerbetrieb umgestellt. Böttger strahlte Optimismus pur aus. Schwungvoll lehnte er sich zurück und hätte dabei beinahe seinen Kaffee verschüttet. Dieser Vorfall hielt ihn nicht davon ab, seine Ausführungen fortzusetzen.

»Vor einigen Tagen gab es einen Einbruchsversuch im Dommuseum. Spannenderweise haben die Diebe sich nur für unsere ausgeliehenen Exponate interessiert – diese Schachfiguren – wissen Sie? War überall in der Presse.

Können Sie sich da einen Reim drauf machen?«

»Warum ich?«

»Na ja, Sie als berühmter Schachspieler.«

»Nur weil ich Schach spiele, breche ich in Museen ein und entwende dort irgendwelche Figuren? Ist das nicht ein bisschen dünn?«

Der Kommissar ließ sich von Walters Empörung nicht beeindrucken und zückte ein Bild aus der Tasche.

»Paul Zendler dürfte Ihnen ein Begriff sein?«, fragte er.

»Ja, das ist einer der Jugendlichen aus den verschiedenen Jugendtreffs hier in der Umgebung. Ich bringe den Jugendlichen das Schachspielen bei. Das ist ein Programm, welches ich mit den Jugendämtern erarbeitet habe. Warum haben Sie sein Foto?«

»Sie wissen bestimmt, dass Paul die ein oder andere Kleinigkeit auf dem Kerbholz hat. Er steht kurz davor, in den Jugendknast zu wandern.«

»Deshalb arbeite ich ja mit den Kids. Schachspielen soll sie gedanklich aus ihrer gewohnten Umgebung herausholen, ihnen neue Perspektiven eröffnen und ihr Selbstbewusstsein stärken.«

»Guter Plan«, unterbrach ihn der Kommissar sarkastisch. »Paul Zendler hat so viel neues

Selbstbewusstsein gewonnen, dass er jetzt in Museen einbricht.«

»Haben Sie ihn denn festgenommen?«

»Nein, aber wir beobachten ihn. Zeugen haben zwei dunkle Gestalten vom Tatort weghumpeln gesehen. Und einer soll Paul Zendler gewesen sein.«

Großartige Zeugenaussage, dachte sich Walter. Dennoch verstand er nicht, wer und warum sie in dieser Dunkelheit so gut erkannt haben wollte, dass er Paul identifizieren konnte.

»Sie haben eine Zeugenaussage, die im Dunkeln einen Menschen so deutlich erkannt haben will, dass Sie herumlaufen und anderen Menschen sein Foto unter die Nase zu halten?«

Der Kommissar kam nicht umhin Walter zuzustimmen.

Er hatte sich auch schon etwas gewundert, als er heute Morgen den anonymen Hinweis bekommen hatte. Ihm war das egal. Alles, was helfen konnte, dem Phantom näher zu kommen, war ihm willkommen.

»Die Zeugenaussage ist glaubwürdig.«

»Wenn Sie das sagen. Ich kann Ihnen nur sagen, dass ich den Jungen vom Schachspielen her kenne. Was er darüber hinaus in seiner Freizeit macht, kann ich Ihnen leider nicht sagen.«

»Wo waren Sie in der Nacht vom letzten Donnerstag auf Freitag so zwischen Mitternacht und 2 Uhr morgens?«

»Ihr Ernst?«

»Kommen Sie, das ist eine ganz einfache Frage. Oder haben Sie etwas zu verbergen?«

»Was glauben Sie denn, wo ich war? Wo hält sich denn jeder normale Mensch um diese Uhrzeit auf? Im Bett. Und bevor Sie fragen, ob es dafür Zeugen gibt: Sie können gerne meine Katze befragen. Sie dürfen aber auch gerne mein Haus jetzt verlassen und dann wiederkommen, wenn Sie Ihre absurden Behauptungen beweisen können.«

Markus Böttger hatte genug gehört. Sein Plan, ein wenig Unruhe zu stiften, war aufgegangen. Der Kommissar erhob sich schwerfällig aus dem Sessel. Seine letzten Worte »Wir bleiben in Kontakt« hörten sich wie eine Drohung an.

Walter schob den schwitzenden Kommissar in Richtung der Haustür, öffnete diese und war versucht, ihn auf die Straße zu schubsen.

Dieser schüttelte sich kurz, grinste Walter hämisch an, drehte sich auf dem Absatz um und steuerte in Richtung der Haustür von Frau Herzog.

Hoffentlich würde die alte Schachtel diesmal ihren Mund halten. Bei seinem Glück hatte sie ihn in der besagten Nacht in sein Haus huschen sehen, dachte sich Walter Wollhausen.

Bauchgrummeln machte sich bei ihm breit.

Walter beobachtete, wie sich die schweren Gardinen im mittleren Fenster des gegenüberliegenden Hauses bewegten.

Diese neugierige Schnepfe …

Einundzwanzig
(2014 – zwei Tage nach dem missglückten Raub)

Kommissar Markus Böttger klingelte bei Frau Herzog.
Schon auf seinem Weg zu Walter Wollhausen waren ihm die sich bewegenden Gardinen aufgefallen. Er war sich sicher, dass hier jemand wohnte, der alles im Blick hatte.
Er hatte noch gar nicht den Klingelknopf betätigt, als sich die Haustür öffnete und ihm eine kleine, etwas untersetzte Frau in den Siebzigern gegenüberstand.
»Bitte entschuldigen Sie die Störung, mein Name ist Markus Böttger. Ich arbeite bei der Limburger Polizei. Hätten Sie einen Moment für mich? Ich könnte mir vorstellen, dass Sie uns sehr helfen, könnten in einem wichtigen Fall.«
»Kommen Sie rein. Kann ich Ihnen einen Kaffee anbieten? Ich habe gerade einen frischen aufgesetzt.«
Ohne seine Antwort abzuwarten, drehte sie sich um und lief den Flur in Richtung Küche hinunter.
»Sie können gerne rechts auf dem Sofa Platz nehmen. Ich bin gleich bei Ihnen.«

Zwei Stunden hatte der Kommissar in Gesellschaft von Gerlinde Herzog verbracht.

Er kannte jetzt viele Geschichten rund um Dauborn. Doch in der besagten Nacht hatte sie tief und fest geschlafen.

»Wissen Sie, Herr Kommissar, der Hund in der Nachbarschaft bellt immer mitten in der Nacht. Reden hat da leider nicht geholfen und so schlafe ich seit einiger Zeit mit Ohrstöpseln.«

Enttäuscht machte sich Markus Böttger auf den Rückweg nach Limburg.

Er war unzufrieden mit dem Ergebnis seines Gespräches mit der Nachbarin. Außer Magenschmerzen wegen des starken Kaffees hatte er nichts erreicht.

Unwillkürlich musste er an den anonymen Anruf von heute Morgen denken.

»Ich weiß, wer den Einbruch vor ein paar Tagen im Dommuseum verübt hat«, hatte eine metallisch klingende Stimme das Gespräch begonnen.

»Können Sie mir Ihren Namen nennen?«

»Mein Name tut hier nichts zur Sache oder sind Sie nicht daran interessiert, einen der meistgesuchten Diebe in ganz Deutschland endlich dingfest zu machen?«

»Ich bin immer daran interessiert, Subjekte, die gegen Recht und Ordnung verstoßen, aus dem

Verkehr zu ziehen. Nichtsdestotrotz ist es mir auch wichtig zu wissen, mit wem ich es zu tun habe. Da kann jeder kommen und behaupten, dass er wichtige Informationen hat, und am Ende stellen sich diese nur als weitere Verschwendung von Steuergeldern heraus.

Also mein Freund, wie heißen Sie denn?«

»Glauben Sie mir, meine Informationen sind zuverlässig. Gerne können Sie diese überprüfen. Dennoch bestehe ich darauf, dass mein Name aus den Akten rausbleibt. Ich habe da so meine Erfahrungen gemacht.«

Der Kommissar merkte, jedes Drängen auf die Preisgabe des Namens würde nicht zum Erfolg führen. Im Gegenteil, die Gefahr war groß, dass der Anrufer wieder auflegen würde.

Er beschloss, die Zeit zu investieren und den angeblichen Insiderinformationen zu lauschen. Warum sollte er nicht einmal Glück haben und etwas Brauchbares dabei finden?

»Okay, okay, ich habe Sie verstanden. Na, dann legen Sie mal los.«

Der anonyme Anrufer schien besänftigt zu sein. Er begann seine Ausführungen mit einer Geschichte, die mittlerweile 20 Jahre her war. Der Kommissar stutzte. Er erinnerte sich sofort. Denn diesen Abend würde er nie wieder vergessen.

***

Damals war er als ganz junger Streifenpolizist gerade einmal ein paar Monate bei der Polizei gewesen.

Sein Bereitschaftsdienst begann ruhig.

Obwohl ihnen das dienstlich untersagt war, hatten es sich er und die Kollegen auf der Wache ein wenig gemütlich gemacht. Zu einem alkoholfreien Bier hatten sie sich eine Partie Poker gegönnt.

Die Stimmung war gelöst. Nach dem erfolgreichen Abschluss der Polizeischule hatte Böttger eine freie Stelle in seiner Heimat gefunden.

Zu diesem Zeitpunkt konnte man ihn als rank und schlank bezeichnen. Einen gewissen Zug bei den Damen sagte man ihm nach. Allerdings beeindruckte ihn das nicht allzu sehr.

Er hatte sich fest vorgenommen, die Karriereleiter im Eiltempo zu erklimmen.

Ausgelassenes Lachen durchdrang die Wache, als plötzlich ein Funkspruch von der Leitstelle hereinkam.

»Banküberfall in der schiede 41 mit mutmaßlicher Geiselnahme in der Kreissparkasse.«

Alle zur Verfügung stehenden Beamten wurden in dieser Nacht angefordert.

Schnell stellte sich heraus, dass die Bankräuber die Bank schon verlassen hatten und sich mit ihrem Fluchtwagen in Richtung Diez davon gemacht hatten.

Der Kommissar und sein Partner sollten mit weiteren Einsatzwagen die Verfolgung aufnehmen.

Der grausige Anblick an der Unfallstelle suchte ihn seit damals regelmäßig in seinen Albträumen heim.

Noch heute hatte er den Geruch des frischen Blutes gemischt mit Abgasen in der Nase.

Die leeren und toten Augen des Opfers starrten ihn vorwurfsvoll an.

Und daneben kauerte verzweifelt einer der mutmaßlichen Bankräuber.

Was war eigentlich aus dem geworden?

Das Herz des Kommissars schlug schneller. Aufregung machte sich in seinem ganzen Körper breit.

Sollte dieser Abend der Schlüssel zu all seinen erfolglosen Nachforschungen sein?

Ein Burger musste her. Er bestellte sich einen großen Burger mit Pommes und Cola bei seinem Lieblingslieferdienst. Er musste sich unbedingt näher mit Walter Wollhausen beschäftigen.

Markus Böttger durchforstete erneut seine Unterlagen, um festzustellen, dass ihm die Jugendakte von Walter fehlte.

Kannte er da nicht einen alten Freund seines verstorbenen Vaters, der ihm helfen konnte?

Es gelang ihm, den pensionierten Gefängnisdirektor auszumachen, in dessen Gefängnis Walter Wollhausen vor fast dreißig Jahren seine Jugendstrafe verbüßt hatte.

***

Walter schob die Gardinen am Wohnzimmerfenster zur Seite und sah dem davon watschelnden Kommissar verwirrt hinterher.

Er ließ den Vorhang wieder los, setzte sich auf sein Sofa und stützte seinen Kopf in beide Hände.

Das konnte doch alles nicht wahr sein. Jahrzehntelang war es ihm gelungen, unerkannt seiner Arbeit nachzugehen. Jetzt reihte sich plötzlich ein schlechtes Ereignis an das nächste.

Walter hatte immer noch nicht das Scheitern seines Einbruchplanes im Dommuseum überwunden.

Der Vorfall gestern Nacht rückte in ein komplett anderes Licht. Vielleicht war dies doch kein jugendlicher Fahrhooligan gewesen? Und jetzt dieser schwabbelige Kommissar…

Walter erhob sich von der Couch und wollte das Wohnzimmer verlassen, als er an seinem Schachbrett innehielt. Er nahm einen der weißen Läufer vom Brett und drehte diesen zwischen seinen Fingern.

Was hatten die Kritiker damals über sein Schachidol Bobby Fischer und sein Leben berichtet? Er rechnete auf dem Brett seine Chancen und Risiken durch. Er wollte zu jeder Zeit für alle Eventualitäten vorbereitet sein und hatte es sich zur Routine gemacht, alle Angriffe aus der Perspektive seiner Gegner nachzuspielen.

Es war Zeit, sich auf alte Tugenden zu besinnen.

Zweiundzwanzig

(2014 – zwei Tage nach dem missglückten Raub)

Walter ließ das Telefon minutenlang klingeln. Herrgott, Bernd, nimm doch endlich ab, dachte er sich. Sie hatten seit dem gemeinsamen Abend im Commödche nicht mehr miteinander gesprochen. »Hallo?«

»Na, endlich, Bernd. Sag mal, hattest du eine längere Sitzung auf dem Klo, oder warum hat das so lange gedauert?«

»Walter, du? Sorry, ich habe das Klingeln erst gar nicht gehört«, log Bernd und hoffte, dass Walter das leichte nervöse Zittern in seiner Stimme nicht hörte.

»Was kann ich für dich tun, mein Freund? Was ist los?«

»Das wollte ich dich gerade fragen? Kann es sein, dass du mir aus dem Weg gehst? Du warst schon neulich abends so komisch.«

»Echt? Ich kann mich nicht daran erinnern, dass ich anders war oder mich anders gefühlt habe als sonst.«

»Bist du sicher, dass bei dir alles in Ordnung ist?«

»Vielleicht ist dein Ding mit den Jugendlichen ein bisschen zu viel. Du scheinst überarbeitet zu sein.«

»Quatsch, ich bin doch nicht überarbeitet. Ich bin nur nach wie vor davon überzeugt, dass hier seltsame Dinge passieren. So viel Pech kann keiner haben.

Mir ist das noch nie passiert, dass mich jemand von der Straße drängen wollte und eben war so ein komischer Kommissar da. Das kann alles kein Zufall sein.«

»Vielleicht war der Typ einfach nur stinkbesoffen. Wir sind hier auf dem Land. Da fährst du zur Not auch mal ohne Führerschein. Da fallen so ein paar Bierchen bei der Fahrtüchtigkeit nicht auf.«

»Und wo kam der Kommissar dann auf einmal her?«

»Du bist eine kleine Berühmtheit. Die werden komplett im Dunkeln tappen und der wollte sich bestimmt nur wichtigmachen.«

»Das glaube ich nicht. Der wirkte viel zu selbstsicher.«

»Walter, du hörst die Flöhe husten. Du, ich muss jetzt aber auch auflegen. Termine, du kennst das ja. Mach es gut.«

Bevor Wollhausen den Abschiedsgruß erwidern konnte, war das Telefonat schon beendet.

Bernd legte zitternd das Telefon zurück in die La-
destation. Lange würde er seinem besten Freund
nicht mehr aus dem Weg gehen können. Sein Geheimnis war nicht mehr sicher.
Es würde sich alles zwischen den beiden ändern.
Bernd atmete tief durch und drehte sich im Bett zu
der schlafenden Schönheit.

***

In einer kleinen dunklen Dachgeschosswohnung ti-
gerte eine unbekannte Gestalt zur gleichen Zeit nervös von einer Zimmerecke in die andere.
Walter Wollhausen, wie er diesen Mann hasste.
Er hatte aus der Ferne beobachtet, wie der Kommissar unverrichteter Dinge, dessen Haus verlassen
hatte.
Na ja, was hatte er von diesem Dickwanst schon er-
warten können?
Bislang war Walter Wollhausen davongekommen,
seine Pläne waren nicht aufgegangen.
Zugegeben, die Aktion mit dem Auto war schon riskant. Er war noch nie ein guter Autofahrer gewesen
und so hatte er sich mit seiner Aktion selbst mehr in
Gefahr gebracht.
Er hatte die Serpentinen unterschätzt. Die vorletzte
Kurve hatte ihn beinahe selbst an den Rand des

Abgrundes gebracht, sodass ihm nur die Flucht nach vorne übrigblieb. Er drückte das Gaspedal durch und flog an Walters Wagen vorbei.

Die Aktion im Dommuseum fand er lustig. Er hatte gehofft, dass jemand die ungewöhnliche Anwesenheit bemerkte und die Polizei benachrichtigte. Doch er hatte mit seinen schleichenden und schlurfenden Schritten nur Walter und seinen Komplizen verschreckt und zur Flucht animiert. Na, wenigstens hatten sie keine Gelegenheit gehabt, sich die Schachfiguren unter den Nagel zu reißen.

Der Misserfolg würde zumindest Walters Ego kratzen.

Der anonyme Tipp war ein weiterer Versuch, Walter Wollhausen ein Bein zu stellen.

Würde der Kommissar an Walter dranbleiben?

Er musste sicherheitshalber noch einen drauflegen.

Du wirst deine Rache schon bekommen, ermahnte er sich.

Zu fünf Jahren Gefängnis hatten sie ihn damals verurteilt.

Mit erhobenem Kopf und einer gehörigen Portion Gangsterehre wollte er seinen Mann stehen.

Er würde dichthalten, so wie man das in diesem Metier machte. So war es halt in ihrer Welt: mal wurde man erwischt und mal kam man davon. Das wusste jeder, der sich auf das Spiel einließ.

Walter würde seine Verschwiegenheit zu schätzen wissen und sobald er seinen Beitrag geleistet hatte, würde er wieder zur Truppe zurückkehren und sie würden die nächste Bank oder das nächste Museum ausräumen und ihre Belohnung kassieren. Das hatte er damals felsenfest geglaubt.

Die Gangsterromantik verflog jedoch schnell. Schon in den ersten Tagen geriet Achim Baumeister zwischen die Fronten. Er lernte schnell, dass sich Walter in seiner Gangsterkarriere nicht nur Freunde gemacht hatte.

Das Pech verfolgte ihn und er wurde für die ein oder andere Schlägerei zum Sündenbock gemacht. Einzelhaft, mehrere Aufenthalte auf der Krankenstation des Gefängnisses, Verschärfung des Strafmaßes folgten. Eine vorzeitige Entlassung aufgrund guter Führung konnte er vergessen.

Aus seinen 5 Jahren wurden im Laufe der Zeit 10 Jahre ohne Aussicht.

»Baumeister, es ist langsam an der Zeit, die Füße stillzuhalten. Ich kann langsam nichts mehr für Sie tun«, riet ihm sein Anwalt.

Achim biss die Zähne zusammen, wie sollte er diesem vom Staat gestellten Schlipsträger erklären, dass er in dem Fall das Opfer war und nicht der Pole mit den eingeschlagenen Zähnen, der den Rest seines Lebens auf feste Nahrung verzichten musste.

»Ich habe da leider noch Post für Sie.«
Mit diesen Worten übergab ihm der Anwalt zwei
Briefe.
Als er einen der beiden Umschläge öffnete, erkannte
er sofort die Handschrift seiner Mutter. Der
Mensch, der ihm da draußen am meisten bedeutete.

Bärchen,

mein schweres Herz.
Auch wenn du in deinem Leben eine ganze Menge
Mist gemacht hast, bist und bleibst du mein Kind.

Dennoch ist mein Herz so unendlich schwer, weil
ich es nicht mehr schaffen werde, dich zu sehen.
Wieder und wieder las Achim die Zeilen seiner
Mutter.
Er konnte die Worte, die dort in ungelenker Schrift
geschrieben waren, nicht verstehen. Er wollte sie
nicht verstehen.

Der Schnösel im Anzug, der sich sein Anwalt
schimpfte, schien Achims verzweifelten Blick zu sehen.
Mit bedauernder Miene streckte er seinem Mandan-
ten die rechte Hand hin.
»Mein Beileid, Herr Baummeister, mein Beileid zum
Tod Ihrer Mutter.«

Dreiundzwanzig

(2014 – einige Tage nach dem missglückten Raub)

Walter, kann ich dich mal sprechen? Ich habe da so ein Problem.« Die kleine Patty zupfte nervös an Walter Wollhausens linkem Ärmel.

Die Sechzehnjährige tippelte nervös von einem Bein auf das andere. In diesem Zustand erinnerte sie an eine schüchterne Fünfjährige. Niemand wäre auf die Idee gekommen, dass sie der Kopf einer Mädchenbande war, die schon mal Rentner überfiel und ausraubte.

Versunken in Gedanken antwortete Walter, dass er gleich zu ihr kommen würde. Mit gesenktem Kopf zog Patty ab.

Walters Motivation, sich die Pattys Probleme anzuhören, war recht klein. Bestimmt würde sie ihm wieder von den Streitereien erzählen, die innerhalb ihrer Clique herrschten. Patty stand unter der Aufsicht des Jugendamts. Aufgrund ihrer einschlägigen kriminellen Erfahrungen drohte ihr beim nächsten Mal der Jugendknast. In vielen Gesprächen hatte Walter ihr eindrücklich erklärt, dass ein Aufenthalt im Knast weder etwas Heldenhaftes noch etwas Wildromantisches mit sich brachte.

»Meinst du, die warten da auf dich und du bekommst den roten Teppich ausgerollt?«

»So schlimm wird das doch nicht sein. Du hast das doch auch überlebt.«

»Ich hatte Glück. Halte die Füße still. Zeig dem Jugendamt, dass du deine Lektion gelernt hast. Glaube mir, in den Knast zu gehen, ist keine Option.«

Walters Worte waren irgendwann auf fruchtbaren Boden gefallen. Patty hielt sich zurück, was ihre Mitstreiterinnen nicht verstanden. Es kam immer öfters zum Streit unter den Mädchen und sie bekam zu spüren, dass ihr Standing in der Truppe immer mehr ins Wanken geriet.

Über kurz oder lang würde sie allein dastehen. Die anderen würden nichts mehr mit ihr zu tun haben wollen. Patty würde sich genau überlegen müssen, welchen weiteren Weg sie in ihrem Leben nehmen wollte. Die erste harte Lektion erwartete sie schnell. Walter drückte ihr die Daumen, dass sie sich für den richtigen Weg entscheiden würde.

Doch heute hatte er mehr mit sich zu tun und keine Kraft und Muße, sich mit Pattys Problemen auseinanderzusetzen.

Wem konnte er vertrauen?

Jemand wollte ihm schaden, doch wer?

Walter beschloss, sich auf den Heimweg zu machen. Hier würde er heute niemandem nutzen. Patty würde es überleben, wenn er erst morgen mit ihr sprach.

Die Rückfahrt von Limburg nach Dauborn war ereignislos gewesen. Doch kaum hatte Walter seinen Wagen vor seinem Haus abgestellt, hatte ihm das Schicksal eine weitere Begegnung mit der neugierigen Nachbarin auf seine Tanzkarte geschrieben.

»Huhu, Herr Wollhausen.«

»Frau Herzog.«

»Herr Wollhausen, Sie glauben nicht, was letztens passiert ist.«

»Ich bin mir sicher, dass Sie mir das bestimmt, gleich verraten werden.«

»Herr Wollhausen, die Polizei war bei mir.«

Es entstand eine Pause, doch Walter schwieg.

»Der Kommissar hat mich wegen des Überfalls auf das Museum befragt. Bei Ihnen war der doch auch.«

»Das ist richtig, Frau Herzog. Der Kommissar hatte auch ein paar Fragen an mich.«

»Was wollte er denn von Ihnen? Der hatte bestimmt ein paar Fragen zu den Schachfiguren. Sie sind doch so was wie ein Experte, nicht wahr?«

»Genauso ist es, Frau Herzog. Sie entschuldigen mich. Ich warte auf einen wichtigen Anruf.«

Walter wartete keine Antwort ab, sondern ließ die etwas sprachlose alte Dame einfach auf der Straße stehen.

Fast kam es ihm so vor, als ob das Schicksal ihm Streiche spielen wollte.

Kaum hatte er die Eingangstür hinter sich verschlossen, klingelte schon sein Telefon.

»Wollhausen.«

»Kreissparkasse Limburg, Claus Toner hier.«

»Was kann ich für Sie tun?«

»Herr Wollhausen, wir werden Ihnen das auch noch schriftlich zukommen lassen, aber ich muss Ihnen leider mitteilen, dass wir gezwungen waren, Ihr Konto bei uns zu sperren.«

»Sie haben bitte was gemacht?«

»Wir haben Ihr Konto gesperrt.«

»Wie um alles in der Welt kommen Sie auf diese bescheuerte Idee, mein Konto zu sperren? Ich kann mir im Handumdrehen auch eine neue Bank suchen, wenn Sie mein Geld nicht wollen?«

»Herr Wollhausen, das wird Ihnen nichts nützen. Leider haben wir Ungereimtheiten im Zahlungsverkehr festgestellt und bis sich das geklärt hat, haben wir das Konto eingefroren.«

»Was denn für Ungereimtheiten? Jetzt lassen Sie sich doch nicht alles aus der Nase ziehen. Wollen

Sie mir sagen, dass ich gar nicht mehr an mein Geld komme?«

»Leider darf ich Ihnen nicht mehr sagen. Ich habe Ihnen auch schon viel zu viel verraten«, stotterte der Bankangestellte am anderen Ende der Leitung und legte ohne ein weiteres Wort und einen Gruß auf.

Ungläubig starrte Walter den Telefonhörer an. Das musste er doch jetzt geträumt haben? Hatte ihm der Bankangestellte gerade wirklich mitgeteilt, dass er nicht mehr an sein Geld kam? Das konnte nicht wahr sein. Das war kein Zufall.

Jemand wollte ihn fertigmachen.

Vierundzwanzig
(2014 – gleicher Tag)

Kaum war das Telefonat mit der Bank beendet, klingelte das Telefon erneut.
Welche nächste Katastrophe kündigte sich jetzt an?
Widerwillig nahm er den Anruf an.
Zögernd meldete er sich.
»Justizvollzugsanstalt Kassel hier. Wir haben ein Gespräch aus dem Vollzug für Sie.«
Verblüffender hätte der Anruf nicht sein können.
Wer sollte ihn aus dem Knast anrufen?
»Stellen Sie durch«, gab er dem Justizvollzugsangestellten zu verstehen.
»Walter hier.«
»Walter, hier ist Kain. Wir müssen uns unbedingt sehen.«

***

Während Walter mit seiner Vergangenheit konfrontiert wurde, konnte sich in Limburg eine weitere zwielichtige Person kaum beherrschen.

Heute Morgen musste Boris Jäger aus der Zeitung erfahren, dass der Einbruch in das Dommuseum missglückt war.

Die Lewis Chessmen befanden sich noch an Ort und Stelle. Aus gesicherter Quelle hatte Boris vernommen, dass sich die Verantwortlichen dafür ausgesprochen hatten, die Sonderausstellung frühzeitig zu beenden und die kleinen Holzfiguren wieder nach Hause nach Schottland zu schicken.

Boris Jäger konnte seine Wut kaum im Zaum halten. In wenigen Stunden würden seine Chancen versiegen, die Lewis Chessmen in seinen Besitz zu bekommen.

Und dann dieser Walter Wollhausen. Nichts hatte er von diesem Stümper gehört. Was dachte der sich, mit wem er es zu tun hatte.

»Elfat? Wo bleibst du denn? Ich hoffe, du hast Neuigkeiten für mich?«, schrie er keifend durchs Büro.

Der Serbe eilte keuchend zu seinem Arbeitgeber.

»Chef?«

»Na los, jetzt lass dir nicht jedes Wort aus der Nase ziehen. Was hast du rausbekommen?«

»Nicht viel, Chef, ehrlich gesagt«, antwortete der Elfat zerknirscht.

»Da muss etwas schief gegangen sein, aber keiner weiß was genau. Die Polizei tappt im Dunkeln. Die hätten nie mit einem Einbruch gerechnet und die haben auch keinen Tipp bekommen.

An den Wollhausen komme ich nicht dran, der hatte aber Besuch von der Polizei. Alles sehr heiß gerade.«

»Okay, und was ist mit den Schachfiguren? Siehst du eine Möglichkeit, an die Schachfiguren ranzukommen?«

»Chef, ich bin kein Experte, das weißt du. Ich kann dir Waffen besorgen und Menschen die Nase brechen«, bei dem Gedanken daran leuchteten kurz seine Augen, »aber einen Bruch machen …«

Boris Jäger ballte voller Wut seine Fäuste und drehte sich hin zur großen Fensterfront.

Elfat wartete erst gar nicht darauf, dass Boris ihm etwas entgegnete, sondern verließ den Raum.

Fünfundzwanzig
(2014 – gleicher Tag)

Bernds komisches Verhalten ließ Walter Wollhausen nicht los.

Der Freund hatte sich in den letzten Wochen und Monaten immer mehr zurückgezogen.

Walter konnte sich gut an einen der letzten Sonntage erinnern.

Er hatte den ganzen Tag versucht, seinen Freund telefonisch zu erreichen.

Das Wetter war schön. Sie hatten solche Tage oft genutzt, um sich nach einem Spaziergang durch die Limburger Altstadt eine Pizza oder Ähnliches zu genehmigen.

Walter hatte keine Gelegenheit ausgelassen, um mit Bernd über seine mittlerweile gescheiterte Ehe zu sprechen.

***

»Nun erzähl schon«, hatte ihn Bernd bei ihrem vorletzten Treffen direkt aufgefordert.

Sie hatten sich am Domplatz getroffen. Zu diesem Zeitpunkt wusste Walter nicht, dass er diesen Ort ein paar Monate später beruflich ins Visier nehmen würde.

Sie schlenderten gerade die Domstraße in Richtung Innenstadt herunter.

»Du siehst aus, als ob du gleich jemanden umbringen möchtest. Was hat sie diesmal angestellt?«

»Sie hat die Scheidung eingereicht.«

»Ist das denn keine gute Nachricht?«

»Ja und nein. Auf der einen Seite ja, weil damit diese unsägliche Geschichte von Ehe endlich ihr Ende findet. Auf der anderen Seite wirft es aber ein weiteres Problem auf«, antwortete Walter zerknirscht.

Bernd schaute seinen Freund erst fragend und dann verwundert an.

»Sag nicht, du hast es nach all den Jahren nicht geschafft, dein Geld gewinnbringend zu verteilen?«

»Nein.«

»Seit wann predige ich dir, kleine Pakete, verschiedene Bankinstitute, unterschiedliche Portfolien verteilt quer über den Globus? Ist da nichts hängen geblieben?

Hast du dich all die Jahre nicht gekümmert?«

Ähnlich einem kleinen Schuljungen, dem man die Mütze gestohlen hatte und er diesen Umstand seinem Vater beichten musste, wiegte sich Walter hin und her, bevor er mit leiser Stimme antwortete: »Du weißt doch, dass ich darin nicht gut bin.«

»Es ist unfassbar. Wie oft haben wir über die Raffgier deiner Frau gesprochen?«

»Beinahe jedes Mal, wenn wir uns getroffen haben.«

»Richtig. Und wie oft habe ich dir gesagt, dass du dich kümmern musst? Wo hast du denn die Karte von dem Finanzberater hin, die ich dir gegeben habe?«

»Keine Ahnung.«

»Du planst die größten und bedeutendsten Coups und dann lässt du dir von einer Frau dein sauer verdientes Geld aus den Taschen ziehen. Wie viele Züge im Voraus planst du im Kopf?«

Bernd schaffte es kaum, sich zu beruhigen.

»Du weißt doch, dass das Geld für mich nur Nebensache ist. Natürlich lässt es sich mit Geld einfacher leben. Aber meine Leidenschaft ist und bleibt das Planen und Durchführen von all den kleinen Abenteuern, die wir zusammen erlebt haben.«

»Na dann hoffen wir mal, dass ihr Anwalt dich nicht komplett finanziell auszieht. Du solltest am Ende wenigstens noch ein Dach über dem Kopf haben.

Den Job bei Aldi an der Kasse solltest du nicht anstreben, um deinen Lebensunterhalt zukünftig bestreiten zu können. Das hieße nämlich, dass du keine weiteren Abenteuer – wie du deine Coups nennst – so unbeschwert planen kannst und auch dein ominöses Schachprojekt mit diesen Rotzlöffeln kannst du dann vergessen.«

Bernd sollte leider Recht behalten.

Viola hatte sich einen sehr guten Anwalt genommen. Dieser unterstellte Walter seelische Grausamkeiten in der Ehe. Der Familienrichter folgte ihm und stellte zudem fest, dass Viola nicht in der Lage sei, sich zukünftig selbst zu versorgen.

Mit Bernds Hilfe war es Walter gelungen, einen kleinen Teil seines Geldes in Sicherheit zu bringen, sodass er sich das Häuschen im beschaulichen Dauborn leisten konnte.

Die Kasse bei Aldi blieb ihm erspart.

***

Bis spät in die Nacht hatte Walter nachgedacht. Wie hatte es so weit kommen können? Wann hatte sich das Vertrauen zwischen ihm und seinem Freund verändert?

Er konnte sich keinen Reim darauf machen.

In der letzten Zeit war viel schief gegangen, er brauchte dringend einen echten Freund an seiner Seite.

Und so beschloss er, an einem Samstagmorgen spontan bei Bernd vorbeizuschauen.

Entschlossenen Schrittes eilte er die fünf roten Treppenstufen aus Sandstein hinauf und klingelte.

Es dauerte eine Weile, bis er den Summer hörte, der ihm die Tür öffnete.

Bernd wohnte im ersten Stock eines Mietshauses am Stadtrand von Limburg.

Oben angekommen wartete Bernd an der Tür.

Glücklich sah er nicht aus, dennoch ließ er den Meisterdieb in seine Wohnung.

Walter hing seine Jacke an der Garderobe auf und ging ins Wohnzimmer.

Er war im Begriff sich zu setzen, als sein Blick auf einen Gegenstand fiel, den er hier nicht erwartet hätte.

»Das ist doch Violas Schal. Wie kommt der hierher? Den hatte ich ihr in unserem letzten Urlaub in der Toskana gekauft?«

Er stellte seinen Freund zur Rede.

»Was macht den Violas Schal hier bei dir im Wohnzimmer?«

Ertappt. Spontan bildeten sich Schweißperlen auf Bernds Stirn und binnen Sekunden wechselte seine Gesichtsfarbe von Rot in kreidebleich.

Lügen war zwecklos.

Mit zittriger Stimme gestand er die Affäre und erklärte Walter, wie es dazu kommen konnte:

»Nun ja, ich glaube, ich bin dir eine Erklärung schuldig.«

»Na, dann bin ich ja mal gespannt.«

»Eines Abends – spontan – habe ich sie in einem Restaurant in der Stadt getroffen.

Sie sah so verloren aus, als sie da so allein am Tisch saß. Sie musste versetzt worden sein und so fühlte ich mich verpflichtet, mich zu ihr zu setzen.

Sie sah so alleine und verloren aus. So ganz anders als du sie immer beschrieben hast.

Wir redeten den ganzen Abend.

Sie war sehr nett und verständnisvoll.

Wir sprachen über alles Mögliche: Musik, Bücher, Reisen.

Wusstest du, dass sie die alten Klassiker liest? Tolstoi, Melville, Thomas Mann? Na, egal. Auf jeden Fall war es einer der schönsten Abende, die ich seit Langem hatte.

Ich brachte sie nach Hause und ging meines Weges.«

»Ja, nee, ist klar. Das soll ich dir glauben?«, kommentierte Walter Bernds Erzählung.

Dieser ließ sich nicht irritieren und erzählte weiter.

Am nächsten Morgen hatte Viola sich bei Bernd gemeldet und wollte sich für den netten Abend bedanken.

Sie stellten beide fest, dass sie ihr Gespräch vom Vortag gerne fortsetzen wollten, und sie trafen sich erneut.

Nach einigen weiteren Treffen entwickelten sich dann langsam Gefühle.

»Du fickst meine Ex Frau?« Walter war außer sich.

»Wir lieben uns.«

»Mit welchem Trick hat sie dich denn rumgekriegt?«

»Wir lieben uns«, wiederholte Bernd.

»Wie lange kennen wir uns? Beinahe 40 Jahre. Und die wirfst du so einfach weg, für diese Nutte?«

»So kannst du das nicht sagen.«

»Und ob ich das kann. Du bist ein Verräter. Ich will nichts mehr mit dir zu tun haben.« Walter schrie und war kaum zu bremsen. Er sprang auf und nahm damit so Bernd jegliche Möglichkeit, noch etwas zu erwidern.

Krachend fiel die Haustür ins Schloss.

Zurück blieb Bernd mit Violas Schal in seiner Hand.

***

Aufgewühlt fuhr Walter indes nach Hause.

Mit diesem Geständnis hätte er am allerwenigsten gerechnet.

Bernd hatte schon immer einen Zug zu Frauen gehabt.

Das hatte die beiden schon in der Vergangenheit in die ein oder andere prekäre Lage gebracht.

Walter konnte sich noch genau an eine dieser Situationen erinnern:

Es musste 1999 gewesen sein, als die beiden beschlossen, in Oxford die Paysage d'Auvers -sur-Oise von Paul Cezanne zu entwenden.

Die Planung war abgeschlossen.

Sie wollten die Zeit des Jahreswechsels für ihr Vorhaben nutzen.

Der Plan war perfekt gewesen. Der Bruch sollte kein Problem sein. Aber Bernd hatte in den letzten Tagen ein junges Mädel kennengelernt und sich mal wieder unsterblich verliebt.

Walter hatte aufgehört zu zählen. War es diesmal das 37. Mal?

Die engelsgleiche Schönheit, so die Lieblingsbeschreibung Bernds nahm seinen Freund so in Beschlag, dass er den überwiegenden Teil der Besprechungen mit glänzenden Augen stumm dasaß und im besten Fall nickte.

Es war zu spät den Bruch abzusagen.

Die Wachen waren geschmiert und der Auftraggeber hatte ein hübsches Sümmchen als Vorkasse gezahlt. Diesen Schuldenberg konnten sie sich nicht leisten, wenn sie jetzt abbrechen würden.

Zudem sprach sich ein Abbruch in letzter Minute sofort in den einschlägigen Kreisen rum. Die lukrativen Jobs wären dann erst einmal für eine ganze Weile unerreichbar.

»Mach dir mal keinen Kopf. Ich kann den Plan auswendig. Du weißt doch, dass du dich auf mich verlassen kannst.«

»Und die Kleine?«

»Was soll mit der sein. Süß ist sie, lieb ist sie.«

»Bernd, noch mal. Ich sehe doch, dass du mit den Gedanken woanders bist. Ich brauche dich zu tausend Prozent fokussiert.«

»Das bekommst du.«

In Walters Kopf schrillten damals die Alarmglocken.

Er ignorierte die Warnung.

Doch dann passierte es. Durch Bernds falsche Taktangabe kamen sie in einen anderen Rhythmus für die Patrouillenrunden der Wachen.

Beinahe wären sie entdeckt worden.

Der Gang war nicht frei, als sie in diesen abbiegen wollten.

Keine fünf Meter vor ihnen war ein Wachmann stehen geblieben und drehte sich langsam in ihre Richtung.

Walter schaffte es gerade noch, Bernd am Kragen zu packen und ihn zurückzuziehen.

Der Schreck war Bernd anzusehen. Er schaffte es dennoch, sich wieder zu konzentrieren. Sie konnten den Bruch erfolgreich zu Ende bringen.

Die beiden Männer verloren nie wieder ein Wort über diese Nacht.

Seit damals war das Thema Frauen und Bernd passé, zumindest soweit Walter es mitbekommen hatte.

Ein Vorfall fiel Walter noch ein. Doch der lag noch länger zurück und Walter gelang es nur, sich an Bruchstücke zu erinnern.

War da nicht etwas mit einer Bankangestellten?
Egal.

Und jetzt also Viola?

Das konnte Bernd doch nicht ernst meinen.

Seit wann lief das zwischen den beiden schon?

Etwa schon, als sich die Walter und Viola im Scheidungsprozess befanden?

Hatte Bernd ihm deshalb damals den Tipp gegeben, unterschiedliche Konten in unterschiedlichen Ländern einzurichten? Plante er diese im Laufe der Zeit hinter seinem Rücken zusammen mit Viola leer zu räumen?

Er musste morgen unbedingt die Konten kontrollieren. Oder war es bereits zu spät? Der komische Banker hatte doch etwas von Sperrung und Ungereimtheiten gefaselt…

Eine große Müdigkeit machte sich bei Walter breit.

Er würde heute mal früher ins Bett gehen, beschloss er, als er Dauborn ankam. Morgen würde die Welt bestimmt schon wieder ganz anders aussehen.

Walter schlurfte in die Küche und füllte Kiras Napf mit etwas Trockenfutter nach. Das sollte reichen.

Die kleine schwarz-weiße Katze hatte in den letzten Monaten zu verstehen gegeben, dass sie unbedingt nachts einen kleinen Futtersnack brauchte.

Eine hungrige Katze war nicht auszuhalten. Kiras Hunger konnte wirklich unangenehm werden.

Und da sich nachts viele Geräusche bedrohlicher anhörten und er ganz pragmatisch durchschlafen wollte, gab es die Handvoll Trockenfutter.

Win – Win für alle.

***

Es musste ein Uhr nachts gewesen sein, als ein leichtes Poltern Walter aus dem Tiefschlaf riss.

271

»Mein Gott, jetzt habe ich schon das Futter nachgefüllt und sie macht dennoch Randale.«

Beim nochmaligen Hinhören wurde ihm bewusst, dass das Geräusch nicht aus der Küche kam.
War jemand im Haus? Da machte sich doch jemand an der Haustür zu schaffen.
Leise schlüpfte Walter aus dem Bett und bewegte sich auf Zehenspitzen zu seinem Kleiderschrank.
Langsam schob er eine der Schiebetüren zur Seite und griff nach dem Baseballschläger, der dort in der Ecke neben der Hängevorrichtung für seine Hemden stand.
Bewaffnet schlich er auf Zehenspitzen zur Haustür.
Durch das eingelassene Glas in der Haustür konnte Walter erkennen, wie im gegenüberliegenden Haus alle Lichter angingen.
Zwei Minuten später öffnete Frau Herzog die Haustür.
Ihren rosafarbenen Bademantel hatte sie nur notdürftig geschlossen. Darunter war ein bunt geblümtes langes Nachthemd zu erkennen.
Furchtlos war sie ja, musste Walter anerkennen.
Wer sich auch immer an seiner Haustür zu schaffen gemacht hatte, musste durch die Festtagsbeleuchtung in die Flucht geschlagen worden sein.
Walter öffnete vorsichtig seine Haustür.

Es war tatsächlich niemand zu sehen.

Mit einem kurzen Nicken schickte er einen Gruß in Richtung seiner Nachbarin, schloss die Tür und verschwand zurück ins Bett.

Sechsundzwanzig

(2014 – zwei Tage später)

Nach den sonderbaren Ereignissen der letzten Tage saßen die beiden Freunde wieder zusammen in Bernds Wohnzimmer. Sie waren beide sichtlich nervös.

Nie im Leben hätte Walter damit gerechnet, dass sich Viola in Bernd verlieben könnte, und umgekehrt.

Mit ein bisschen Abstand musste er seine Erleichterung zugeben. Das Rätsel um seinen Sekundanten war gelöst.

Einer weniger, bei dem er skeptisch sein musste.

Walter war über seinen Schatten gesprungen und hatte sich frühmorgens bei Bernd gemeldet. Diese hatte ihn spontan zu einem Kaffee eingeladen.

Die beiden saßen lange zusammen und sprachen über die guten alten Zeiten.

»Walter, ich kann verstehen, wenn du sauer auf mich bist. Ich hatte nie die Absicht, dich zu hintergehen.«

»Dass keine Frau vor dir sicher ist, wusste ich ja schon immer. Aber meine Ex?«

»Ich kann es dir auch nicht erklären. Wir sind von unseren Gefühlen einfach so überrascht worden.«

»Und mein Geld? Macht ihr es euch schön mit meinem Sauerverdienten?«

»Oh, nein. Du denkst, dass…? Nein, Mann. Ich habe ihr nichts von deinen anderen Konten erzählt. Wir sind doch Kumpels.«

»Dessen Frau du flachlegst… Na gut, ich kann mir nicht noch einen Verräter leisten. Ich brauche deine Hilfe. Der alten Zeiten willen.«

Walter merkte, wie sehr er den Austausch mit seinem Freund vermisst hatte.

***

Walter verabschiedete sich nach ein paar Stunden. Er wollte ein paar Runden durch die Jugendtreffs rund um Limburg drehen. Eher eine Verpflichtung als ein Vergnügen. Er hatte eigentlich keine Lust, über belangloses Teeniezeugs zu quatschen.

Auch fehlte ihm der Kopf, um sich mit Schach auseinanderzusetzen. Aber es nützte ja nichts. Was sein musste, musste sein.

Am Mittag hatte er ein Treffen mit dem Redakteur der Nassauischen Neuen Presse verabredet.

Sie wollten den Bericht zum Schachturnier gemeinsam durchgehen.

Beinahe hätte Walter dieses Treffen vergessen, so sehr banden ihn die Ereignisse der letzten Tage.

Auf dem Weg in die Redaktion klingelte plötzlich sein Handy.

Die Nummer auf dem Display konnte er nicht zuordnen, dennoch nahm er das Gespräch an.

»Wollhausen.«

»Herr Wollhausen, ich grüße Sie. Ich hoffe, ich störe Sie nicht. Hier spricht Kommissar Böttger. Sie erinnern sich an mich? Ich habe Sie vorgestern besucht.«

»Kommissar Böttger, was kann ich für Sie tun?«

»Herr Wollhausen, ich benötige noch einmal Ihre Hilfe.«

»Hatten wir denn nicht beim letzten Mal alles besprochen? Und waren wir denn nicht zum Ergebnis gekommen, dass wir uns nichts weiter zu sagen haben?«

»Zu dem Ergebnis sind Sie gekommen, Herr Wollhausen. Ich war in diesem Moment nur der Klügere von uns beiden und wollte Ihnen das Gefühl geben, dass Sie gewonnen haben. Nicht, dass Sie noch handgreiflich geworden wären.«

Walter Wollhausen konnte sich das schmierige Grinsen des Kommissars vorstellen. Wollte der ihm erzählen, er hätte aus Edelmut verhindern wollen, dass der Meisterdieb einen Polizeibeamten tätlich angreifen würde?

276

Das war doch nur wieder einer dieser Tricks, um Walter aus der Reserve zu locken.

Walter atmete tief durch.

»Was kann ich denn noch für Sie tun?«

»Ach wissen Sie, so am Telefon redet es sich nicht so gut. Kommen Sie doch zu mir ins Kommissariat, dann können wir entspannt plaudern.«

»Heute passt es aber nicht wirklich gut bei mir.«

»Papperlapapp, machen Sie es uns doch nicht schwerer, als es ist. Natürlich kann ich Ihnen auch eine offizielle Vorladung zukommen lassen. So mit Blaulicht und persönlicher Zustellung hat dann auch Ihre Nachbarschaft etwas davon. Frau Herzog habe ich kennengelernt, eine sehr interessante Frau.«

Walter bezweifelte, dass der Kommissar jemanden finden würde, der ihm eine offizielle Vorladung fertigmachen würde.

Aber er würde das Spiel mitspielen. Schließlich wollte er aus erster Hand herausfinden, was der Böttger alles zu wissen glaubte.

»Schon gut, Herr Kommissar. Ich kann um 16:30 Uhr bei Ihnen sein.«

»Dann sehen wir uns um 16:30 Uhr. Bis dahin.«

***

Ein paar Stunden später saß Walter dem Kommissar gegenüber.

»Kaffee? Wasser?«

»Och, wenn ich schon so nett gefragt werde, würde ich tatsächlich einen Kaffee nehmen.«

Zwei Minuten später stand ein weißer Pappbecher mit einer braunen, heiß dampfenden Flüssigkeit vor Walter.

»Spezialität des Hauses.«

»Herr Wollhausen«, begann der Kommissar mit ernster Stimme und packte einen großen Stapel an Dokumenten auf den Tisch.

»Herr Wollhausen, Sie haben ja schon einiges auf dem Kerbholz, nicht wahr?«

Walter versuchte, den Teil der Papiere zu entziffern, der dem Kommissar beim Platzieren der Dokumente auf dem Tisch aus den Mappen herausgerutscht waren.

Er konnte das Logo des Kinder– und Jugendheims erkennen, in dem er aufgewachsen war.

Hatte sich der Kommissar die Mühe gemacht und sich diese alten Dokumente kommen lassen?

Was wollte er damit?

»Herr Kommissar, aus meiner Kindheit und meiner nicht gradlinigen Jugend habe ich ja nie ein Geheimnis gemacht. Im Gegenteil, mit diesen Erfahrungen versuche ich ja den Jugendlichen in den umliegenden Jugendtreffs zu helfen. Worauf wollen Sie denn hinaus?«

»Erfolgreiche Resozialisierung. Sie wissen schon, dass das ein Ammenmärchen ist. Sie wollen mir doch nicht wirklich erzählen, dass Sie sich seit Ihrer Jugend immer auf dem Weg der Tugend befunden haben.

Das ist doch eine Masche, die Sie nutzen, um im Verdeckten weiter Ihre Coups durchziehen können.«

Walter verzog keine Miene. Dennoch fing er an zu schwitzen. Konnte der Kommissar ihm so dicht auf den Fersen sein oder hatte er einen Schuss ins Blaue gesetzt, um zu schauen, wie Wollhausen darauf reagieren würde?

Schnell hatte sich Walter gefangen. Den winzigen Bruchteil seines Erschreckens konnte Böttger nicht erkannt haben.

»Haben Sie mich heute nur hierhergelockt, um mich wieder zu beleidigen? Welche Beweise haben Sie für Ihre Behauptungen?«

»Beweise, Beweise, Beweise. Mir reicht es schon, Sie hier zu haben und zu sehen, wie Sie reagieren. Die Beweise kommen schon noch, vertrauen Sie mir.«

»Ich glaube, unser Gespräch ist hiermit zu Ende. Ich muss mich nicht von Ihnen beleidigen lassen. Ich werde mich bei Ihrem Vorgesetzten beschweren.«

»Sie sind ein freier Mann. Natürlich können Sie gehen. Ich wünsche Ihnen einen schönen Abend. Ich bin mir aber sicher, dass wir uns bald wiedersehen werden.«

Mit diesen Worten verließ der Kommissar siegessicher den Raum und ließ einen beeindruckten Walter zurück.

Dieser ärgerte sich, dass er sich doch nicht im Zaum halten konnte und hoffte, dass sein Widersacher nur bluffte. Walter verließ das Kommissariat und machte sich wieder auf den Weg nach Hause.

Siebenundzwanzig
(2014 – nächster Tag)

Die beiden Männer begrüßten sich mit einem leichten Kopfnicken und setzen sich gegenüber an einen der Tische im Besucherraum der JVA Kassel.

»Wollhausen, gut dich zu sehen.«

»Kain, hätte nicht gedacht, dich mal hier in diesem Etablissement zu treffen.«

»Die Geschäfte sind in der letzten Zeit etwas schlecht gelaufen«, grinste der dunkelhaarige Hüne Walter etwas sarkastisch an. »Ich hatte da etwas Pech. War leider nicht so schlau wie du und da haben sie mich einfach erwischt.«

»Wie lange hast du noch?«

»Wenn es gut läuft, noch 3 Jahre, aber du kennst mich ja, ich kann mich so schlecht aus Meinungsverschiedenheiten raushalten. Es gibt immer etwas zu tun. Seitdem uns die Russen da draußen auch noch in unseren Revieren das Leben schwer machen und dabei aber auch so dumm sind und sich erwischen lassen, gibt es hier drin noch mehr zu regeln. Ich kann meine Jungs doch nicht im Stich lassen.«

»Und was ist mit deiner Familie?«

»Meine Frau ist natürlich nicht so begeistert. Schließlich muss sie sich jetzt allein um die fünf Kinder kümmern.«

Kain war ein Mitglied der albanischen Mafia. Berühmt berüchtigt für alle möglichen krummen Dinger in Bezug auf Drogenhandel und Waffen. Ein Geschäft, was im Laufe der letzten Jahrzehnte auch für die Russen interessant geworden war.

Normalerweise machte Walter um diese Menschen einen großen Bogen. Mit Drogen wollte er nie etwas zu tun haben und Waffen waren für ihn nur eine Notlösung. Seine beste Waffe war nach wie vor sein Kopf.

Dennoch hatten die beiden sich miteinander angefreundet. Walter hatte Kain einmal mit einem Schaustellertrick aus der Patsche geholfen. Das hatte den Albaner so beeindruckt, dass Walter Wollhausen ab diesem Zeitpunkt unter seinem Schutz gestanden hatte.

Im Grunde seines Herzens war Kain ein herzensguter Mensch und liebevoller Vater. Das hatte Walter damals gespürt.

»Am Telefon hast du mir erzählt, dass du eine wichtige Information für mich hast. Erzähl schon.«

Kaum hatte ihn Walter aufgefordert, sein Anliegen mit ihm zu teilen, fiel dieser große und muskulöse Mann in sich zusammen.

»Walter, mein Freund, ich glaube ich habe Scheiße gebaut. Ich habe dir einen Spitzel in deine Gruppe eingeschleust.«

»Du hast was getan?«, fragte dieser ungläubig. »Das musst du mir genau erklären.«

»Walter, du musst mir aber unbedingt versprechen, dass du ihm nichts tust.«

»Nun sprich schon, Mann, was ist hier los und wem soll ich nichts tun?«

Wut baute sich langsam in Walter auf. Hatten sich denn alle gegen ihn verschworen?

»Es geht um Tarik, meinen mittleren Sohn.«

»Was habe ich denn mit deinem Sohn zu tun? Ich kenne keinen Tarik…« Walter hielt inne.

»Wir haben einen Tarik im Jugendtreff. Ganz passables Kerlchen, aber was hat der mit dir zu tun? Ist das dein Sohn?«

»Ja, das ist mein Sohn. Er hat den Mädchennamen seiner Mutter angenommen. Wir dachten, dass er es einfacher hätte, wenn nicht jeder gleich auf mich als seinen Vater schließen würde. Chancengleichheit, verstehst du?«

»Na ja, hat ja super funktioniert. Der Junge »leiht« sich gerne mal Dinge, die ihm nicht gehören, wie Mopeds, iPods, teure Sneaker und so.«

»Ganz mein Sohn«, grinste Kain stolz.

»Okay, jetzt haben wir geklärt, wer dein Sohn ist. Doch was hat der um Gottes Willen mit mir zu tun?«

»Tarik ist ein Spitzel.«

Jetzt war es raus.

***

»Wie, er ist ein Spitzel? Der Kleine ist, wie alt? Vierzehn? Hat der in Massen iPods verschoben oder in seinem Kinderzimmer einen Banküberfall mit einem Mofa geplant? Wen soll der denn bespitzeln?«

»Dich?«

»Mich?«

»Lass mich erzählen, dann wirst du es hoffentlich verstehen.«

Und dann berichtete Kain, wie er eines Tages Besuch von DEM Kommissar bekommen hatte.

»Stell dir vor, der hatte seitenweise dokumentierte Strafdaten von ihm dabeigehabt und gedroht, dass er ihn direkt in den Erwachsenenvollzug stecken würde.«

Walter verkniff sich, Kain zu erklären, dass der Kommissar ihn über den Tisch gezogen hatte, und hörte seinem Gegenüber weiter zu.

»Er meinte, er könne nur etwas für ihn ausrichten, wenn er ab sofort verdeckt für die Polizei arbeiten würde und weil er minderjährig sei, müsste ich mein Okay geben.

Kannst du dir meinen Jungen hier im Knast vorstellen? Der sollte doch mal studieren und Arzt oder Ingenieur werden.

Natürlich habe ich eingewilligt, was sollte ich denn als Vater sonst tun.«

»Du hast dich nicht verändert, deine Familie ist immer noch deine Schwachstelle. Das wissen deine Feinde und auch die, die es gut mit dir meinen. Der schwachsinnige Kommissar hat dich voll ins offene Messer laufen lassen. Doch sprich weiter, warum ich.«

»Das kann ich dir so genau nicht sagen. Er meinte nur, dass er hinter einem Phantom her sei und dass er jemanden in deiner Nähe brauche.«

Der Fettsack kam ihm gefährlich nahe. Wie hatte er herausgefunden, dass die Jugendtreffs ihm als Tarnung dienten, um den Nachwuchs für seinen zwielichtigen Job zu finden und auszubilden?

»He Mann, es tut mir so furchtbar leid. Tarik hatte letzte Woche ein Gespräch mit dem Kommissar und konnte ihm nicht viel berichten. Da ist er richtig wütend geworden. Jetzt haben wir Riesenschiss, dass der den Kleinen in den Knast schickt.

Ich habe gedacht, ich sage dir Bescheid. Wir waren doch mal so was wie Brüder. Und wenn sie jetzt meinen Sohn hochnehmen. Vielleicht kannst du dich dünn machen.«

Wollhausen vermied es, Kain zu erzählen, dass Tarik keine große Rolle bei ihm spielte. Der Junge interessierte sich nicht für Schach, und Walter bezweifelte, dass er Talent haben würde für die Feinheiten des Jobs.

Tarik an sich war kein Problem. Das größere Problem war, dass irgendjemand seinem Konzept gefährlich nahegekommen war und dies der Polizei verraten hatte.

Er musste unbedingt herausfinden, wie viel die Bullen wussten und wer sich verdammt noch mal hinter all dem verbarg.

Tarik würde nicht hilfreich sein.

Er hatte das Gefühl, dass die Antworten auf diese Fragen in der Vergangenheit lagen.

Walter musste sich unbedingt mit Bernd treffen.

Er brauchte seinen besten Freund, um die Puzzlestücke zusammenzusetzen.

Er verabschiedete sich von dem völlig zerknirschten albanischen Hünen, nicht ohne ihm zu raten, dass er für seinen Sprössling einen Anwalt besorgen solle.

Ein paar Stunden später – wieder zurück in Limburg – traf sich Walter mit Paul, den die Polizei in der Zwischenzeit erst festgenommen und dann wieder freigelassen hatte. Ihn wollte er befragen, bevor er sich mit Bernd traf.

Im Jugendamt hatte er durch Zufall erfahren, dass Paul wieder in Freiheit war.

Er war zu einem kleinen Kaffeeplausch zu Petra Meier geschlichen. Er wusste, dass die kleine Frau mit der Pieps-Stimme auf ihn stand.

Dieser Umstand gab ihm die Möglichkeit, schneller an Informationen zu seinen Schützlingen zu kommen.

Natürlich konnte er stundenlang mit ihnen Schach spielen, aber wer sollte es ihm verwehren, wenn er ab und zu mal eine Abkürzung nehmen würde.

»Klopf, klopf«, lächelte Walter in den Türrahmen von Zimmer 11.4 und streckte zwei Café Latte mit Hafermilch in das Zimmer.

»Lust auf eine Kaffeepause?«

»Oh, Walter, kannst du Gedanken lesen? Ich könnte in der Tat eine kleine Pause gebrauchen. Du kannst dir nicht vorstellen, was hier wieder los war.«

»Du kannst es mir gerne erzählen. Du weißt doch, lieber darüber reden als es in sich hineinfressen.«

»Du Lieber, du. Du weißt doch, dass ich dir aus datenschutzrechtlichen Gründen nichts erzählen darf. Aber auf der anderen Seite…«, überlegte Petra.

»Einer deiner Schützlinge ist betroffen.«

»Nicht dein Ernst. Wer denn? Da lässt man die Jungs einmal aus den Augen und schon…«

»Paul Zendler«, sprudelte es sofort aus Petra hervor.

»Stell dir vor, die Polizei hat sich ihn geschnappt. Der soll bei einem Einbruch mitgemacht haben. Aber die scheinen entweder nichts in der Hand zu haben oder er hat nichts gesagt, die mussten ihn nämlich heute Morgen wieder gehen lassen.«

»Soll ich mal bei ihm vorbeischauen? Mich würde schon interessieren, was bei ihm los ist. Ist doch auch bestimmt im Sinne des Amtes.«

»Das würdest du wirklich für uns tun?«

»Klar, aber ich habe weder Adresse noch Telefonnummer von ihm«, log Walter.

»Das ist doch kein Problem.«

Keine zwei Sekunden später hielt Walter ein Post-It mit Pauls Adresse in den Händen.

Er überließ die beiden Café Latte Petra und verschwand.

***

Gegen Mittag hatte er sich mit Paul in einem Eiscafé verabredet. Ein Treffen in der Öffentlichkeit war in dieser Situation immer das Beste, da sie in der Masse verschwinden konnten.

Schüchtern betrat Paul das Café und schaute in die Runde. Als er seinen Mentor in der Ecke sitzen sah, steuerte er mit ernster Miene auf ihn zu.

»Setz dich«, nickte Walter Paul zu.

Paul tat wie ihm befohlen und setzte sich Walter gegenüber. Er traute sich kaum, den Kopf zu heben.

Walter kam ohne große Umschweife auf den Punkt.

»Erzähl, und zwar von Anfang an. Wie haben sie dich geschnappt und warum haben sie dich wieder freigelassen?

Paul erzählte mit leiser Stimme, dass eines Abends eine Hundertschaft von Polizisten vor seiner kleinen Dachgeschosswohnung auffuhr.

Mit viel Lärm und Getöse hätten sie die Wohnungstür eingetreten und ihn festgenommen.

»Ich hatte mir gerade im Fernsehen die zweite Staffel von Z Nation angeschaut.«

Fragen hätte er viele gestellt, doch keine Antworten bekommen.

Sie hätten ihn direkt auf die Wache in ein Verhörzimmer gesetzt und dort hätte er stundenlang ge-
wartet.

»Ich war wohl ein wenig weggedöst, als auf einmal
die Tür aufging und ein dicker verschwitzter Mann
sich vor mir breitmachte. Er hat mit beiden Fäusten
auf die Tischplatte gehauen, sodass ich aufge-
schreckt bin.«

»Das hört sich schwer nach Kommissar Böttger an.«

»Ja, mit dem Namen stellte er sich auch vor«, bestätigte Paul und erzählte dann weiter:

»Er kam sofort auf dich zu sprechen. Er behauptete,
dass du den Bruch ins Dommuseum geplant und
durchgeführt hättest und dass es dafür ganz viele
Beweise und Zeugen gäbe.

Ich habe mir nichts anmerken lassen und habe meinen Mund gehalten. So wie du es uns immer beigebracht hast. Den Gegner mit dem ersten Zug kommen lassen und dann in aller Ruhe überlegen, was
man selbst machen kann.«

»Aber er hat sich sicherlich nicht damit zufriedenge-
geben?«

»Nein, das hat er nicht. Je länger ich da schweigend
gesessen habe, desto wütender ist er geworden.
Er hat mir mit allerlei Haftstrafen gedroht, dass er
mich als Hauptverantwortlichen einbuchten würde
und so weiter.

Dann saß ich irgendwann ein paar Stunden komplett allein da. Ich sollte nachdenken. Aber auch hier habe ich mich an deine Worte erinnert.

Du hast immer gesagt, dass das nur eine weitere Taktik sei, uns mürbe zu machen.

Hat er nicht geschafft.

Ich glaube, es war zwei Stunden später, als er wieder den Raum betreten hat.

Das weiß ich so genau, weil ich die ganzen Schach Eröffnungen, die du mir beim letzten Mal gezeigt hast, im Kopf immer wieder durchgespielt habe.«

Ein warmes Gefühl von Stolz machte sich in Walter breit.

Paul erzählte unaufgeregt seine Geschichte weiter, als ob er ein alter Hase aus der Branche wäre.

»Ja, und dann kam der Punkt, den er wohl noch als Joker im Ärmel hatte.«

»Was denn für einen Joker?«, wurde Walter hellhörig.

»Er meinte, dass er einen Tipp von einem Insider bekommen hätte und dass er mit 100%iger Sicherheit wisse, dass du hinter dem Einbruch stecken würdest.

Ich bin alle, die am Bruch waren, im Geiste durch gegangen. Da ist keiner dabei, der dich verpfeifen würde, Ehrenwort.«

»Ein Insider also? Waren das genau seine Worte?«

»Na ja, vielleicht nicht ganz. Er sagte, lass mich kurz überlegen…« Paul überlegt und fuhr dann fort: »…er sagte, dass er von einer Person, die Walter Wollhausens Arbeit sehr gut kennen soll, brisante Informationen bekommen hat.«

»Der meine Arbeit gut kennt«, wiederholte Walter nachdenklich. Das passte zu dem, was er von Kain im Knast gehört hatte. Irgendjemand aus seiner Vergangenheit versuchte, ihm ein Bein zu stellen.

»Na ja, wie dem auch sei. Auch damit konnte er mich nicht locken.

Und dann mussten sie mich schließlich irgendwann doch gehen lassen, und jetzt sitze ich hier bei dir. Ich wollte nicht sofort Kontakt zu dir aufnehmen, weil ich nicht wusste, ob ich beobachtet werden würde.«

»Ausschließen würde ich das nicht, aber ich habe den Auftrag vom Jugendamt, mich bei dir zu erkundigen, wie es dir geht«, grinste Walter.

Paul musste grinsen. »Ah, von deinem Schwarm, der Kleinen mit der Piepsstimme?«

»Ja, genau von der.«

Das Gespräch der beiden mündete in ein oberflächliches Geplänkel unter Männern.

Nach einer Stunde verabschiedeten sie sich. Paul würde noch eine Weile »unter dem Radar fliegen« und Walter hatte zusätzliche Informationen, die er neu einordnen musste. Der Tag glich einem Rodeo-Ritt. Ein Ereignis war unerbittlich auf das andere gefolgt. Zeit, um ein wenig Ruhe reinzubringen.

Achtundzwanzig
(2014 – nächster Tag)

Walter hatte Bernd nach dem Treffen mit Paul zu sich eingeladen. Sie saßen in Walters Wohnzimmer. Kira hatte es sich mal wieder auf dem Sessel gemütlich gemacht.

Draußen war es ungemütlich.

Bernds Nervosität war immer noch spürbar. Zwar glaubte er, dass Walter ihm seine Geheimniskrämerei um Viola verziehen hatte, aber er war sich unsicher, ob sie gemeinsam zurückfinden, könnten zu diesem blinden Vertrauen vor Bernds Offenbarung.

»Sag mal, deine neugierige Nachbarin ist immer noch aktiv.«

»Ja, leider. Du kannst dich fast nicht mehr bewegen, ohne dass die das mitbekommt.

Was mich allerdings wundert ist, dass sie mich vor ein paar Tagen bei diesem fetten Kommissar nicht verpfiffen hat.«

»Vielleicht hat sie tatsächlich nichts mitbekommen.«

»Das kann ich kaum glauben. Dennoch müssen wir vorsichtig sein. Ich habe keine Lust, dass der Kommissar noch mal bei mir klingelt. Noch mal werde ich den nicht rausschmeißen können.«

»Was wird sie heute berichten können? Dass du Besuch von einem alten Freund bekommen hast, mit dem du ein paar Bierchen zischst.«

»Apropos Bierchen zischen, was willst du trinken?«

Nachdem Walter Bernd mit einem alkoholfreien Weizenbier versorgt hatte, machten die beiden sich an die Arbeit.

Auf dem Wohnzimmertisch lagen diverse Lagepläne und Notizen. All das hatte er in den letzten Tagen zusammengetragen.

»Ich bin mir sicher, dass der Schlüssel zu all dem hier in der Vergangenheit begraben ist. Also lass uns die Jobs aus den letzten Jahren und Jahrzehnten durchgehen. Vielleicht fällt uns etwas auf?«, schlug Bernd vor.

»Ich kann mich erinnern an einen Bruch, bei dem der Bildschirm für die Überwachung ausgefallen ist, kannst du dich erinnern?«

»Ja, wir hatten da einen Wackler im Kabel und unser Mann am Bildschirm war für zehn Minuten blind. Eigentlich sollte er uns durch das Gebäude führen, aber irgendwie haben wir dann auch so den richtigen Weg gefunden.«

»Stimmt, schuld war ein Stecker, der sich gelöst hatte. Ärgerlich, aber wir haben improvisiert und keiner ist zu Schaden gekommen.«

»Okay, dann fällt mir als Nächstes die Verfolgungsjagd mit der Polizei ein.«

»Meinst du die im Schwarzwald, als wir bei dem Ju-
welier eingebrochen sind? Weißt du, wie lange das
schon her ist?«

»Du hattest gerade deinen Führerschein bestan-
den«, erinnerte sich Bernd.

»Stimmt, das war einer der ersten Jobs bei einem Ju-
welier. Das haben wir danach nie wieder gemacht.
Machte einfach keinen Sinn. Viel zu viel Aufwand,
für zu wenig Gewinn.«

»Wir mussten die ganze Nacht im Wald versteckt
verbringen und haben uns eine derbe Erkältung
mitgebracht. In den frühen Morgenstunden konnten
wir uns in den Berufsverkehr einfädeln. Die Polizei
musste damals die Straßensperren aufgeben.«

»Okay, das war es auch nicht. Was ist denn mit dem
Bruch in Mailand?«

»Du meinst den, bei dem Giovanni eine ganze
Stunde zu spät gekommen ist?«

»Ja, genau, der hatte doch glatt verschlafen und wie
zerknirscht der vor uns beiden stand. Den Anblick
werde ich wohl nie vergessen.«

»Den brauchten wir gar nicht zur Rede zu stellen.
Ich hatte fast den Eindruck, dass er uns noch Geld
geben wollte für seinen Fehler.«

»Musste er nicht. Seinen Anteil haben wir einfach einbehalten.«

»Hm, so langsam gehen mir die Situationen aus, bei denen etwas schief gegangen ist…«

»Doch warte…«, überlegte Bernd und wurde dabei still.

»Eine Sache fällt mir noch ein. Kannst du dich noch an den Banküberfall erinnern? Hier in Limburg vor zehn Jahren, als wir den Unfall mit dem Mann hatten?«

Walter zuckte mit den Schultern, er konnte sich nicht erinnern.

»Doch, Walter, das war doch der eine Abend in den Neunzigern, als wir die Sparkasse klar gemacht haben. Ich kann mich noch wie heute an die hübsche Bankmaus erinnern.«

»Lass das bloß nicht Viola hören. Die kann keine Konkurrenz ausstehen«, brummte Walter.

»Ist ja auch schon verjährt«, lächelte Boris schüchtern und ein bisschen erleichtert. Es schien so als, ob sein Freund seine Liebelei mit Viola akzeptieren würde.

»Ich kann mich dunkel daran erinnern, dass da plötzlich ein Mann auf der Straße stand…«

»Genau, leider haben wir ihn frontal erwischt. Ich bin mir heute noch sicher, dass der in dem Moment mausetot war, als der auf dem Asphalt aufgeschlagen ist. Aber Achim wollte ja unbedingt nachschauen gehen.«

»Ich kann mich erinnern. Das war dieser große ruhige Junge. Wie hieß der noch mal genau?«

»Achim Baumeister, der Kleine.«

»Richtig, ist der nicht anschließend in den Knast gewandert?«

»Ich meine ja. Na ja, wir haben uns ja auch gleich aus dem Staub gemacht. Die Bullen haben sich den bestimmt direkt gekrallt.«

»Aber bei mir ist nie jemand aufgetaucht von den grünen Männchen. Bei dir etwa?«

»Nö, ich war froh, dass wir so unbehelligt nach Hause gekommen sind, und dann habe ich mir nur ein paar Bier reingepfiffen und konnte pennen.«

»Am nächsten Tag haben wir dann die Beute aufgeteilt. War ja ein bisschen mager gewesen. Ich kann mich erinnern, dass Viola das meiste Geld mit Wellness, Kosmetik und neuen Klamotten auf den Kopf gehauen hatte.«

»Weißt du denn, was die ihm damals aufgebrummt haben? Ich meine, von der Beute hat er ja nie was gesehen, eine Waffe hatte er damals nicht und gefahren ist er auch nicht. So viel dürften die nicht gegen ihn in der Hand gehabt haben.«

»Wenn ich mich richtig erinnere, ist er wohl in die Verlängerung gegangen. Da gab es wohl ein bisschen Stunk mit ihm im Knast.«

»Und danach?«

»Keine Ahnung, ich habe mal gehört, dass der ins Ausland gegangen ist.«

»Und was habe ich jetzt damit zu tun? Ich habe ihm doch nichts getan. War doch damals seine Entscheidung, aus dem Auto auszusteigen. Ich habe ihn doch noch gewarnt. Er hätte das doch alles einfacher haben können und er hätte uns locker ans Messer liefern können.«

»Ich kann es dir nicht sagen, aber wenn er das wirklich ist, muss er einen Riesenbrass auf dich haben. Das Ganze ist schon ewig her und bestimmt auch schon verjährt.«

»Hattest du was von ihm gehört?«

»Nachdem er eingefahren ist, habe ich den Kontakt zu ihm verloren. Es hat sich irgendwie nicht mehr ergeben.«

»Also könnte er die mysteriöse Person sein?«

»Möglich.«

»Kannst du dich denn nicht an irgendetwas erinnern, was du mit Achim in Verbindung bringen kannst? Der Fahrer des Autos. Ist dir was Besonderes aufgefallen?«

»Das mit dem Fragen ist ja momentan etwas schwierig. Wenn du in den Serpentinen dauernd von hinten angeschubst wirst und jemand versucht, dich in den Graben zu drängen, wird das etwas schwierig mit dem Reden.«

»Über das Warum können wir uns später den Kopf zerbrechen. Jetzt müssen wir erst einmal schauen, dass wir den Guten aufhalten.«

»Du hast recht. Lass uns schauen, dass wir aus der Defensive rauskommen. Ich habe es satt nur abzuwarten, was als Nächstes passieren kann.«

Bernd atmete erleichtert auf. Es fühlte sich an wie in alten Zeiten. Er und Walter gegen den Rest der Welt.

Er war sehr gespannt, welchen Plan sich Walter diesmal ausdenken würde.

Walter malte die ersten Skizzen auf.

»Was ist denn, wenn wir den Spieß einfach umdrehen?«

»Du meinst…«

»Ja, genau …«

»Alles klar, dann erzähl mir mal, was du alles von mir benötigst.«

Beide Männer beugten sich über die Skizzen und Bernd lauschte gespannt Walters Plan. Wenn das funktionieren würde, hätten sie zwei Fliegen mit einer Klappe geschlagen.

***

Während die beiden Freunde drinnen zusammensaßen und gemeinsam über einen neuen Plan grübelten, wurden sie von draußen beobachtet.
Walter hatte sich als zäher Hund erwiesen.
Achim Baumeister kam nicht umhin zu erkennen, dass er um eine direkte Konfrontation mit Walter nicht herumkam.
Doch er musste ihn allein erwischen.

Er musste es mit dem alten Klassiker versuchen.
Verabredung an einem einsamen Ort. Und dann zuschlagen.
Zufrieden mit der Lösung, die er gefunden hatte, drehte Achim den Zündschlüssel seines schwarzen Ford Fiestas um und verließ die Straße am Schwimmbad in Richtung Kirberg.
Die Felder, die von beiden Seiten an die Fahrbahn grenzten, lagen mittlerweile im Dunkeln. Als Achim ansetzte, rechts auf die Limburger Straße abzubiegen, sah er die angestrahlte Kirberger Burg auf der anderen Straßenseite.

Konnte das nicht der ideale Platz für ein solches Treffen sein?

Er würde sich morgen ein wenig schlau machen.

Neunundzwanzig
(2014 – nächster Tag)

Es war an der Zeit, die letzten Züge zu ziehen und den Gegner endlich schachmatt zu setzen.

Walter musste seinen Rivalen aus der Deckung locken, wenn er die Zügel in der Hand halten wollte.

Walter kannte die schier ausweglosen Situationen aus unzähligen Schachpartien.

Er würde hier den Klassiker anwenden – ein Läuferopfer.

Als Opfer bezeichnete man im Schach einen Zug, bei dem der Spieler freiwillig seinem Gegner entweder einen oder mehrere Spielsteine zum Schlagen anbot.

Das Ziel war es, den vorrangigen Nachteil in einen Vorteil zu verwandeln, wie Zeit oder Raum zu gewinnen oder sich auf dem Schachbrett eine bessere Position zu verschaffen.

Der Erfolg des Opfers hing von der richtigen Bewertung der resultierenden Stellung ab. Ansonsten konnte der Materialvorteil des Gegners zur Niederlage führen.

Heute würde Walter Wollhausen der Läufer sein.

Und er hoffte, dass sich dieser Zug lohnen würde.

***

Walter und Bernd mussten zuallererst die Kontaktaufnahme zu Achim klären. Die beiden verfügten
weder über eine Telefonnummer noch über eine E-
Mail-Adresse von Achim.

Eine Möglichkeit gab es.
Walter hoffte, dass sich Achim noch an ihren alten
Kommunikationsweg erinnern würde.
Manchmal funktionierten die altmodischen Kom-
munikationswege am besten.
Sie beschlossen, eine Zeitungsanzeige in der Neuen
Nassauischen Presse aufzugeben.

Unter den Kontaktanzeigen würden sie Folgendes
aufgeben:

Familienzusammenführung

Jüngerer Bruder schmerzlich vermisst!
Vor zehn Jahren das letzte Mal gesehen.
Lass die Ereignisse einer Nacht im Oktober nicht
zwischen uns stehen.
Melde dich unter 0176- 78564431

»Und du meinst, dass Achim den Text sieht und erkennt?«

»Einen Versuch ist es auf jeden Fall wert«, antwortete Bernd zuversichtlich.

»Ich bin überzeugt, dass er nur darauf wartet, dass du den Kontakt zu ihm suchst. Wir sind im letzten Endspiel angekommen.«

***

Nachdem sie online die Anzeige aufgegeben hatten, dauerte es bis zum nächsten späteren Vormittag, bis Walters Handy klingelte.

Eine anonyme Telefonnummer. Neugierig meldete er sich.

»Achim?«

Stille, doch dann meldet sich eine Stimme, die Walter schon lange nicht mehr gehört hat.

»Walter, schon lange nichts mehr voneinander gehört. Ich habe gelesen, dass du mich schmerzlich vermisst hast? Nun, hier bin ich, lass uns das Ganze endlich zu Ende bringen.«

»Achim. Ich bin froh, dass du dich bei mir meldest. Lass uns das Theater beenden. Wir müssen uns treffen und reden.«

»Du hast Recht, wir sollten uns treffen und dann werden wir sehen, was passiert.«

»Sag mir, wo und wann, und ich werde da sein.«

»Schluss mit den Freundlichkeiten. Lass es uns kurz machen. Heute Abend, 19:00 Uhr, Kirberger Burg. Ist nicht weit für dich.

Und weder Polizei noch sonst irgendwer. Wenn ich Bernd nur rieche, wirst du es bereuen.«

Das belanglose Geplänkel war vorbei. Achims Stimme hatte etwas Bedrohliches.

»Okay, ich werde da sein und dann reden wir.«

Ohne Gruß und weitere Worte hatte Achim aufgelegt.

Walter suchte in seiner Anrufliste nach Bernds Nummer.

»Walter hier.«

»Achim hat sich gerade gemeldet. Wir treffen uns heute um 19:00 Uhr bei der Kirberger Burg.«

»Das ging jetzt schneller als gedacht. Keine Sorge, bis dahin ist alles vorbereitet. Leider ist die Burg schlecht einzusehen. Ich kann mich da nirgendwo verstecken.«

»Bleib im Hintergrund. Der Junge ist ganz schön angepisst und hat mir gedroht, wenn ich nicht alleine erscheine, dass ich mein blaues Wunder erleben werde.

Ich werde schon mit ihm fertig.

Bislang habe ich sie alle zum Reden gebracht.«

»Pass dennoch auf dich auf. Schließlich wollte er dich vermutlich umbringen.«

»Das wird schon gut gehen«, versuchte er Bernd zu beruhigen, doch in seinem Inneren machte sich Unruhe breit.

Achims kurzer Auftritt am Telefon war kein Vergleich zu dem jungen Mann, der vor zehn Jahren hinter ihm auf der Rückbank gesessen und verzweifelt versuchte hatte, sie zum Anhalten zu überreden. Jedes Mitgefühl und jede Unsicherheit schien verschwunden zu sein.

Sie hatten die Kirburger Burg als Treffpunkt vereinbart. Mitten im Dorf, aber nicht überlaufen von Menschenmengen.

Der Wettlauf mit der Zeit hatte begonnen. Wer konnte wem die beste Falle stellen.

***

Es dämmerte bereits, als Walter am vereinbarten Treffpunkt eintraf.

Die, Ende des 13. Jahrhunderts, erbaute Burg befand sich in erhöhter Lage auf einem Felssporn im Ortskern.

Seit dem 17. Jahrhundert zerfiel die Burg zunehmend. Heute waren nur Mauerreste und der Torturm erhalten. Dort wollten sie sich treffen.

Walter wunderte es nicht, dass er ungehindert Zugang zum Gelände der Burg hatte.

Der Burginnenraum war menschenleer. In der Ferne sah er den schwachen Schimmer einer Taschenlampe. Achim hatte sich den Torturm für seinen Showdown ausgesucht.

Jetzt hieß es vorsichtig sein. Langsam überquerte Walter den Innenhof und erreichte den hölzernen Aufstieg zum Turm. Dieser schlängelte sich im unteren Teil außen an der Turmmauer entlang, bis sie durch einen Torbogen ins Innere des Turms führte. Achim hatte sich keine große Mühe gemacht sich zu verstecken. Er lehnte mit grimmigem Blick an der gegenüberliegenden Mauer.

»Walter.«

»Achim.«

»Gib es zu, du hättest auch nicht gedacht, mich mal wiederzusehen.«

Nun stand er Walter Wollhausen gegenüber, dem Verantwortlichen für sein Dilemma.

»Junge, sprich mit mir, es gibt doch für alles eine Lösung«, versuchte Walter beruhigend auf Achim zuzugehen.

Dieser zückte auf einmal eine Waffe und richtete sie auf den ehemaligen Freund.

»Deine Scheiß-Ansprache kannst du dir für deine naiven Jugendlichen aufheben. Mir machst du nichts mehr vor.«

Walter wich erschrocken zurück und hob abwehrend die Arme.

»Achim, lass uns reden. Geht es um die Nacht, in der wir dich zurückgelassen haben? Du kanntest das Risiko.«

»Das sieht dir ähnlich. Immer wäschst du deine Hände in Unschuld. Immer sind andere Schuld. Du hast mein Leben ruiniert«, schrie Achim ihm entgegen.

Walter versuchte weiterhin, ihn zu beruhigen, und machte einen Schritt auf Achim zu.

In diesem Moment krachte ein Schuss rechts vor seine Füße.

Wieder wich Walter ein wenig zurück. Er musste Achim am Reden halten und hoffen, dass Bernd bald als Verstärkung eintraf.

Plötzlich brach es aus Achim heraus.

»Weißt du eigentlich, was du mir angetan hast?«

Walter wagte nicht zu antworten. Doch das hatte Achim gar nicht erwartet. Kaum hatte er seinem Gegenüber die Frage entgegengeschrien, sprudelte es weiter aus ihm hinaus.

Er erzählte von seiner Festnahme und seinem festen Vorhaben, die Klappe zu halten und alle Schuld auf sich zu nehmen.

Er berichtete von seinem Aufenthalt im Gefängnis und all den Schikanen, denen er ausgesetzt gewesen war. Und er erwähnte, dass er verzweifelt versucht hatte, aus der Haftanstalt heraus Kontakt zu Walter aufzunehmen und ihn um Hilfe zu bitten. Der Brief war aber ungeöffnet zurückgekommen.

»Weißt du, was in dem Brief stand? Natürlich nicht, du hast ihn ja nie gelesen. Aber ich will dich nicht länger auf die Folter spannen!«, schrie Achim.

Er griff in die linke Seitentasche seines dunkelgrauen Anoraks und zog ein zusammengefaltetes Blatt Papier heraus. Das musste der erwähnte Brief sein. Achim hatte ihn all die Jahre behalten:

»Ich bin auf Mo getroffen und soll dich schön grüßen. Aus lauter Freude über dieses unerwartete Wiedersehen hatte ich es sehr eilig, den Duschraum zu verlassen, bin ausgerutscht und dabei unglücklich mit dem Kopf an der Mischbatterie der Dusche hängen geblieben.

Der Anstaltsarzt meinte, dass ich Glück gehabt habe, dass ich nicht mein Auge getroffen habe.

Ein paar Tage werde ich wohl noch Kopfschmerzen haben.

Kannst du mir bitte einen Gefallen tun und bei Tante Gerda vorbeischauen?

Ich hatte ganz vergessen, dass dort noch ein Päckchen für dich liegt.«

Walter wusste, dass Tante Gerda eine Umschreibung für eine kleine Briefkastenfirma war. Das Päckchen dort war in Wirklichkeit irgendetwas, was mit Drogen oder Drogengeld zu tun hatte.

Schon früh hatten die Albaner gemerkt, wie groß Walters Planungstalent war. Sie hatten immer wieder versucht, ihn für ihre Zwecke einzuspannen.

Doch Walter wollte mit Drogen nichts zu tun haben und hatte immer wieder abgelehnt.

Mit Achims Einweisung in den Knast sahen sie eine gute Chance, an Walter ranzukommen und ihn so unter Druck zu setzen.

Doch der Brief war unbeantwortet wieder zurückgekommen und das Martyrium für Achim hatte nicht enden wollen.

»Du hast mich im Stich gelassen. Sie haben mich fast jeden Tag verprügelt. Bis ich auf der Krankenstation gelandet bin. Ich hatte keine andere Wahl, als mich als Söldner zu verkaufen. All die Toten verfolgen mich immer noch.«

»Ich konnte dir damals nicht helfen, du kennst meinen Grundsatz, ich mache nichts mit Drogen und außerdem dachte ich, dass die dich irgendwann in Ruhe lassen, wenn sie merken, dass du mir nicht wichtig bist.«

»Das haben sie aber nicht. Im Gegenteil, die haben immer wieder einen obendrauf gelegt. Ich bin durch die Hölle gegangen.«

»Es tut mir leid, das zu hören, das habe ich nicht gewollt.«

»Woher wusstest du überhaupt, dass es um Drogen ging? Hast du nicht eben behauptet, dass du gar nichts gewusst hast? Du hast mich wieder angelogen.«

»Okay, ich gebe es zu. Die haben mich kontaktiert.«
»Und du hast nichts unternommen?«

»Es tut mir leid. Ich wollte nicht gegen meinen Kodex verstoßen.«

»Das kannst du dir sparen, du bist doch nur ein Heuchler. Alle werden von dir nur angelogen und zerstört.«

»Wie hast du mich denn überhaupt gefunden?« Mit dieser Frage versuchte Walter Achim in seiner schäumenden Wut zu bremsen.

»Ha, das war ganz einfach«, grinste Achim.

»Dein Ruf eilt dir quasi voraus. Der berühmte, geläuterte Großschachmeister. Es war ein Leichtes, dich zu finden. Geduld war von da an mein zweiter Vorname. Ich wusste, dass du von den Lewis Chessmen nicht die Finger lassen konntest.«

So schnell, wie Achim Baumeister sich über seine Kombinationsgabe freute, so schnell hatte ihn seine Wut auf Walter wieder übermannt.

»Du bist nicht besser als diese Warlords in Afrika, die sich an die Kinder ranmachen.

Schachspielen lernen von einem erfolgreich resozialisierten Mitbürger, willst du mich verarschen?«

»Du kannst mich doch nicht mit diesem Abschaum vergleichen?

Du weißt doch ganz genau, dass unsere Arbeit immer Kunst gewesen ist. Wir haben nie irgendjemandem körperlich wehtun wollen.«

»Du bist gemeingefährlich und musst aus dem Weg geräumt werden. Ich werde dich vernichten und so hoffentlich meinen Seelenfrieden finden.«

Achim stürzte sich auf Walter und versuchte, ihn an die Turmumrandung zu drängen.

Die beiden Männer rangen miteinander und stießen sich immer wieder gegenseitig an die Turmmauer. Steine lösten sich.

Wie ein wild gewordener Stier stürzte sich Achim wieder und wieder mit nach vorne gebeugtem Kopf auf Walter. Dieser wich aus und Baumeister krachte ein weiteres Mal an die Mauer.

Mehr Steine lösten sich.

Wieder standen sich die beiden Männer zur nächsten Runde gegenüber. Wieder wehrte Walter einen Angriff ab.

Beiden fiel das Atmen sichtlich schwer. Beide waren gezeichnet von den Anstrengungen des Kampfes.

Mit einem lauten Brüllen ging Achim erneut auf seinen Widersacher los.

Mit einem Schritt nach links brachte sich Walter vor dem Angriff in Sicherheit und sah aus dem Augenwinkel Achim an sich vorbeifliegen.

Die poröse Stelle in der Turmmauer löste sich nun endgültig.

In diesem Moment wurde Walter klar, dass Achim drohte, durch das entstandene Loch in der Mauer abzustürzen.

Er sprang dem ehemaligen Freund hinterher und versuchte, nach seinen Händen zu greifen.

Achim fiel.

Lautlos.

Mit ausgebreitenden Armen und einem dämonischen Grinsen im Gesicht.

Mit einem dumpfen Knall schlug er außerhalb der Burgmauern auf dem Boden auf.

Hirnmasse und Blut vermischte sich mit dem Erdboden.

Dreißig
(2014 – gleicher Tag)

Leider konnte Kommissar Böttger keinen weiteren Hinweis finden, dass Walter der gesuchte Meisterdieb war.

Die beiden Kontrahenten trafen dennoch an der Kirburger Burg erneut aufeinander.

»Herr Wollhausen, warum wundert es mich nicht, Sie an diesem Ort vorzufinden und dann noch in Kombination mit einem Toten?«

»Herr Kommissar, das kann ich Ihnen leider nicht beantworten.

Allerdings werden Sie feststellen, dass es sich bei dem Toten um Achim Baumeister handelt, der maßgeblich beteiligt war an dem Einbruch im Dommuseum.«

»Woher wollen Sie das denn so genau wissen? Haben Sie Beweise? Sind Sie jetzt unter die Ermittler gegangen?«

Die Stimmung zwischen den beiden war nach wie vor feindselig.

Der Kommissar war nicht gewillt, Walter vom Haken zu lassen.

Doch leider hatten ihn seine Ermittlungen nicht weitergebracht. Die Befragung der Nachbarschaft hatte zu keinen weiteren Erkenntnissen geführt.
Sollte Walter Wollhausen hin und wieder über seine Schulter schauen müssen. So ganz wollte er ihn sich nicht in Sicherheit wiegen lassen.
Sein Leben würde nicht mehr so unbeschwert sein, wie er es vormals kannte.

Walter spürte, dass der Kommissar ihn nicht in Ruhe lassen würde. Achims Tod würde er ihm am liebsten in die Schuhe schieben.
In diesem Fall würde er ausnahmsweise auf die Expertise der Polizei und ihre Experten der Spurensicherung hoffen.
Diese würden herausfinden, dass Achim das Gleichgewicht verloren hatte und so den Turm heruntergestürzt war.
Walter hielt dem Kommissar einen Stick hin.
»Mir ist schon bewusst, dass Sie mir nicht glauben würden, also habe ich ihnen ein bisschen Material zusammengestellt. Vielleicht wollen Sie einen Blick darauf werfen. Ist übrigens gratis.«
Grummelnd nahm der Kommissar den Stick entgegen und verstaute diesen in der linken Tasche seiner Uniformjacke.

Mit einem kurzen Nicken verabschiedete sich Walter von dem dicken, immer schwitzenden Mann und machte sich auf den Weg nach Hause.
Dieses Mal hatte er mehr als Glück gehabt und konnte im letzten Moment eine Entdeckung seiner Geschäfte verhindern.

***

In den letzten Stunden hatte er mithilfe von Bernd und zwei seiner Schach-Jungs die Wohnung beziehungsweise das Wohnloch von Achim ausfindig gemacht.
Der Kommissar würde dort den Lötkolben und das Defibrillationsgerät finden.
Das Gerät hatten sie gekennzeichnet als Eigentum der Klinik für Psychiatrie und Psychotherapie Hadamar.
Der Stick enthielt zudem den Schriftverkehr zwischen Achim und einem Unbekannten, der den genauen Auftrag zum Stehlen der Lewis Chessmen beschrieb.
Der Mailverlauf würde darüber hinaus den Kauf der K.-O.-Tropfen im Darknet darlegen, die die Überwachungsmannschaft schlafen gelegt hatten.

Dunkle Kleidung und ein Rucksack mit einer Pistole würde in der Restmülltonne in der Nachbarschaft gefunden werden.

Sie hatten dafür gesorgt, dass die Müllabfuhr auf die wöchentliche Leerung verzichtet hatte.

Alle Spuren, die zu Walter und seinen Jungs führen konnten, hatten sie erfolgreich vernichtet oder auf Achim umgeleitet.

Pauls Intermezzo mit der Polizei würde nicht mehr sein als ein kurzer Schreck.

In der nächsten Zeit würde Walter ihn ein wenig aus der Schusslinie nehmen müssen.

Walter besann sich zudem wieder auf seine alte Regel: keine Aufträge mehr in heimatlichen Gefilden,

***

Am nächsten Morgen klingelte Walter das Telefon aus seinem Schlaf.

»Wollhausen«, meldete er sich verschlafen.

»Herr Wollhausen, hier Claus Toner von der Kreissparkasse Limburg. Ich wollte mich noch mal wegen Ihrem Konto bei uns zurückmelden.«

Der Typ von der Bank, den hatte Walter in der Aufregung total vergessen.

»Was wollen Sie denn noch von mir? Reicht es nicht, dass sie mein Konto gesperrt haben?«

»Herr Wollhausen, die Kreissparkasse Limburg möchte sich in aller Form bei Ihnen entschuldigen. Leider ist uns ein Fehler in der manuellen Übertragung der Daten in eine andere Datenbank unterlaufen.

Ein Zahlendreher, verstehen Sie? Ihre Konten sind wieder frei«, kicherte er unsicher.

»Ein Zahlendreher? Manuelle Übertragung? Sind Sie eine Bank oder eine Pommesbude?

Wissen Sie, wie viel Ärger Sie mich gekostet haben?«

»Herr Wollhausen…« stotterte der Banker am anderen Ende der Leitung.

»Ach, vergessen Sie`s.« unterbrach ihn Walter und beendete das Telefongespräch, ohne auf eine weitere Antwort zu warten.

Einunddreißig
(2014 – einige Tage danach)

In der rechten Hand schwenkte Boris Jäger gefühl-
voll seinen Cognac.

Mit einem zufriedenen Lächeln betrachtete er die
kleinen Holzfiguren in der gläsernen Vitrine.

Walter Wollhausen hatte sich doch als zuverlässiger
Geschäftspartner erwiesen.

Freunde würden die beiden nicht mehr werden.

Aber die Liebe zu schönen Dingen war eine gute
Basis. Und Boris musste zugeben, dass er Walters
Spielwitz durchaus bewunderte.

Seine Herangehensweise hatte ihm dann doch den
Besitz der Schachfiguren ermöglicht.

Boris konnte es aber auf den Tod nicht leiden, wenn
ihm andere Menschen Anweisungen gaben, und die
hatte er von Walter reichlich bekommen.

Nach dem Scheitern des ersten Einbruchversuchs
hatte Boris Walter wutentbrannt angerufen.

»Ich habe Sie als raffinierten Problemlöser empfoh-
len bekommen und als was stellen Sie sich heraus,
als Stümper. Können Sie sich vorstellen, was mich
das gekostet hat, die Ausstellung überhaupt nach
Limburg zu holen? Mit welchen unangenehmen

Menschen ich mich herumschlagen musste? Beinahe hätte ich diverse Hintern küssen müssen. Ich, in meiner Position.«

Walter rollte mit den Augen. So ein bisschen Hintern-Küsserei war doch nichts gegen eine Verhaftung.

Aber das musste er diesem Schnösel erst gar nicht erklären.

Stattdessen hatte er Boris Jäger einen Plan präsentiert, den er nicht abschlagen konnte.

»Aber diesmal müssen Sie liefern Wollhausen. Ich muss nicht betonen, dass ich Sie in der Hand habe.

Unsere Gespräche habe ich aufgezeichnet. Ein Fehler und das wandert alles zur Polizei.«

»Herr Jäger, meinen Sie wirklich, dass Sie es mit einem Dilettanten zu tun haben? Liefern Sie mich ans Messer, dann nehme ich Sie mit. Ich kenne den Knast und seine Bewohner. Für ihresgleichen wird das kein Zuckerschlecken.

Also hören Sie auf, mir drohen zu wollen. Ich werde den Job beenden und dann sehen wir beide uns hoffentlich nie wieder.

Und jetzt hören Sie mir genau zu und notieren Sie sich am besten, was ich von Ihnen benötige.«

Zähneknirschend nahm Boris Jäger Stift und Papier zur Hand und machte sich fleißig Notizen.

***

Walter war erstaunt, dass es für antikes Strandholz
einen Absatzmarkt gab.
Durch sein Baugewerbe kam Boris problemlos an
altes Holz heran.
Es kostete ihn nicht viel, über einen ehemaligen
Branchenkumpel an antikes Strandgut aus dem
Norden von Schottland heranzukommen.

Walter hatte seinerseits einen mäßig talentierten
Schnitzer beauftragt. Dieser kopierte anhand von
Bildern die Lewis Chessmen.
Kenner würden den Schwindel sofort entdecken.
Die Kopien hielten nur im ersten Moment einer Prü-
fung stand.
Um möglichst zu vermeiden, dass die Reproduktio-
nen durch viele Hände gingen, mussten Sie den ge-
nauen Augenblick des Austausches abpassen.
Der beste Zeitpunkt für den Austausch war kurz
vor dem Verladen der Holzkisten in den Transpor-
ter, der die Exponate wieder zurück nach Schott-
land bringen sollte.
Der Zufall sollte ihnen zur Hilfe kommen.
Die Röntgenaufnahmen bei den Sicherheitskontrol-
len zeigten die Umrisse der einzelnen Figuren.
Walter hatte sich eines Zaubertricks bedient.

Der geübte Beobachter hatte sich bei dem Flackern der Röntgenbilder gewundert.

Das Bild war kurz weg und das Förderband musste angehalten werden.

Jeder starrte auf den Bildschirm und wartete darauf, dass sich dieser wieder anschaltete.

Erleichterung machte sich auf den Gesichtern breit, als auf der schwarzen Mattscheibe die Umrisse der Box angezeigt wurden.

Ein paar Sekunden später fuhr die Kiste mit der wertvollen Fracht wieder aus der Röntgenröhre hinaus.

Von außen war kein Unterschied zu erkennen.

Den Mann an der Röhre hatten sie großzügig dafür entlohnt, dass er das Röntgenbild auf dem Monitor für einen kurzen Augenblick anhielt.

Unbemerkt konnte dann ein zweiter Mann die Kiste eins zu eins austauschen.

***

Boris gönnte sich einen weiteren tiefen Schluck aus seinem Cognacschwenker. Er löste den Blick von den kleinen Figuren.

Hatte er nicht gelesen, dass Odins Schild in den Skanden Norwegens gefunden wurde. Das hörte sich doch nach einem wundervollen neuen Projekt

323

an. Allerdings würde er diesmal auf die Expertise von Walter Wollhausen verzichten wollen.

Zweiunddreißig
(2015)

Und du glaubst wirklich, dass das funktionieren wird?«

»Vertraue mir, da kommt nie im Leben jemand drauf.«

»Versprich mir das. Wenn Walter dahinterkommt, dass wir beim Schachspielen bescheißen, haben wir richtig Ärger.«

»Keine Panik! Was er nicht weiß, macht ihn nicht heiß. Walter ist zwar clever, aber auf den Trick kommt er im Leben nicht.«

»Ich weiß nicht. Das Tricksen bei den Online-Schachturnieren ist das eine, aber jetzt auf der großen Bühne im wirklichen Leben? Da sind so viele Menschen, so nah an mir dran.«

»Paul, du kannst dich auf mich verlassen. Das wird funktionieren.«

»Keno, du hast leicht reden, du hast das Ding ja auch nicht in deinem Arsch.«

Keno grinste spöttisch. Er musste zugeben, dass er sich köstlich über seinen Freund amüsierte.

Die beiden waren Walter dankbar, dass er ihnen das Schachspielen beigebracht hatte.

Der alte Mann hatte doch geglaubt, dass sie ihm nicht auf die Schliche kommen würden. Nach dem ersten gemeinsamen Coup hatten sie sich schon gedacht, dass das Spielen sein Trainings-und Rekrutierungsprogramm für seine krummen Dinger war. Es machte Spaß, mit dem erfahrenen Haudegen auf die Pirsch zu gehen.

Doch schnell entwickelten die beiden einen eigenen Plan eines zweiten Standbeins.

Paul war der talentiertere Schachspieler. Doch manchmal hatte er Schwierigkeiten, sich zu konzentrieren, und so war es Kenos Aufgabe, ihm die nächsten Züge zuzuflüstern. In den Online-Schachturnieren war das nicht das Problem.

Doch jetzt sollte Paul an einem Turnier mit Live-Publikum teilnehmen. Ihre erfolgreichen Schummeleien hatten sie in eine prekäre Lage gebracht. Jeder Fachkundige würde sich wundern, wenn Paul im Turnier versagen würde.

Ein anderer Plan musste her.

Sie hatte lange daran getüftelt. Erst hatten sie mit kurzen Stromstößen langsam das Alphabet runter gezählt, dann ein langer Stromstoß als Pause und dann die weiteren kurzen Stöße für die Feldnummer. Doch der über Bluetooth gesteuerte Minivibrator in Pauls Hintern hatte Paul permanent zum Zucken gebracht. Sie brauchten kürzere Sequenzen.

Mit Morsezeichen funktionierte es besser.

»Probieren wir es noch einmal mit f6.«

Ende

Nachwort

Die Entstehungsgeschichte zu Läuferopfer startet diesmal im Jahr 2019. Wir befanden uns damals auf unserer Schottland-Rundreise auf den Äußeren Hybriden, als uns auf der Insel Lewis die Lewis Chessmen begegneten. Ich wusste sofort, dass diese Holz- oder vielmehr Walrossfiguren ein Puzzlestück meines nächsten Buches werden sollten.

Taucht man ein wenig in die Schachwelt ein, bleibt man irgendwann bei Bobby Fischer hängen – Genie, Egozentriker.

Frank Bradys Darstellung der zwiespältigen Lebensgeschichte dieses Schachgenies und -wahnsinnigen bestärkte mich darin, aus meiner Hauptfigur einen Schachgroßmeister auf Abwegen zu machen.

Dass Schach durchaus skurrile Ausmaße annehmen kann, zeigte der jüngste Skandal um Magnus Carlsen und Hans Niemann. Keno und Paul versuchen sich im letzten Kapitel von Läuferopfer an einer der Betrugsmethoden, die gerade in der Presse diskutiert werden.

Siegfried Massat hingegen nahm mich in seiner Biografie mit in seine spannende, aber auch teilweise verstörende Welt eines Berufsverbrechers.

Anders als bei »Die beiden Kammern« sollte das Buch diesmal ein Krimi aus der Region werden.

Was lag näher, als Walter Wollhausen in Dauborn und Umgebung leben und agieren zu lassen.

Die Kirberger Burg wird ab sofort immer mit dem Showdown des Buches verbunden sein.

Erwähnt werden sollte auch, dass selbstverständlich alle Figuren eine reine Fiktion sind und im realen Leben kein mir bekanntes Pendant haben.

Zum Schluss möchte ich mich bedanken:
Zuallererst bei Maren Wempen und natürlich bei
meinem Mann. Die beiden sind meine Sensoren,
weil sie spiegeln, ob ein Plot nicht nur in meinem
Kopf funktioniert.

Ich freue mich, dass ich das Katzenelnbogener
Commödche zu einem meiner Schauplätze machen
durfte. Vielen Dank dafür an Claudia und Rolf
Breitscheid. Die wunderbaren Stunden, eure Gast-
freundschaft und das tolle Essen werden immer in
unserem Gedächtnis bleiben.

Ein besonderer Dank gilt auch wieder Thomas Fuhlbrügge. Ich erinnere mich immer noch an den Tag
im letzten Mai, als wir meine Buchidee zum ersten
Mal diskutiert haben. Du findest auf geschickte Art
und Weise jede Lücke im Erzählstrang und gibst
immer wichtige Impulse für die Entwicklung eines
jeden Plots.

Vielen Dank dafür!

Und natürlich gebührt meinem Mann wie immer
nicht nur der Dank für das Korrekturlesen und die
kritischen Fragen, sondern auch für seine Geduld
und sein Verständnis in meinen Recherche- und
Schreibphasen.

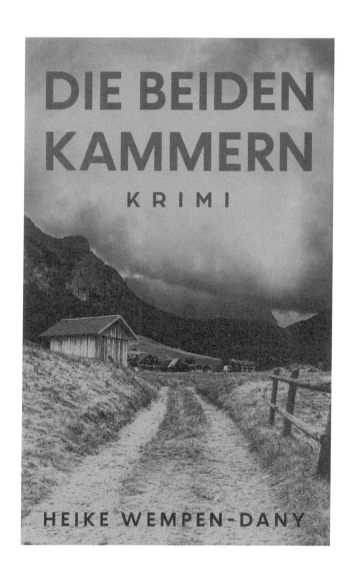

DIE BEIDEN KAMMERN

KRIMI

HEIKE WEMPEN-DANY

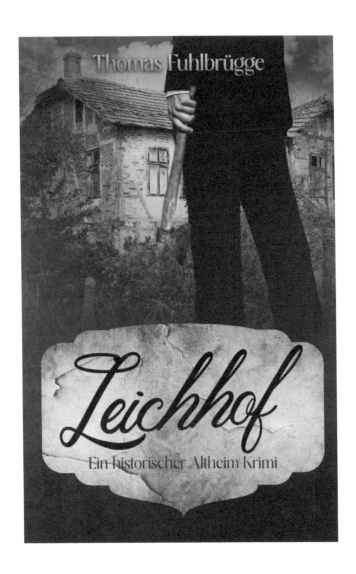

Thomas Fuhlbrügge

Leichhof

Ein historischer Altheim-Krimi

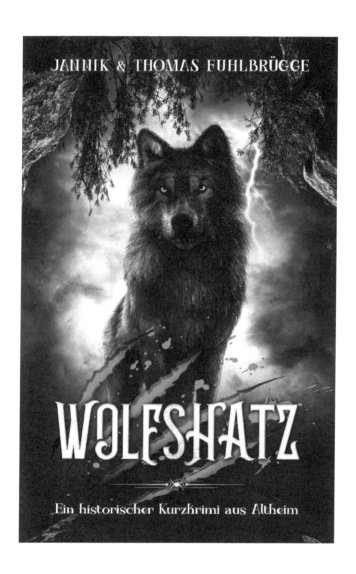

JANNIK & THOMAS FUHLBRÜGGE

WOLFSHATZ

Ein historischer Kurzkrimi aus Altheim

Der Coortext-Verlag

Bücher lesen heißt: Wandern gehen
in ferne Welten, aus den Stuben
über die Sterne. Jean Paul

Der Coortext-Verlag freut sich über Ihr Interesse an unserem
Angebot. Wenn Sie auf der Suche nach interessanten und
spannenden Büchern sind, dann befinden Sie sich auf der richtigen
Homepage.

ISBN 978-3-7575-1143-2

www.epubli.de